LA VÉRITÉ POUR HÉRITAGE

DU MÊME AUTEUR

Les Dames de Tarnhac
Le Marchand de Bergerac
La Cousette de Commagnac
Le Double Secret de Bigaroque
Passions romaines

Guillemette de La Borie

LA VÉRITÉ POUR HÉRITAGE

Roman

EDITIONS DE NOYELLES

Edition exclusivement réservée aux adhérents du Club,
Editions de Noyelles

Production Jeannine Balland

ISBN 978-2-286-09907-7

Presses de la Cité | un département **place des éditeurs**

place des éditeurs

1

Grégoire

Grégoire se concentre sur sa conduite, les tournants de la route, le ronronnement réconfortant du moteur de l'Audi. Quelque chose au moins qu'il maîtrise dans sa vie ! La migraine lui enserre le crâne depuis Bordeaux. Normal pour une fin de semaine : tous les dossiers en cours au bureau viennent malgré lui s'aligner dans son esprit, comme des icônes sur un écran d'ordinateur. Tout ce qu'il lui faut porter, pousser, tirer à la force de ses épaules, nuque tendue à se rompre. Il se sent coupable de s'octroyer ce week-end prolongé de Toussaint : trois jours à Pont-Faye en Périgord, avec en ligne de mire le départ pour Pékin mardi matin. Ce soir encore, Marie-Lou bouclait les études de devis, que pour se disculper il a entassées dans son sac, là derrière. Arrêter le temps, détendre ses lombaires douloureuses, et en même temps ne pas s'endormir.

Il respire fort et profond, au diapason des soupirs d'aise de Prune, la jeune épagneule russe, couchée en boule sur la banquette arrière. Brave bête, qui lui a collé au train dès qu'elle a vu les bagages atterrir dans le coffre…

A côté de lui, Regina sommeille, ou du moins fait semblant. Dès le départ, elle a ostensiblement déployé cet attirail multicolore qu'elle conserve dans la boîte à gants : masque facial, boudin repose-nuque, boules Quies. Histoire d'afficher son indisponibilité. Réservant ses amabilités à la chienne, d'une main distraite pour flatter ses oreilles floues ; du même geste elle rejetait le bras en arrière pour caresser la nuque de son mari, avant.

Libourne et l'autoroute sont derrière eux maintenant, et les tournants de la départementale se conjuguent, avec la souplesse de l'habitude. Sous le pinceau violent des phares brille la voûte de la forêt Barade, se réfléchissent les noms des panneaux indicateurs : Le Bugue, Les Eyzies, Sarlat... Allez, on arrive bientôt à la maison !

La maison ? Erreur. Il ravale sa phrase, au moment où il la formule, avec un goût amer dans la bouche. Grégoire Albrussac se sentait chez lui à Pont-Faye autrefois, et y sera peut-être un jour de nouveau. Mais au-delà du soulagement de trouver un lit après tous ces kilomètres avalés, non, il n'est pas encore chez lui. D'un doigt, il commande l'ouverture de sa vitre, pour le double plaisir du glissement obéissant du mécanisme et d'une goulée d'air humide. Regina, décidément pas si endormie que cela, désapprouve en se recroquevillant un peu plus sous son pashmina. Toujours tirée à quatre épingles, toujours désagréable.

Sa femme tient à ce que même en français, on prononce son prénom Ré-gui-na, « reine » en latin, et non pas Régine comme une entraîneuse de cabaret...

Fille unique de parents soucieux de cultiver leurs origines européennes, elle est venue de Baltimore, à dix-neuf ans, étudier la littérature française. A l'université de Bordeaux, parce que la Sorbonne n'avait pas voulu de son dossier. Dès avant Noël, elle adorait la ville, la France, son *way of life* et se laissait charmer par ce fils de famille, grand et carré, qui à ses heures faisait le chauffeur de minibus pour étudiantes américaines en vadrouille. Un des nombreux petits boulots que Grégoire accumulait pour vivre : son père payait l'école de commerce, mais pas plus ; une cousine de sa mère le logeait dans une chambre de bonne cours du Médoc, ce qui lui donnait malgré lui une image d'héritier, et quelques relations.

Regina était intelligente et structurée : une fois sa décision prise d'aimer Grégoire Albrussac, c'était le mariage ou rien. Elle avait méthodiquement assimilé tous les codes de la bourgeoisie française, suivi tous les parcours obligés. Un français soigné, avec un léger accent qui pouvait passer pour versaillais, le collier de perles à la mode dans ces années-là, la paroisse Saint-Seurin, catholique et huppée, contre l'avis de sa pieuse famille presbytérienne. Laquelle soutenait généreusement le jeune couple et leurs enfants, grâce à leurs dollars surévalués. Dans la foulée d'Alexandre, étaient nés Constantin, puis Maxime ; trois beaux garçons aux prénoms d'empereurs. En vingt ans de mariage, Regina a eu tout bon : des enfants qui n'ont eu d'autre choix que de réussir brillamment, des dîners appréciés pour leur touche internationale, où Grégoire démontrait aux maris les vertus des derniers ordinateurs portables, pendant que ces dames découvraient les moules à gâteaux en silicone. Regina a soutenu efficacement les ambitions de son mari lorsque au tournant de la quarantaine il a racheté une petite imprimerie en faillite, pour être enfin son propre patron. Elle mettait du positif partout, des fleurs et des couleurs dans leur maison de la rue Poyenne, prêchait le sourire comme remède à tout. Elle avait même conclu un pacte de non-agression avec son redoutable beau-père, Antoine Albrussac.

La première fois que Grégoire a emmené sa conquête à Pont-Faye, dans une 4L rouge tomate empruntée à un copain, Regina a conclu la journée d'une formule péremptoire, directement traduite de l'anglais : « Votre famille, elle est en friche ! » Avec son pragmatisme imperturbable, elle s'est appliquée à la cultiver. Passant outre à la grogne d'Antoine : « Une Américaine ? Comme s'il n'y avait pas tout ce qu'il faut dans le canton… » Gagnant ses galons à coups de visites polies, de boîtes de chocolats et d'enfants bien élevés. L'aîné brûle ses vingt ans à faire la fête dans une école de commerce, de plusieurs crans supérieure à celle de son père, selon les palmarès des magazines. Le deuxième vient de décrocher une « Spé étoile », suivant le langage crypté que les Albrussac ont dû apprendre à manier ; le troisième, bilingue comme sa mère et rêveur comme personne, prépare son bac ; pas n'importe lequel, assorti d'une très chic « mention européenne ». Tout cela pour la plus grande fierté de Grégoire, qui sait le devoir exclusivement à la poigne élégante de Regina.

Mais tout cela s'est grippé. Récemment. Quand ? Grégoire ne saurait le dire : le départ des deux aînés, qui a faussé la dynamique familiale ? Leur anniversaire de mariage, qui aurait dû être une apothéose conjugale, et ne s'est pas si bien passé que cela ? Désormais, lorsqu'il pose un bras de propriétaire sur les épaules de sa femme, celle-ci se dérobe.

Regina lâche la barre, dans tous les domaines : elle s'est brouillée avec sa meilleure amie, la femme d'un donneur d'ordres important pour l'imprimerie ; elle qui milite pour un impitoyable équilibre alimentaire laisse depuis la rentrée chacun piocher à son heure dans l'immense frigo américain. Elle ne lui casse plus les pieds avec ses combats contre l'usage de la fourrure animale, les ondes à Bordeaux et les pesticides à Pont-Faye, les supermarchés qui tuent le petit commerce, et les dépassements de la vitesse autorisée.

Les habitants de la rue Poyenne ne font plus que se croiser, et surtout Regina refuse toute discussion. Lui, accoutumé depuis si longtemps à prendre l'avis de sa femme avant d'agir, à écouter son jugement sur les choses et les gens pour se forger le sien, se retrouve tout démuni. Particulièrement au sujet de Pont-Faye.

Regina n'a jamais été sensible au charme de Pont-Faye – trop décrépi, trop peu fonctionnel pour une Yankee – mais affecte de s'y comporter comme chez elle. Avec une politesse appuyée envers Thérèse, la femme de son beau-père, quand Grégoire se fait déplaisant avec celle-ci. Elle est l'épouse du fils aîné, et en femme réaliste marque ainsi son territoire, sachant bien que le temps joue en sa faveur.

Encore une fois, il cherche sincèrement à remonter à la source du malentendu, en massant machinalement son dos douloureux, volant bloqué, dans la dernière ligne droite avant Voussac. Si seulement elle voulait bien s'expliquer ! A ce moment précis, il n'a qu'une envie, poser la main sur la nuque de Regina, éprouver la moiteur de sa peau, sous la queue de cheval aux reflets roux nouée de velours noir.

Il faut penser à autre chose, vite. Que veut réellement Thérèse Albrussac, en leur demandant de se réunir ?

Cela lui ressemble si peu ; la seconde épouse soumise, qui ne demande jamais rien, a pourtant pris l'initiative de téléphoner aux enfants d'Antoine, l'un après l'autre : « Vous retrouver ensemble à Pont-Faye, et prendre des décisions ? – A la Toussaint, avant mon voyage en Chine », a décrété Grégoire, usant de ses prérogatives d'aîné.

Leur vieillard de père, de presque quinze ans plus âgé que sa femme, baisse de manière régulière. Tout le monde le sait, en se gardant bien de venir trop souvent sur place le constater, ou de mettre des mots sur ces transformations. Grégoire lui-même n'est pas revenu en Dordogne depuis le début de l'été ; il croule sous le boulot, n'est-ce pas ?

Mais quel est exactement le périmètre des décisions à prendre ? Concernent-elles seulement son père, ou l'avenir de la propriété ? Grégoire ne dissocie pas les deux ; les trois plutôt, car Pont-Faye appartient avant tout à Marcel, son grand-père, mort à près de quatre-vingt-dix ans, au milieu d'une tempête dévastatrice. Comme si après lui le déluge, il emportait ses plus beaux arbres dans la tombe. Marcel emmenait régulièrement l'aîné de ses petits-fils faire le tour du domaine de l'ancienne forge ; du bout de sa canne ferrée, en s'appuyant sur la géographie des lieux, il détaillait les grandes heures de sa vie d'entrepreneur, sans modestie excessive.

Au fond, papa a commencé à décliner quand son père est mort...

Le petit-fils de Marcel frissonne, referme la fenêtre, recule son siège encore, jusqu'à la dernière butée du mécanisme, sans parvenir à se sentir au large. Depuis que sa femme refuse de cuisiner, il mange n'importe comment, et prend de la bedaine.

La chaleur lourde, un peu écœurante, de l'habitacle l'oppresse de nouveau. Il est temps d'arriver. Autrefois, Regina lui faisait la conversation avec une application secourable, pour passer cette dernière heure de route tortueuse, et ils cherchaient ensemble toutes les occasions de rire. Sans doute à cause de l'épuisement, sa nostalgie se transforme en rancœur.

Voussac-en-Périgord. Grégoire aborde le bourg sans ralentir, fort de son bon droit, double la mairie et son affreux monument aux morts, la place de l'église en biais, et toutes ces maisons endormies déjà, confites dans leur ampélopsis automnal. Un village périgourdin comme tant d'autres, avec beaucoup de charme et aucun avenir. Plus que quelques kilomètres.

Avec la même acuité douloureuse, les préoccupations familiales remplacent peu à peu dans son esprit celles de l'imprimerie. Du plus loin qu'il se souvienne, Grégoire a toujours porté un poids, ce poids. Toujours fait taire ses désirs, refoulé son agressivité, pour se montrer raisonnable ; plus tard, il a même épousé une femme raisonnable. Du moins en principe !

« Tu dois donner l'exemple », répétait son père, sans être exemplaire lui-même. C'est lui, l'aîné, qui de toutes ses forces a tenté de maintenir les apparences, dans cette famille désarticulée par la disparition de leur mère. Là encore, l'analyse vient de Regina, du temps où elle s'intéressait à lui. Tous ces sacrifices pour entretenir Pont-Faye ! Grégoire tient à disposition de ses frères et sœur la liste complète de tant d'efforts, si quelqu'un a l'idée de venir le chercher sur ce terrain. Les mains pianotant nerveusement sur le volant, il reprend une fois de plus un raisonnement cent fois mené : qui en dehors de lui s'intéressera à la propriété, lorsque l'heure sera venue de se prononcer ?

La tante Suzanne ? Elle n'a guère voix au chapitre, et sera bien sûr aux côtés de l'aîné de ses neveux. Sa sœur Aude, dont la vie est faite à Rome, aux côtés de son maestro italien ? D'une pichenette sur le volant, il évacue cette probabilité. Restent ses deux jeunes frères. Yrieix ? Fauché comme il est, impossible ; Cyril, depuis son bout du monde, n'a jamais manifesté le moindre intérêt pour le Périgord. CQFD : lui seul est en situation de « reprendre la propriété ». Une expression d'autrefois, qui sous-entend des mécanismes de transmission bien huilés, une continuité rassurante entre les générations. Or, Grégoire sait bien qu'il n'en a pas vraiment les moyens, avec un emprunt courant encore sur douze ans pour l'imprimerie, et un chiffre d'affaires en baisse. En plus des enfants qui lui coûtent cher.

La suite logique de sa réflexion bute alors toujours sur Thérèse. Cette femme a consacré sa vie à Antoine, on ne peut rien lui reprocher. Mais il n'a aucune envie de cohabiter avec l'usufruitière présumée des lieux. Sur quelle espérance de vie peut tabler une femme de son âge ? Par décence, et surtout parce que cela ne mène à rien, il s'empêche de poursuivre au-delà.

La voiture aborde trop vite l'embranchement où l'on quitte la vallée de l'Isle pour suivre son affluent du Manoire ; happée par la nappe de brouillard, elle crisse sur la petite route rétrécie qui mène à Pont-Faye. A gauche, à peine visible dans sa gorge encaissée, le chemin vers la forge, et le vacarme familier du barrage sur la rivière ; à droite, le pavillon d'entrée, l'allée de castine aux deux lacets pentus, jusqu'à la silhouette massive de la maison de maître. Une belle demeure ancienne, trop remaniée par les flamboyants maîtres de forges du XIXe siècle, mais dégageant un charme qui le prend à la gorge à chaque retour.

Derrière des massifs de laurières, de plus en plus envahissantes, l'ampoule allumée dans la souillarde les attend. Il y aura peut-être même une marmite – en fonte de production locale – remplie de soupe à réchauffer.

Grégoire coupe le contact, remonte ses lunettes sur son front et demeure un moment immobile, à boire des yeux la maison assoupie, floutée, embrouillardée. Puis entreprend de se déplier pour affronter la nuit humide. Décidément, il a le dos en compote ; c'est tout de même un peu tôt, à moins de cinquante ans, une injustice de plus…

Le plus bruyamment possible, il rassemble ses affaires éparpillées sur la banquette arrière. Regina a ouvert les yeux, d'un coup, comme si elle attendait simplement d'être arrivée pour le faire. Nez à terre, en habituée, Prune file vers la cuisine, et Grégoire prend sa trace sans se retourner. Bien décidé à faire payer cher à sa femme, durant ces quelques jours où ils devront se côtoyer, son abandon de poste pendant le voyage.

2

Aude

Le coup de fil du secrétariat de l'hôpital Gemelli assomme Aude dès l'aéroport de Rome-Fiumicino. Vendredi 9 heures du matin, elle s'apprête à passer le portique de sécurité. Sac, manteau de fourrure, bottes à talons aiguilles, foulard et bracelets, il faut tout déposer sur le comptoir, avant de se laisser tripoter par les agents de la sûreté.

— *Pronto ?*

La messagerie s'est déjà déclenchée, qu'elle écoute tout de suite après qu'on lui a rendu sa liberté : « Signora Mantovani, il faudrait prendre rendez-vous, un *appuntamento*, pour une mammographie de contrôle. » Suit un numéro de téléphone à rappeler.

De quoi lui couper les jambes, pieds nus justement sur les dalles de marbre glacé.

Aude déteste les aéroports, le temps perdu, et la tension qu'elle ne sait pas apprivoiser, après toutes ces années : posséder à la fois le bon billet pour le bon jour, se présenter à la bonne porte d'embarquement à l'horaire adéquat lui semble toujours épuisant.

Elle n'aime pas du tout non plus laisser les filles : Alessia et Chiara, les siennes, et Sara, celle de Marie-Liesse. Un trop long week-end pour des adolescentes trop libres. Trop de fêtes, trop d'alcool, trop d'argent en circulation à « Chatô ». Ce lycée Chateaubriand, où se retrouvent les rejetons de l'aristocratie romaine, les étrangers francophones et quelques Franco-Italiens comme elles, propulsés dans un monde « trop », trop tout.

C'est toujours à Aude d'être exigeante, emmerdante, « structurante », comme elle le déclame dans ses pires déchaînements de philosophie éducative. Edoardo, en bon Italien, se refuse à tout effort d'autorité envers les enfants. Un homme charmant, un mari acceptable, un père adorable, mais qui vit selon son propre tempo. Cela fait partie de leur contrat depuis longtemps : il ne faut pas compter sur lui pour jouer les femmes au foyer. Déjà, élever trois enfants, c'est bien une idée de Française...

Debout dans la file qui attend placidement le contrôle suivant – passeport et carte d'embarquement, s'il vous plaît ! –, Aude éteint son portable et respire longuement, profondément. Il lui faut maintenant, en plus de l'angoisse du voyage, gérer celle de la convocation à l'hôpital. Probablement une fausse alerte, comme dans 90 % des cas.

Retour au coup de fil de Thérèse, et à sa menace, bien réelle pour le coup. Sa belle-mère ne téléphone jamais ; dans la voix malaimable, devenue tremblante avec l'âge, Aude a perçu une faille, et dérogé pour une fois à la violence froide qui préside à leurs relations : « Ça ne va pas ? – Ton père, au début, c'était juste des distractions ; il a toujours été un peu comme ça, n'est-ce pas ? Et puis il y a quelque temps, il s'est perdu en rentrant de Voussac ; depuis, plusieurs chutes, beaucoup d'absences... » Bref, il faut prendre une décision.

Aude s'effraie d'éprouver si peu de compassion pour eux deux, Antoine Albrussac et son épouse, qui vieillissent seuls et mal. Mais elle a tout de même acheté sur Internet un billet pour le week-end de la Toussaint. Hors de prix, évidemment, à cause des vacances scolaires. Qui donc a fixé cette date saugrenue, sans concertation aucune ?

Au fond, elle s'agace surtout de ressentir encore, à son âge, une telle appréhension enfantine au moment de revenir à Pont-Faye. Depuis son mariage, soit vingt-deux ans tout ronds, Aude n'y a fait que de courts passages au soleil de l'été, toujours protégée par la présence de ses filles.

Et puis, quelle décision y a-t-il à prendre ? Elle fait mentalement un aller-retour éclair entre ses deux cultures. En Italie, la question ne se pose pas, on s'occupe naturellement de ses vieux parents, le « on » étant essentiellement féminin. En retour, tout le clan bénéficie de leurs largesses. Pour les Mantovani, c'est un réseau d'entraide et de passe-droits, devenu transparent avec le temps, qui peut leur donner le sentiment d'être riches. Ils habitent un palazzo familial à la façade rose passé, juste au-dessus de l'étage noble, où Maria Lucia Mantovani vieillit lourdement. En compagnie des œuvres d'art réunies par Edoardo, et son père avant lui, et le père de son père : originaux et copies de travertin, de bronze, de plâtre ou de terracotta, plus ou moins monumentaux, disséminés sous les plafonds peints à fresque.

Edoardo a repris aussi le petit laboratoire familial spécialisé dans la restauration de marbres, qui travaille essentiellement pour les musées du Vatican. Il passe ses jours, parfois ses nuits aussi, dans les ateliers du rez-de-chaussée, en compagnie des statues, sarcophages et bas-reliefs confiés à ses soins avant d'être exposés dans des musées étrangers. Mantovani est jalousement amoureux de chaque œuvre d'art ainsi remise en beauté, et capable d'en parler dans toutes les langues. De ses longues mains musclées, il les admire, les caresse, les ausculte, avant de délivrer son ordonnance. Ensuite, une nuée de restauratrices d'art, plus jeunes et jolies les unes que les autres, se met à l'œuvre, à coups de solvants et de cotons-tiges, de sablage et de laser. Comme elles aiment bien travailler sous la direction du Maestro, leurs rires emplissent le *cortile,* montent jusqu'aux étages. Souvent, Edoardo escorte ses protégées de marbre, stars assurées à millions, jusqu'à New York, Berlin ou Paris.

Sa famille ne l'occupe pas autant, il fait toute confiance à sa femme et à sa mère.

Passé les contrôles d'embarquement, on s'engage dans le tunnel à l'odeur de plastique. Au son des roulements désaccordés des bagages de cabine, les voyageurs commencent leur course vers l'avion, et la meilleure place possible. Aude ralentit encore. Autour d'elle, on s'est beaucoup réjoui de l'avènement des vols low cost, qui relient pour presque rien la France et l'Italie. Elle, au contraire, déteste cette idée que s'efface ainsi si vite le millier de kilomètres entre ses deux pays. Avec la variation progressive des paysages et des lumières, et tout le cheminement intérieur qui lui a été nécessaire autrefois pour passer de l'un à l'autre.

« On est vraiment traités comme du bétail... » Dans l'avion, Aude s'engonce pour une heure et demie dans un fauteuil trop étroit, et s'efforce de se concentrer sur la suite : arrivée à Toulouse-Blagnac ; bus vers Matabiau, vite, pour ne pas rater le TER, qu'on appelait « micheline » dans son enfance, glacé ou brûlant selon les jours, jusqu'à la gare des Eyzies. Elle a envoyé un SMS à Grégoire, en même temps qu'à Regina, qui gère l'agenda de son frère : « arrivée 15 h 36 ».

Le découpage rocheux du monte Argentario, au sud de la Toscane, apparaît dans sa moitié de hublot sale ; mais à peine en altitude de croisière, l'appareil commence à tanguer. Et chaque passager, en bouclant de nouveau sa ceinture, de vérifier dans l'œil du voisin son degré de panique. Verrouiller les paupières pour y échapper. Le *Elle* acheté à Fiumicino, un de ses petits plaisirs français, reste fermé sur ses genoux, avec son étui à lunettes, que par coquetterie elle chausse le moins possible ; c'est-à-dire de plus en plus souvent.

Pont-Faye l'envahit, comme un venin glissant petit à petit dans ses veines, Pont-Faye qu'elle a fui à dix-huit ans. Mais après tout, quelle fille de cet âge n'espère pas autre chose de la vie que le huis clos d'une maison de campagne ?

L'amorce de la descente vers Blagnac, le clignotement des loupiotes sur l'aile.

Dans le ciel, mystérieusement, les codes changent : le timbre de voix des Italiens baisse, tandis que la langue française prend le dessus parmi les passagers pressés de débarquer.

Aude a adopté le rire haut, les gestes enveloppants et les décolletés généreux de l'Italie, la légèreté en somme, tout ce qui l'éloigne des années de drame ; mais elle se pique aussi de garder, en même temps qu'un accent impeccable, une forme de morale et d'esprit français. Elle ne se précipite donc pas non plus pour sortir. Sur le tarmac de l'aéroport, resserre frileusement son vison autour d'elle ; ce vent est aigre, cinglant, méchant, comparé aux délicieux *ottobrate romane*, le doux automne romain.

C'est elle, Aude, qui a trahi la première. Les jumelles d'autrefois, à Pont-Faye, avaient la même taille au-dessus de la moyenne, la même intelligence des mains, les mêmes paillettes violettes dans leurs yeux gris, les yeux Albrussac. De vraies jumelles, disait-on autour d'elles, pour s'excuser de ne pas les différencier, surtout après la disparition de leur mère. Aude et Marie-Liesse avaient appris à se faire oublier : vivant à part, au milieu de leurs productions et de leurs rêves divers, sans rien demander à personne. Subissant côte à côte les repas, soudées toujours contre le regard de Thérèse. Parfaitement complémentaires : Marie-Liesse décidait, Aude communiquait. Quand on s'adressait à l'une, l'autre comptait sur une réponse commune.

La première rupture avait eu lieu avec l'entrée au lycée de Périgueux. Au nom d'une théorie pédagogique : « Aude Albrussac, seconde 1, Marie-Liesse Albrussac, seconde 2 », avait énoncé le proviseur moustachu.

Il s'agissait de les encourager à développer chacune leur personnalité. De 8 h 15 à 16 h 45, elles ne vivaient donc plus les mêmes choses. Passé le choc, chacune s'était accommodée de la situation, avait noué des amitiés de son côté, Aude peut-être un peu plus que Marie-Liesse. Mais une fois revenues dans leur chambre, elles ne se comprenaient plus d'un seul regard. Continuant pourtant à échanger leurs devoirs de maths, leurs pulls, leurs secrets. Et à fabriquer ensemble, sur la machine à coudre maternelle, rapatriée chez elles, de longues jupes de Gitanes à volants, des sacs à franges et des bandeaux colorés.

Et puis, à dix-huit ans, Aude était partie. C'est ainsi que se faisaient les choses à Pont-Faye : on saisissait les occasions, de façon brouillonne, selon des ressorts que personne n'interrogeait. En l'occurrence, il s'agissait d'une proposition transmise par Grégoire, alors étudiant à Bordeaux : « Jeune fille au pair dans une famille, logée, nourrie, et tu pourras t'inscrire à la fac, en même temps... » Pourquoi Grégoire avait-il fait cette proposition à Aude plutôt qu'à Marie-Liesse, enclenchant ainsi l'irréversible processus ? Sa jumelle lui en avait voulu bien sûr d'être préférée, et de fuir. Grégoire avait-il perçu avant tout le monde cette évolution qui s'affirmait entre les jumelles, ou bien était-ce juste un battement d'ailes de papillon, le hasard qui infléchit à tout jamais les destins ? Pour elles deux, l'avenir s'était scellé là : en octobre, Aude s'installait à Talence pour s'occuper de deux petites filles sages, et étudier les lettres classiques. Passant avec armes et bagages dans un autre monde.

Les lettres – pourquoi les lettres, d'ailleurs ? – n'intéressaient pas vraiment Aude. D'autant qu'il lui avait fallu commencer par se mettre à niveau en latin. Si elle n'avait pas abandonné dès le premier semestre, c'était grâce à Edoardo Mantovani.

Elle était tombée raide dingue de ce gentil Romain aux pulls de cachemire, qui lui offrait son aide. L'amourette commencée au café, au-dessus du *De viris illustribus urbis Romae,* un texte très peu érotique, n'était pas faite pour durer, et aurait dû se terminer avec le retour au pays de l'étudiant. D'ailleurs, d'autres garçons du cru attendaient leur tour auprès de cette grande fille rêveuse aux yeux effilés. Mais au-delà de ses talents de traducteur, de sa gaieté, Edoardo offrait à Aude une invitation au voyage, et un clan chaleureux. Elle l'avait suivi à Rome, pour toujours. En Italie, on a une seule mère, et une seule femme ; il se trouve que les deux avaient tout de suite fait alliance. Maria Lucia, sa voix sonore, ses seins généreux et ses multiples colliers de corail rose avaient accueilli l'orpheline, en poussant vigoureusement au mariage.

Pendant ce temps, Marie-Liesse, à Pont-Faye, passait par des hauts et des bas. Des sommets d'excitation où elle manquait d'air, pompait celui de son entourage, et des gouffres de tristesse effrayante. Cela avait toujours été ainsi, mais personne alors ne s'en apercevait, hormis sa jumelle, dans cette solitude juxtaposée où ils vivaient tous.

Restée seule, Marie-Liesse continuait d'alterner ces périodes d'activité forcenée, de générosité débridée, suivies de brusques changements d'humeur.

Pour l'occuper, on lui avait confié la responsabilité de ses deux petits frères, Yrieix et Cyril, que personne ne maîtrisait plus. Sitôt débarqués du car scolaire, ceux-ci s'enfonçaient dans les bois pour lui échapper.

Et elle poursuivait des projets pharaoniques, toujours abandonnés en chemin : la peinture de toiles monumentales, avec un talent certain, mais ses pinceaux finissaient toujours par moisir dans des pots de confiture ; la correspondance avec des prisonniers de la centrale de Tulle, mais le courrier s'accumulait sur le buffet, comme le bois ou l'argile dans sa chambre, qu'elle rapportait pour les sculpter, un jour peut-être. Elle s'attifait de tenues extravagantes, au moment où Aude suivait pointilleusement la mode. Même physiquement, les jumelles ne se ressemblaient plus : Aude s'épanouissait sous les caresses d'Edoardo, jouait toutes les variations de style, mini-jupes et ongles peints, tandis que Marie-Liesse, qu'on appelait de plus en plus souvent par dérision Marie-Liane, une liane fragile et cassante, s'amenuisait sans cesse, cachée sous des « tenues de romanichelle ». C'était du moins ainsi que la voyait Thérèse ; et les gens du pays qui la croisaient murmuraient : « Elle est folle… »

Dans l'indifférence générale, au plus froid de son dernier hiver, elle avait décidé de transformer l'ancienne forge du domaine en une sorte de musée. Il y avait, entreposés dans un grand bâtiment aux portes cintrées, une collection complète des productions de la forge Albrussac depuis le XVIIIe siècle : canons de marine, mécanismes à vis, chaudrons, socs de charrue et versoirs ; et aussi de très belles plaques de cheminée, originales et curieusement contemporaines.

Emmitouflée dans sa parka devenue trop large, bravant le brouillard du matin, Marie-Liesse descendait vers la rivière grondeuse et la forge abandonnée, interdite depuis toujours aux enfants. Elle y passait des journées solitaires, au milieu des bâtisses décaties. Avec une énergie redoutable, elle avait nettoyé, ordonné, transporté à s'en esquinter les reins, mis en scène ces reliques d'un temps enfui. C'était très réussi, mais la vogue n'était pas encore au terroir ; et surtout, elle manquait de suite dans les idées, dans des proportions extraordinaires. Un mauvais jour, brusquement, Marie-Liesse avait tout abandonné en l'état, et adopté un mutisme sinistre.

Antoine, qui avec l'âge devenait de plus en plus autoritaire, secouait sa fille dans une sorte de hargne maladroite, et cela finissait par des crises de larmes pénibles pour tout le monde. A cette époque, Aude revenait de moins en moins souvent à Pont-Faye. Même si les jumelles restaient solidaires, la séparation était consommée.

Aude soupire dans son fauteuil. Cette symbiose de son enfance, qu'elle recherche encore et toujours, dans une quête indéfinie.

En avril, à l'orée du printemps et de ses vingt et un ans, Marie-Liesse avait quitté Pont-Faye, sans prévenir ni laisser d'adresse. De toute façon, il n'y aurait eu personne pour la retenir.

3

Yrieix

La nuit a été exquise, mais trop courte. Y manquaient les quelques heures du matin, celles où l'on explore ensemble la possibilité d'un futur, avec le café fort du petit déjeuner. Le décor était parfait pourtant, féminin à souhait : un bouquet de pois de senteur délicieusement penché, des draps de lin très tendance et très frais, un bon choix de musique. Mais déjà, il perdait la précision des traits de cette Ysabel, « avec un Y, nous avons cela en commun ! ». Ceux du visage, car pour les hanches, il aurait pu encore les dessiner.

Yrieix est parti pour la gare à l'aube, trop vite, trop tôt, en maugréant contre son frère. « Tâche d'arriver aux Eyzies à peu près en même temps qu'Aude, que je ne sois pas obligé de multiplier les trajets... », a dit Grégoire au téléphone, sur son ton impérieux. Et Yrieix s'exécute. En colère contre lui-même pour cette application qu'il met malgré tout à obéir, avec ses quarante-cinq ans bien tassés...

Le train traverse les banlieues successives de Paris, de moins en moins grises, de plus en plus vertes, à mesure qu'il prend de la vitesse. Lui préfère le gris ; gris tourterelle, celui de son panama, agrémenté d'un ruban couleur bordeaux. Car Yrieix porte toujours chapeau, c'est sa marque, sa différence, en même temps que le logo de sa boîte. Et tant mieux si ses airs de dandy agacent sa famille… Il est entendu, depuis toujours, qu'il est celui par qui le désordre arrive, celui qui provoque et transgresse.

A Pont-Faye, dans les années floues de sa vie, il a beaucoup cherché à capter le gris fer, sous toutes ses nuances. Avec l'appareil photographique de sa mère, un Canon à la lourde calandre argentée, au boîtier métallique, comme on les faisait dans les années soixante de l'autre siècle. Sa vie a changé le jour où il a osé mettre la main sur l'objet, resté durant des années posé au coin de la console du vestibule, recouvert au fil du temps d'une couche de poussière de plus en plus épaisse. Après les photos de famille, il a traqué la peau sombre des gueuses de fer abandonnées devant le haut-fourneau de la forge, la rouille des cercles de barrique, les rainures forgées à la main dans les vis du bocard ; puis il a cherché à fixer dans l'objectif la netteté des ramures défeuillées d'un châtaignier, du plumage d'un corbeau, la brillance de son œil nègre. C'était avant l'ère digitale, quand l'argentique donnait toute latitude de forcer les contrastes, surtout en noir et blanc, dans les lumières les plus intenses ou au contraire les plus ténues.

Ces portraits soignés d'arbres, d'animaux et d'outils, au plus près de leur vérité, de leur écorce, fourrage, ou usage, qu'il développait lui-même en formats monumentaux, ont été exposés plus tard à

Bruxelles, et fait sa notoriété. Ils lui ont offert l'indépendance, à vingt ans.

Le portable d'Yrieix résonne dans le wagon, en notes de jazz sonores, provoquant dix regards agacés. Cela le fatigue de penser à enclencher la position vibreur…

Agathe. Il file à travers le couloir central, en bousculant tout le monde, jusqu'au fond du compartiment bondé. Normal, en ce début de week-end prolongé, mais détestable.

— Allô, ma fille ?

— Papa ! Il paraît que tu vas à Pont-Faye ? Pourquoi tu ne m'as pas prévenue ?

— Qui t'a dit ça ?

— Max, bien sûr !

En digne fille de parents séparés, Agathe, quinze ans, professe un intérêt pour sa famille paternelle, la maison familiale, et tout ce qui va avec, exactement proportionnel à la réserve de son père sur le sujet. Comble, elle revendique d'entretenir des relations suivies avec son cousin Maxime, le dernier fils de Grégoire.

— Je voudrais venir avec toi ! Tu pars quand ?

Yrieix n'a pas pensé à le lui proposer, évidemment.

— Suis déjà dans le train… mais ça n'a rien de drôle, tu sais ! Une convocation de Thérèse, pour parler de l'avenir. Ton grand-père ne va pas bien du tout.

Il sait de quoi il parle, lui qui, passé en Périgord plusieurs fois durant l'automne, a pris la mesure de la situation.

— Et il n'y aura personne de ton âge.

Le ton définitif, décourageant, provoque aussitôt la rébellion d'Agathe.

— Si, justement, Max y va ! Et il est d'accord pour m'aider, il est super bon en classe. On s'installera tranquillement à la Cantine, pour bosser...

Le père lève les yeux au ciel. Mademoiselle a décidément tout prévu.

Cette dépendance de Pont-Faye, accrochée à mi-coteau, servait autrefois de logement et de cantine pour les ouvriers de la forge, d'où son nom. Restée telle que bâtie au XVIIIe siècle, de pierres nues, elle regarde en contrebas la cheminée du haut-fourneau. Parce qu'il aime cette maisonnette à taille humaine, et parce qu'elle est à l'écart du château, Yrieix, dans les premiers temps de sa réussite photographique, y a investi de son temps et de ses gains, pour sauver le toit crevé. Puis, au début de son mariage avec Marianne, ils ont commencé ensemble à la restaurer, avec l'accord tacite de son père. Le projet a sombré en même temps que son couple. Il en garde pourtant jalousement la clé, et y vient de temps en temps encore.

Yrieix ne relève pas la demande d'Agathe ; il ne tient pas à voir sa fille à Pont-Faye, point barre. C'est toujours si compliqué, avec cette gamine...

— Comment ça va, sinon, dis-moi ?

— Bof... Le prof de maths me pourrit la vie, et maman aussi.

Il ne peut décemment mordre à l'hameçon, et du coup reste coi. Sa femme, enfin son ex-femme, élève seule Agathe ; et s'en occupe infiniment mieux que lui.

Reste le coup du tunnel ; un vrai tunnel, qui coupe la communication. Signe qu'on approche de Limoges.

— Allô, je ne t'entends plus ? A plus tard, ma chérie.

Il se sent assez misérable de lâcheté, en regagnant sa place.

Une jolie brune lève les yeux de son magazine pour le regarder passer, et instinctivement, il corrige sa légère claudication. Héritage des négligences conjuguées dans son enfance : manque de surveillance, mauvaise chute, soins insuffisants. Ses casquettes, galurins, panamas, borsalinos ont le mérite d'attirer les regards plutôt vers le haut de son personnage. Pourtant, il le sait bien, les femmes aiment en lui cet infime handicap, qu'il entoure du mystère approprié. Yrieix, un peu moins charpenté que ses frères, a dû apprendre à se faire plaindre et aimer.

Les tunnels se succèdent, le gris bleuté des ardoises limousines reprend le dessus sur le vert de la campagne. Après Limoges, un peu plus d'une heure de sursis encore, jusqu'aux Eyzies. Comment cela va-t-il se passer à Pont-Faye ? Lui qui met un point d'honneur à ne jamais s'attendrir de rien repousse la question, en enfonçant son chapeau plus bas sur ses sourcils, et en convoquant les images réjouissantes de la nuit précédente. Mais elles n'ont déjà plus le pouvoir de l'émouvoir.

4

Antoine

D'un coup d'épaule, familier depuis si longtemps qu'il l'exécute au millimètre près, Grégoire fait pivoter le battant grinçant de la porte, et s'efface pour laisser passer sa chienne, puis sa femme. Comme dans un décor de théâtre, l'horloge de campagne sonne 8 heures quand ils apparaissent ensemble dans la cuisine. Sans l'avoir voulu, sans un mot entre eux, par la force de l'habitude, tous deux se sont retrouvés prêts à descendre au même moment.

Antoine Albrussac, assis en haut de la longue table, mastique consciencieusement. Il habite un corps massif, mais dont la peau plissée par vagues semble devenue trop grande pour lui. Même sa veste de tweed apparaît comme posée sur lui, sans lui appartenir vraiment. Un look de gentleman farmer, qu'il cultive depuis toujours, pochette en soie lustrée par l'âge et la crasse, pantalon de velours poché aux genoux, devenu démodé deux fois en un siècle.

Thérèse, déjà en blouse de cuisinière, semis de fleurettes délavées, beurre des tartines. Selon l'antique tradition des paysannes périgourdines qui, toujours debout, servent leurs hommes à table.

Bien plus jeune que son mari, elle n'a jamais été jolie. Une constitution solide, encore épaissie par l'âge, plusieurs grains de beauté disgracieux sur les joues, qui au fil des années se sont garnis de poils gris, raides, durs. L'ensemble reste en l'état, sans coquetterie, sous une permanente grise et serrée. Et une expression de parfaite neutralité invariablement posée sur le visage. Etant donné tout ce qu'elle a subi dans sa vie, sous son statut de marâtre, cette neutralité-là relève déjà de la sainteté. Quand elle a épousé Albrussac, jeune veuf qui portait beau, c'était avec le contrat assumé de prendre en charge la maison et les enfants ; ce qu'elle faisait déjà de toute façon. Thérèse ne s'est jamais plainte de son sort, et voue à son mari une adulation placide, jamais prise en défaut.

Grégoire s'approche de son père, avec une sorte de courbette du haut du corps. Pas plus, pas trop près : on ne s'embrasse jamais dans la famille. Sauf parmi les femmes venues d'ailleurs, et cela relève alors plus d'un cérémonial social que d'une manifestation d'affection. Regina accomplit la corvée envers Thérèse, à la sauvette.

Antoine regarde son fils venir de loin, par en dessous.

— Bonjour, mon gars.

Sa voix est terriblement lente et chuintante, mais il l'a reconnu.

Puis Grégoire voit la lueur de panique dans les yeux de son père, sa manière d'interroger Thérèse du regard. Celle-ci pose la main sur son poignet :

— C’est Regina, Antoine ! Re-gui-na, la femme de Grégoire…

Les yeux restent tout aussi interrogatifs.

— Ma-a-me, énonce-t-il sur un ton acerbe.

Thérèse sourit ; d’un retroussement de lèvres vite réprimé, sans joie.

— Cela lui arrive parfois ; ne t’inquiète pas, il finira par te remettre. Allez, installez-vous ! Le voyage s’est bien passé ?

— Oh oh, du vrai pain !

Grégoire s’affale sur une chaise grinçante, Prune à ses pieds, et renifle avec satisfaction la miche épaisse, en brandissant le long couteau à pain.

Normalement, selon les répliques en usage entre eux depuis longtemps, sa femme aurait dû lui faire une remarque de modération, à propos de son geste, ou de son régime, ou les deux. Il l’attend, mais rien ne vient.

Une tension subsiste dans la cuisine, à cause de l’effet produit par la « dame » sur Antoine.

Autrefois, leurs garçons auraient alimenté la conversation, le nez dans un bol de céréales, dont Thérèse conservait les restes entre les vacances scolaires. « Elles sont toutes molles, après… » se plaignait Maxime, petit. « Oui, mais on ne jette pas la nourriture, finis d’abord celles-là ! »

Maintenant, leur absence pèse en creux.

Antoine tient toute la table sous la pression de son regard affolé.

Comme on fait pour un enfant, Thérèse tente de le calmer en lui mettant une tartine dans les mains. Et comme un enfant, il la repousse d’un revers.

— Je ne veux pas d’une étrangère ici…

La voix éraillée peut laisser un doute, mais les yeux fusillent sa belle-fille.

— Papa, c'est Regina !

— Vraiment aucune importance...

Regina insiste sur ce « vraiment », pour lui donner tout son relief. « Si vous saviez comme je m'en fiche », signifie-t-il clairement, avec un regard excédé qui englobe aussi bien les personnes présentes que la vaste pièce.

Grégoire connaît par cœur le sens de ce regard, et en éprouve toujours un malaise. Non pas de honte pour l'état de la cuisine, sombre, encombrée, poussiéreuse ; qui convient assez bien aux paysans qu'au fond ils sont toujours un peu, chez les Albrussac. Plutôt de l'agacement envers sa femme, incapable de comprendre l'essence de ce désordre familier. « En vieillissant, on ne voit plus la saleté, c'est bien connu... » plaide-t-il parfois.

Il soupire, cette maison est lourde à entretenir, et l'heure n'est plus aux plaidoiries. Après avoir avalé férocement deux tartines, en mastiquant haut et fort pour tenter de repousser le silence, il se masse le dos.

— Tout va bien, ici ?

C'est une phrase malheureuse, évidemment. Il le comprend aussitôt qu'il l'a prononcée, et enchaîne :

— Donc, en milieu d'après-midi, je vais chercher Aude aux Eyzies ; Yrieix arrive juste un peu plus tard. On sera tous là pour le dîner...

Thérèse approuve. Debout, une main en coupelle, elle ramasse patiemment les miettes de pain qui dégoulinent du menton d'Antoine, pour les introduire de nouveau à travers la commissure des lèvres.

Celui-ci répète, sans lâcher Regina des yeux, et sans paraître écouter son fils :

— Je ne veux pas de cette dame ici !

La parole hachée, sifflante, mais distincte.

Regina joue avec la cuillère de la confiture, des morceaux de fruits trop épais, un pâton trop cuit. D'un geste apaisant, elle interrompt son inspection, avale son café d'une lampée définitive, et disparaît, sans bruit.

Thérèse alors, le triomphe discret, relâche la tension comme on ferme une porte, et regarde Grégoire :

— Cyril arrive aussi ce soir. Je ne sais pas quand ni comment, il a dit qu'il se débrouillait. Il vient avec sa femme.

— Cyril ! Il est marié ?

Grégoire s'exclame, mais ne pose aucune autre question.

Il n'a pas vu son dernier frère depuis… combien de temps, voyons ? Plus de vingt-cinq ans en tout cas, puisque celui-ci avait déjà quitté Pont-Faye en octobre 1982, date du retour du cercueil de Marie-Liesse.

5

Cyril

Vingt-deux heures de voyage, tout compris. Le départ de Goa en fin d'après-midi, chaleur et embouteillages, l'air glacial et desséchant de l'avion pendant la nuit, et l'arrivée à Roissy sous un ciel d'aube sale. Une correspondance bien huilée pour Bordeaux, la voiture de location à l'arrivée, fleurant fort le plastique.

Dhanya supporte tout cela. Souriante, la queue de cheval impeccablement tirée, droite, lisse et bronzée parmi tous ces visages pâles. Et depuis l'atterrissage cette tenue occidentale, pull et pantalon grège assortis : tout aussi gracieuse, mais une silhouette insensiblement changée, le cou mangé par un col roulé, et les hanches soulignées, trop, à son goût.

Au sortir de l'aéroport de Mérignac, il aimerait bien lui faire les honneurs de son pays, mais peine lui-même à retrouver des repères, scrute les panneaux des échangeurs. Finalement, le GPS les emmène vers la nouvelle autoroute de Libourne. Cyril accélère pour s'engager dans la courbe de la bretelle, et se libérer de son trouble, autant que de ses interrogations routières. Entre les vignes, sur le ruban d'asphalte dégagé, les paysages de sa jeunesse l'attendent, enflammés par l'automne.

— Combien de temps que tu n'es pas revenu par ici ?

Exactement en écho à ses pensées, Dhanya pose la question.

— Huit ans. Quand je suis venu à Bordeaux pour signer le contrat de l'hôtel : on voulait absolument voir ma tête. Ensuite, tout s'est fait par Internet.

— Et à Pont-Faye ?

— Oh là, bien plus…

Et il laisse traîner entre eux les points de suspension. Comme souvent.

Elle passe un bras derrière son épaule, cale ses doigts à l'endroit précis où la texture de ses cheveux drus s'affine, devient duvet. Un petit coin de douceur dans un monde de brutes, se dit-elle.

— Cela te fait plaisir d'être là ?

Sourcils froncés, yeux rivés sur le rétro, il cherche à dépasser une voiture trop lente ; à l'indienne, en forçant un passage qui lui revient de droit. Et botte en touche, joyeusement.

— Je suis content que tu sois là, en tout cas !

Elle accentue sa pression sur l'épaule charpentée, observe le plissement des ridules au coin de l'œil, dessinées par le bronzage. Qu'il est beau, son mari ! Un peu différent, dans ce pays inconnu d'elle. Plus sensible, presque vulnérable même.

— Kiri…

Le surnom enfantin de Cyril lui vient aux lèvres. Il n'y a pas si longtemps que son mari le lui a confié, par inadvertance, élément ténu de son passé. Dhanya sait que la mère de Cyril est morte quand il était encore bébé, et qu'il n'en garde aucun souvenir ; raison suffisante selon lui pour ne jamais en parler. Cyril fait mentir toutes les théories psychologiques, avec sa robuste assurance de quadra établi dans la vie : le passé est le passé, seul l'avenir l'intéresse, qu'il affronte à larges enjambées, avec les certitudes de ceux à qui tout réussit.

Pendant que le panorama défile en grand écran, à travers les vitres fumées de la Mercedes, leurs pensées se retrouvent à ce point précis : la lettre de Thérèse. Thérèse, la belle-mère, qui a nourri, endormi, habillé, et peut-être même aimé le petit Kiri. Tout le monde devait tomber sous le charme des boucles claires de Cyril ! Son mari semble éprouver pour elle la reconnaissance du ventre. Plus tard, il a rejoint la fratrie dans une bronca instinctive, faute surtout d'un autre mode d'emploi des relations familiales. Entre lui et elle, demeurait une complicité un peu clandestine, alors qu'il grandissait de façon aussi échevelée que les autres. Voilà ce que comprend Dhanya, à défaut de savoir.

Lui, dit-il, c'est l'école hôtelière de Savignac qui l'a sauvé : Cyril a atterri là en apprentissage, quelques jours avant ses seize ans, âge limite de la scolarité obligatoire. Sur une décision de son père qui voyait cela comme une punition, après une énième convocation du collège pour absences et chahuts répétés. Ce garçon lui chauffait les oreilles, il avait assez de problèmes comme cela, et si les profs voulaient « pour son bien » l'éjecter vers une filière professionnelle, rendez-vous des cancres, qu'ils le fassent ! De toute façon, Antoine n'a jamais cherché bien loin l'orientation de ses enfants. Aucun d'entre eux n'a fait d'autres études que celles du hasard.

Savignac étant à moins d'une heure de Pont-Faye, la scolarité quasiment gratuite pour les élèves du département, et l'arrêt du car scolaire à proximité de la départementale, l'affaire fut vite bouclée. Personne ne savait rien de la réputation naissante de cet établissement perdu dans les terres à tabac.

Un an plus tard, la proposition de stage la plus lointaine et la plus séduisante a été pour lui, parce qu'il était seul à postuler. En général, les jeunes Périgourdins n'aiment guère s'éloigner de leur pays de cocagne. Six mois au bout du monde, dans un palace de Singapour. Sa gueule d'ange et son vernis de jeune bourgeois ont fait le reste ; ensuite, cela a été Doha, Le Cap, Bangkok... Les chaînes hôtelières formaient des bataillons de jeunes Français à l'élégance stylée, aux dents longues, taillables et corvéables à merci, pour les envoyer à travers le monde. A vingt-deux ans, Cyril Albrussac était chef de rang, travaillait vingt heures sur vingt-quatre, gagnait bien plus d'argent qu'il ne pouvait en dépenser. A moins de trente ans, il a posé son unique valise à Goa.

L'ancienne enclave portugaise, désormais rattachée à l'Union indienne, était en train de devenir le Saint-Tropez des Occidentaux. Cent vingt-cinq kilomètres de plages paradisiaques sur une mer turquoise, un patrimoine colonial exceptionnel, un climat doux et chaud, pas d'hiver ou presque. Juste au moment où l'Inde s'ouvrait au monde, où son économie décollait, avec une main-d'œuvre jeune et abondante et une croissance à deux chiffres. L'occasion tombait à pic pour Cyril de prendre des parts dans un restaurant qui se montait ; il inspira confiance à des investisseurs bordelais.

Albrussac s'est investi corps et âme dans l'aventure, selon les recettes apprises durant dix ans chez les autres. Encouragé par le succès, il s'est lancé ensuite seul, pour racheter des paillotes adjacentes, héritage de l'époque hippie, et les transformer en bungalows de luxe.

Les lodges d'Abicol étaient désormais répertoriés dans les catalogues des tour-opérateurs américains, avec un taux de remplissage plus que correct. Albrussac dirigeait l'ensemble d'une poigne assez rude, travaillant comme un forçat par habitude plus que par nécessité, et devenait riche sans y penser. Sans jamais prendre de vacances, dont il n'éprouvait pas le besoin : pourquoi rentrer en France ?

Une fois par an, il envoyait ses vœux à Pont-Faye, sur une carte commerciale de l'hôtel, et recevait en échange, un bon mois plus tard, une courte lettre de Thérèse, recensant les principales informations familiales, naissances, mariages, décès. Ces dernières années, il a pris l'habitude d'y joindre un chèque confortable, qui n'engendrait aucun commentaire, mais était aussitôt encaissé.

C'est alors que Dhanya s'est présentée à Abicol…

Avec un dossier flatteur sous le bras, elle répondait à son appel d'offres pour le relookage des lodges. La mode était en train de passer à l'écolo-zen, il sentait qu'il fallait réinventer quelque chose, mais ne connaissait pas grand-chose à la décoration. Son truc à lui, c'était la table ; son truc à elle, c'était la déco.

Dhanya, droite dans son sari, des mains soignées et expressives pour tenir le crayon à dessin, parlait de réinterpréter les traditionnelles sculptures d'ivoire, les coussins brodés, les chantournures héritées de la compagnie des Indes. « Une touche locale et pourtant moderne, du mobilier exécuté sur place, nous avons des techniques éprouvées... »

Cyril ne le savait pas alors, la jeune femme appartenait à cette communauté métisse issue de la première implantation portugaise à Goa, durant ce XVIe siècle où le vice-roi encourageait ses marins à épouser des indigènes, pour faire souche sur place. Une caste fermée et riche, qui conjuguait l'orgueil des brahmanes et le catholicisme hérité des Jésuites, une communauté qui contrôlait la vieille ville, la Goa dorada, les rizières et les cocoteraies alentour.

Le projet était séduisant, et la fille le vendait bien. Mais il avait hésité un moment à l'engager, parce qu'elle était vraiment trop belle : le teint bistre des Eurasiennes, pommettes et front hauts, des attaches d'une finesse étonnante, une vague de cheveux sombres. De quoi faire tourner la tête du personnel mâle de l'hôtel, et s'attirer des ennuis avec les clients. Sans le savoir, il était déjà jaloux des regards posés sur elle.

C'est lui qui avait été pris au piège, dans un tourbillon de sensations. Car la jeune Dhanya lui tenait la dragée haute ; elle parlait toutes les langues, le portugais, l'anglais, l'hindi, le konkani, et même le français littéraire des intellectuels, pur et délié ; elle maîtrisait tous les codes, méprisait avec délicatesse les étrangers ; lui surtout, peut-être, tant auprès d'elle il se sentait lourd, rustique, déjà vieux.

Derrière son front si lisse, Dhanya décidait, et agissait. Là-dessus, ils s'étaient compris dès la première minute, sachant aussi bien l'un que l'autre ce que signifiait le travail bien fait. Mais elle s'en tenait strictement au registre des relations professionnelles, dans un déploiement de salutations et de saris raffinés. Car, dans une maison coloniale de la Goa dorée, imbue de son prestigieux passé, Dhanya vivait sous une surveillance familiale serrée, affichait sa piété. Monsieur Albrussac, habitué à la conquête et à rien d'autre, silencieux, autoritaire, parfois brutal, s'était heurté à ce triple verrouillage. La jeune femme n'imaginait pas alors de déstabiliser une carrière bien amorcée pour cause d'amourette avec un patron occidental, presque deux fois plus âgé qu'elle.

Et pourtant...

En avril, Cyril a écrit une lettre à Thérèse pour lui annoncer son mariage, avec des accents de bonheur brut, et une photo de la nouvelle épousée, princesse des *Mille et Une Nuits* en manteau brodé d'or.

C'est seulement début octobre qu'est venue la réponse. Quelques phrases, d'une écriture malhabile, tremblée par l'âge. Avec des congratulations succinctes, assorties de cette demande de réunion familiale, à peine deux semaines plus tard.

La lettre est restée dépliée sur la table de teck, sous la varangue où ils se retrouvaient pour quelques minutes arrachées au boulot, avec toujours les téléphones portables allumés.

Depuis leur mariage, ils habitaient un pavillon comme tous les autres, au toit recouvert de palmes, entretenu comme les autres par le personnel de l'hôtel ; seulement un peu mieux caché, à l'arrière de la plage, derrière un baobab pluricentenaire.

« Tu vas répondre quoi ? » a demandé Dhanya en tressant machinalement ses mèches à peine égaillées, d'un air d'intense concentration.

Le temps pour Cyril d'une gorgée de bière fraîche.

« Rien, pourquoi ?

— Pourquoi pas ? »

Il s'est tu.

D'un mouvement délicat elle s'est redressée, enroulant son voile autour de ses épaules.

« Thérèse te demande quelque chose, tout de même ? »

Dhanya traitait la question calmement, efficacement. Qu'avait-elle en tête ? Lui, fasciné par le chatoiement de la soie sur ses épaules, ses seins, ses mains, cherchait à la comprendre.

Avec une deuxième gorgée de bière.

Bien sûr, le respect dû aux anciens. En toutes choses, sa femme obéissait aux règles d'une société structurée, où l'on savait exactement ce qu'il convenait de faire, dans chaque situation, envers chaque personne, selon une subtile hiérarchie. Dans ce bout de paradis, où étaient venus échouer de vieux soixante-huitards ravagés par les drogues et l'oisiveté, les Indiens maintenaient d'autant plus leurs traditions, leur savoir-vivre.

Dhanya, qui savait mieux que personne ce à quoi elle avait renoncé en épousant un Français, athée de surcroît, assumait son choix avec vaillance, mais sans transiger sur les principes. Et point n'était besoin de les énoncer.

Elle attendait en silence.

Une demi-bière encore, le croassement des perroquets vaza, les rayons du soleil glissant obliques sous la varangue, avant leur plongeon dans la mer d'Arabie.

« Si j'y vais, tu viens avec moi ? »

Il a fondu en la regardant. Oh, ces yeux de biche, de velours, de braise liquide levés vers lui ! Aucun cliché n'était assez fort pour leur rendre hommage, aucun mot pour exprimer l'émotion qui lui prenait le cœur, et le ventre.

« Tu crois qu'on peut quitter Abicol en ce moment ?

— Il y a combien de temps que tu n'as pas pris de vacances ? »

La réponse était dans la question, mais c'était une révolution à opérer pour leurs esprits, qu'ils digérèrent lentement. L'un et l'autre, depuis des mois, travaillaient d'arrache-pied à la modernisation des paillotes. Ils ne raisonnaient qu'en termes de plannings, de coûts, de satisfaction de la clientèle. Des esclaves du travail, lui dans sa chemise aux plis bien repassés, elle avec son impeccable chignon natté et fleuri.

Jusqu'à la confirmation des billets, et au départ, il n'y avait pas eu une minute de plus entre eux pour parler.

Et maintenant, il se concentre sur le ruban de cette route neuve, tranchant net des coteaux familiers, vallées rouille et dorées, hauteurs frissonnantes. Comme inscrits dans ses gènes, dans ses veines. Cyril est heureux, incontestablement, mais ne sait pas le dire.

— Raconte-moi un peu Pont-Faye, avant d'arriver.

Dhanya, jusqu'à présent, ne connaissait de l'Europe que les hubs d'aéroports de transit, les grisailles londoniennes, les show-rooms de design milanais, les acheteurs de Francfort.

Il se dit que ce serait vraiment de la lâcheté de ne pas répondre, tout en savourant les doigts fins de sa femme sur sa nuque. Mais il ne sait par où commencer, et le moment est trop précieux pour le gâcher en parlant.

Dhanya devra aller au combat sans armes. Elle n'insiste pas plus que d'habitude, lissant le bolduc de la boîte de macarons achetée à l'aéroport, « pour ne pas arriver les mains vides », selon un autre de ses principes universels.

6

Aude

Le TER est bondé de pensionnaires rentrant chez eux pour les vacances de la Toussaint. Excités, les sacs à dos en déroute dans l'allée centrale, et sous perfusion de musique avec leurs écouteurs emmêlés. Dans le wagon règnent une violence latente et son corollaire de peur : quand Aude roule sa valise trop près de sa voisine, celle-ci a un geste brusque de défense, avant de se rendre à son sourire. Aude sait exactement en doser les effets, pour faire pardonner sa longue silhouette envisonnée. Elle déteste la brutalité, et cultive l'illusion très italienne que tout peut se résoudre avec un peu de gentillesse. Le contrôleur, qui ne plaisante pas non plus, déclenche sur son passage un silence méfiant. Pourtant, tout le monde est en règle, exhibant de nouvelles cartes plastifiées qu'elle ne connaît pas. C'est à ces détails, à chacun de ses voyages, qu'elle mesure la fuite du temps, et son éloignement progressif…

Aux Eyzies, la gare minuscule la réconcilie avec la France. Vieillie, mais charmante, et hospitalière, dans un parfum de champignons. Il n'y a personne pour l'attendre, elle prend ses quartiers sur un banc ensoleillé. Mais ce n'est pas le moment de contempler le paysage ; rappeler l'hôpital Gemelli, pour prendre rendez-vous. *Mercoledi, grazie mille !* Le lendemain de son retour, elle n'aura pas à attendre trop longtemps le verdict. Et puis un SMS à Edoardo : *ben arrivata...*

Moins de dix minutes plus tard, une voiture haute et noire déboule en trombe dans la cour, coupant la route de celles qui viennent charger leur cargaison d'adolescents. Grégoire en sort, tout en pianotant sur son téléphone.

Il a grossi...

Son grand frère, un beau garçon, autrefois ; agaçant parfois de suffisance, mais carré, et toujours là, rassurant. Avec ces cinq kilos de plus, au bas mot, et ces cheveux un peu trop longs, éclaircis, frisouillant dans la nuque, il devient un peu vulgaire, mal habillé comme un Français.

Grégoire fonce tête baissée, se dirigeant vers elle sans la voir.

— Ouh ouh, je suis là !

Elle abandonne ses bagages pour lui manifester sa tendresse. A l'italienne, en enlaçant, tapotant, caressant, embrassant. Lui laisse faire durant quelques secondes réglementaires, avant de se dégager :

— Il faut qu'on attende Yrieix, qui arrive de Périgueux dans un quart d'heure...

— Alors on n'est pas pressés ?

Il s'assoit au milieu du banc.

— Bon, tu veux aller jusqu'au Coulobre, pour avaler quelque chose ?

Le Coulobre, la buvette-épicerie-dépôt de pain de la place, devant laquelle leur car scolaire s'arrêtait autrefois. Une foule de réminiscences, d'un coup. Mais le ton de Grégoire est si peu convaincu qu'elle décline.

— On est très bien là, pour attendre. Dis-moi ce que vous devenez, Regina, les enfants ?

Entre les deux belles-sœurs, l'Anglo-Saxonne et la Méditerranéenne, il y a un pacte tacite et clair. Elles sont des piliers, aussi éloignés que possible, soutenant la même arche. L'une et l'autre ont choisi leur camp, celui de la famille, en lutte contre l'effritement, les malheurs, les accidents. Pour cela, elles se sont toujours mutuellement respectées, même sans intimité. Dans la vie, on n'a jamais trop d'alliés.

— Ça va, ça va…

Ce n'est manifestement pas un sujet pour Grégoire, qui se tait. Sans demander de nouvelles à son tour, même pas de Sara.

Pourtant, il est officiellement le tuteur de la fille de Marie-Liesse. Et à cause d'elle, tous deux doivent s'efforcer de rester bienveillants l'un envers l'autre. C'est Grégoire qui, un samedi à Pont-Faye, a reçu la nouvelle : leur sœur était décédée à San Diego, Californie, le 27 octobre 1982 ; et c'est lui qui en a averti sa jumelle.

Elle était attablée avec Edoardo et d'autres étudiants dans le joli cloître de Santa Maria della Pace, transformé en *caffè* trendy.

— *Signorina ?*

Le serveur cherchait une jeune Française, qu'on demandait au téléphone. Aude s'était levée, avec ce pressentiment qu'en abandonnant le groupe rieur elle quittait une insouciance tout juste conquise.

En aînés responsables, Aude et Grégoire ont fait ensemble les démarches auprès du consulat pour rapatrier le corps. Et appris du même coup l'existence d'une petite Sara de trois mois et demi. Ensemble, éprouvant le vertige des grandes décisions, ils ont pris en charge le bébé inconnu.

Juste quelques heures dans une vie, mais Aude ne voyait plus son frère qu'à travers ce prisme-là de leur histoire. En était-il de même pour lui ? Sans doute pas, à voir l'air excédé de Grégoire.

— Et papa, Thérèse ?

— Pas terrible...

— Pas terrible comment ?

Elle s'agace, de nouveau, non pas des informations qu'il ne donne pas, mais de cette espèce de sombre placidité qu'il arbore en toutes circonstances. Comme si rien ne valait la peine de s'émouvoir. Ses sentiments à elle, plutôt du genre débordants, viennent y cogner, comme sur un punching-ball, et lui reviennent avec plus de violence. L'éternelle altérité entre l'homme et la femme ? Non, une tare Albrussac. Elle, en Italie, a appris à rire et à pleurer.

— Papa perd la tête...

Aude réplique, bêtement agressive pour se mettre au diapason :

— Ce n'est pas nouveau...

— Peut-être, mais ce matin, il n'a pas reconnu Regina, et l'a virée de la cuisine...

— Oh !

La bouche arrondie, les mains ouvertes, réprobatrices.

Autrefois, Regina n'a pas été très bien accueillie dans la famille. La première « pièce rapportée » à s'immiscer dans un système fermé, replié sur ses drames : *never explain, never complain,* en version périgourdine. Et puis elle avait cette pointe d'accent tellement chic, tellement de certitudes simples, tellement d'exigences aussi.

Même si cette réticence s'est estompée avec le temps et les enfants, Grégoire escompte toujours des compensations, et l'allégeance de sa sœur à sa femme ; il l'obtient.

— C'est dégueulasse !

Enfin un petit plaisir ! Il lui est agréable de se remettre en bouche un bon « gros mot » français de son enfance, qu'elle ne s'autorise pas avec ses filles, ni avec ses élèves du centre culturel français.

— Alzheimer, j'imagine. Il marche et parle comme un pépé...

Aude se sent vieillir elle aussi, ploie les épaules.

— C'est pour ça que Thérèse nous a convoqués ?

— Pas seulement, j'imagine...

Il s'agit sans doute d'argent, le seul sujet qui puisse justifier chez son frère un ton aussi solennel. Grégoire a toujours pris l'argent très au sérieux, beaucoup plus qu'elle. Il reproche à Antoine de le dilapider ; d'en dépenser plus qu'il n'en a.

Le silence s'installe. Chacun de son côté consultant furtivement son téléphone portable.

L'esprit d'Aude peine, fatigué par un réveil aux aurores, pris dans l'étreinte de la peur, à l'idée de la mammographie à venir. Essayant en même temps d'accorder un minimum d'attention à Grégoire, et à ses histoires ennuyeuses.

Il reprend, sur un ton faussement étudié :

— Par exemple, personne n'a fait le débroussaillage, cette année. Il faudrait quand même que quelqu'un s'occupe de la maison, puisque papa ne peut plus le faire !

Aude renonce à écouter, hochant juste la tête pendant qu'il enfonce le clou :

— Je suppose que c'est encore sur moi que ça va retomber...

Mon frère est un cœur de fer, il n'aime personne, se dit-elle en lui souriant le plus gentiment possible, et en mettant son téléphone dans sa poche.

— Et puis il y a autre chose : Cyril sera là aussi.

— Cyril ?

Même le prénom prend des sonorités lointaines, tant le temps s'est écoulé depuis la dernière fois qu'ils l'ont prononcé. Pas de rupture, seulement un effacement, qui ne dérange personne.

— Et il s'est marié. Tout de même, il aurait pu prévenir sa famille, ça se fait...

— Oh !

La bouche encore plus arrondie. Quels souvenirs a-t-elle de son frère ? Un petit garçon transparent à ses yeux, front fermé et boucles blondes, plus mignon que la moyenne, mais bien trop jeune pour partager ses angoisses.

7

Yrieix

Dix minutes de retard, dix minutes de répit encore. Yrieix, comme souvent, a laissé le temps couler sans rien en faire. C'est bien pour cela qu'il gagne si mal sa vie, elle glisse à travers lui sans qu'il puisse rien en faire.

Les images se sont insinuées dans ce néant, perdues au milieu de nulle part.

Après le changement de Limoges, le train dépassa sans ralentir la gare de Saint-Yrieix-la-Perche. La terre originelle de la famille Albrussac, avant qu'ils n'aillent chercher fortune un peu plus au sud, sur les bords du Manoire. Lui doit à la localité son étrange prénom, que personne ne sait ni écrire ni prononcer, et s'est attaché de façon très personnelle à ce clocher gris, pointu, solitaire : à chaque passage, il adresse un petit salut fraternel à son pote Yrieix, selon la légende moine révolutionnaire du VIe siècle, défricheur et fondateur de monastère.

Quelques kilomètres encore, et on file au milieu des prairies grasses, trouées de points d'eau ; son regard s'accroche aux belles blondes d'Aquitaine, rassemblées en troupeaux paresseux sous les ormes. Elles lui ont valu ses tout premiers contrats : des reportages pour *Sud-Ouest,* les remises de prix agricoles, les foires d'automne... Il les photographiait sous tous les angles, les vaches et aussi leurs propriétaires, mettant en valeur les mêmes panses arrondies, la même fierté des croupes et des regards ; et les rosettes de concours, les plaques de métal peint qui seraient ensuite apposées au fronton des étables, pour les siècles des siècles... Du moins le croyait-on, car en réalité ce monde paysan était en train de disparaître. Les clichés, eux, se trouvent toujours classés dans les archives de son ancien labo, à l'étage de la Cantine. Il ira y jeter un coup d'œil, s'il en a le temps.

Et puis après les toits d'ardoise sont apparues les premières tuiles plates, les pierres dorées remplacent les noires volcaniques, adoucissant le paysage ; après une succession de gares de campagne désaffectées, on arrive aux Eyzies. Yrieix, panama sur l'œil, descend du train le dernier. Parce qu'il a pour principe de ne jamais se mêler à la foule, et qu'il n'est pas mécontent de faire attendre quand même un peu son frère. S'arrête encore sur le quai pour allumer une cigarette, croise le sourire de la petite brune du compartiment, à travers la vitre du train qui s'ébranle.

Mais personne ne l'attend devant la gare ; et dans le hall, personne non plus ; la cour aux platanes déjà déserte, avec quelques voitures abandonnées.

— Ouh ouh, on est là !

Aude fait de grands gestes dans sa direction. Ils sont là, ses deux aînés, Grégoire et Aude, côte à côte sur un banc à la peinture écaillée. Epaule contre épaule, même, et pas pressés de se lever pour l'accueillir. Cela agace toujours Yrieix, cette complicité manifeste entre eux. Comme s'il avait éternellement dix ans, et ne pouvait rien comprendre à leurs préoccupations d'ados de treize ou quatorze.

Yrieix se venge en les regardant, pendant qu'il les rejoint. Et il sait regarder.

Il voit le brouillage des traits, les griffures des rides, les cheveux trop éclaircis de son élégante sœur. Aude ne doit pas être si heureuse qu'elle le prétend, avec une telle mine de papier mâché. Et elle devrait savoir qu'en France, cela ne se fait plus depuis longtemps de porter de la vraie fourrure… Il voit le dos voûté et le ventre en avant de Grégoire, sa femme ne le surveille pas encore assez ! Il voit aussi l'infime effort qu'ils trahissent en se levant, comme s'il leur était difficile de s'extraire de leur conversation. Et en punition, les salue ironiquement du chapeau, pour se moquer de tout ce qu'ils ne savent pas d'eux-mêmes.

Aude ne perçoit rien de tout cela, l'embrasse en en rajoutant :

— Ah, mon petit frère…

Grégoire, à distance, quitte à regret la contemplation de son téléphone portable.

— Salut, toi ! Ton train est en retard. Allez, on y va vite, je dois récupérer Regina au passage, elle est partie se balader dans les bois…

— Ah ? Yrieix, tu sais ce que je viens d'apprendre, à la minute ?

Aude ne tient pas plus d'une seconde pour ajouter :

— Cyril arrive ce soir…

Cyril, onze mois de moins qu'Yrieix, très vite une tête de plus, et qui, lui, avait des jambes en parfait état de marche ; le chouchou de Thérèse, sportif, concret, acharné à lui disputer son leadership de « plus grand des plus petits ». Cyril qui a disparu de sa vie en entrant à l'école hôtelière de Savignac : finis, d'un coup, les bagarres dans leur chambre, les retards au collège, les cabanes dans les bois, les virées nocturnes à la forge, la contemplation étonnée des filles de Voussac. Une trahison.

Cyril a tranché net dans son enfance, sans états d'âme, tandis qu'Yrieix le tourmenté est devenu adulte sans jamais s'éloigner beaucoup de Pont-Faye, en tissant de nouveaux liens, plus sensibles, avec les lieux et les gens. Il travaille encore parfois dans la région, y revient régulièrement, suit l'évolution de la santé d'Antoine, sa lente descente aux enfers. Que peuvent se dire encore les deux frères ? Au fond, cela fait tout de même plaisir à Yrieix de voir un peu de jeu, d'inconnu, s'introduire dans la partie qu'ils auront bientôt à disputer. Cela rééquilibrera son camp, peut-être…

— Allez, vite, répète Grégoire.

Eternellement pressé, éternellement stressé. Yrieix prend le temps encore d'un sifflement ironique devant l'Audi. Une voiture de parvenu, se dit-il pour éviter de l'admirer.

Grégoire au volant, Aude s'installant très naturellement à sa droite, ne lui reste à lui que la banquette arrière, celle des enfants. Nouvelle petite frustration.

Sa sœur se retourne, les yeux brillants :

— Tu savais, toi, que Cyril était marié ?

— Hein !

Lui aussi s'est laissé surprendre. Yrieix ne peut imaginer une femme, une vraie, au côté de son jeune frère aux genoux écorchés. Dans les cases mentales où il a rangé chaque membre de sa famille, Cyril occupe pour toujours le rôle de l'explorateur sans attaches, et sans émotions.

— On n'en sait pas plus, constate Grégoire sur un ton définitif.

A la sortie de Voussac, posée sur un tronc d'arbre, tripotant son foulard de soie, Regina attend. Elle salue les arrivants d'un geste vague, collectif, et monte à l'arrière – mais non, Aude, ne bouge surtout pas !

Silence gêné sur la banquette de cuir : Regina et Yrieix ne se sont pas vus depuis longtemps, et jamais vraiment parlé, elle trop cartésienne, trop occupée, pour s'intéresser à son jeune beau-frère ; lui de même, pour les raisons exactement inverses. Ce qu'on appelle de l'inimitié, sans raisons ni conséquences.

L'Audi plonge vers la petite route de la gorge, et ses eaux grosses des pluies d'automne. Ils retrouvent le bruit de fond de tous leurs souvenirs. Chant ou grondement selon les saisons, lancinant, qui charrie tant de choses, si loin, depuis si longtemps.

Grégoire rompt le silence, en manœuvrant son volant d'une main pour s'engager dans l'allée de la maison.

— Le pavillon d'entrée est en train de s'effondrer.

— Ça fait combien de temps maintenant qu'il est mort, le père Monteil ? réplique Aude en changeant de sujet, selon une logique propre à eux deux, et où Yrieix n'a aucune place.

Pourtant, lui aussi se rappelle parfaitement Monteil, qui habitait là avec sa famille. Un fondeur d'autrefois, devenu l'homme à tout faire de son grand-père après la fermeture de la forge. Son alter ego dans la défense de l'ancien temps.

C'était un de ces hommes du fer que la mémoire de Pont-Faye plaçait au-dessus de tout, des héros de légende : pour leur labeur dans le brouillard de la combe, pendant la saison de fondage, d'octobre à avril ; pour leur vigueur à nourrir de combustible le haut-fourneau, douze heures d'affilée ; pour leur adresse à maîtriser la coulée rouge du métal en fusion, à fabriquer les gueuses de fer. Pour leur courage aussi, quand s'ouvrait la dame du four, dans un tournoiement de dangereuses étincelles. On parlait pendant longtemps de leurs blessures, comme des faits d'armes.

Yrieix, en nettoyant la Cantine, a retrouvé une ancienne photographie au bromure d'argent, datant de la belle époque de la sidérurgie périgourdine. Sur la plaque de verre, en négatif, un groupe d'ouvriers pose devant la forge, visages jeunes et brûlants, gilets à goussets et chapeaux de feutre, brandissant devant eux les pelles à feu, glorieux instruments de leur pouvoir. Un monument de prestance paysanne. En hommage aux premiers habitants des lieux, il a développé et recadré cette image, pour l'afficher à côté de la cheminée.

Ni Yrieix ni même Grégoire n'ont connu cette époque, même s'ils ont l'impression d'avoir grandi dedans : le haut-fourneau s'est éteint définitivement en 1936, et les dernières activités de métallerie ont fermé en 1975. Seule demeurait encore durant leur enfance la turbine électrique, qui amenait jusqu'au village une lumière jaune et faiblarde. Mais l'épopée continue d'être célébrée, et ses plus zélés serviteurs avec ; elle représente l'âge d'or de la famille, un temps de prospérité et d'honneur.

En revanche, tous les enfants Albrussac ont connu le père Monteil et sa famille au pavillon. Yrieix peut-être plus encore que les autres, qui y faisait souvent halte au retour de l'école, pour se faire offrir par Odette, la mère Monteil, des merveilles. Beignets oblongs recouverts d'un manteau de sucre glace, qui s'envole quand on croque dedans, et s'entasse au fond des poches lorsqu'on prétend en faire provision.

Là-haut, à la grande maison, il n'y avait jamais de merveilles.

Yrieix regarde les taillis de châtaigniers enserrer de plus près la voiture, et les incendies du soleil couchant se frayer un chemin au travers. Rien à faire, il aime ce pays, ce domaine ensauvagé, différent à chaque saison.

— Cela fait quinze ans au moins qu'il est mort. Odette aussi, il y a trois ou quatre ans.

— Ah oui ?

Aude tourne la tête vers le chauffeur, en s'enveloppant machinalement dans ses cheveux, dans son col de fourrure, comme pour se protéger de quelque chose. Manifestement, elle a zappé depuis longtemps tous ces personnages de son enfance, et n'a pas très envie d'en parler.

Grégoire si ; il continue :

— Je suis allé à son enterrement : aller-retour dans la journée depuis Bordeaux ; il n'y avait personne de Pont-Faye.

Oh ! Thérèse n'y est même pas allée ? Papa a dû l'en empêcher.

— Tante Suzanne serait venue, si elle avait pu. La vieille Odette a passé ses dernières années chez sa fille à Voussac, j'ai revu Lucienne aussi...

Aude ne répond pas, et le silence écrase tous ces points de suspension.

A l'arrière, enfoncé dans cette banquette aux airs de fauteuil ministériel, Yrieix s'étonne pour lui-même : Grégoire a de ces fidélités, secrètes et imprévues ! Lui qui était tellement plus proche des Monteil, et se trouvait à proximité, n'avait pas eu l'idée d'aller jusqu'à l'église de Voussac, ce jour-là. Y aurait-il du vrai dans cette image de bon citoyen, bon père, bon époux affichée par son frère ? Il s'en méfie par essence, sachant trop bien ce que recouvre la respectabilité des Albrussac.

8

Cyril

Tous ses souvenirs lui retombent dessus, en pluie tiède, douce. Jusqu'ici, il n'a pas eu le temps d'y penser, toute son énergie consacrée à organiser une absence d'une semaine, si plein de la certitude d'être indispensable à son business. Juste une minuscule place pour réserver cette voiture qu'il voulait essayer : la nouvelle classe A de Mercedes, très classe en effet. Encore un rêve assouvi de petit garçon : il avait désormais les moyens d'essayer, et d'acheter, toutes les bagnoles neuves qu'il voulait.

Sur l'autoroute, des noms familiers l'éclaboussent, d'un coup, au passage devant les panneaux indicateurs, à cent soixante kilomètres à l'heure : Payzac, Rigaudie, Mas-de-Laynes... Un pont bossu sur la Dordogne, les peupliers en ligne au ras de l'eau, et ces maisons basses aux toits enchevêtrés, faits de rajouts successifs, surprises dans leur jardin par le passage de la nouvelle quatre-voies. A ses côtés, la présence de Dhanya, en le maintenant dans la réalité d'aujourd'hui, l'oblige à prendre du recul. Qu'est-ce ce qu'elle en pense, elle ?

— C'est beau ?

— C'est très beau.

Les mains posées bien à plat sur ses genoux, elle regarde avec application cette France apprise à travers les informations internationales, pas très différente des images vues et revues à la télévision. Engourdie, sans doute par la fatigue d'une mauvaise nuit d'avion. Cyril tâtonne pour trouver la touche d'ouverture des vitres, et lui faire goûter les odeurs d'automne ; mais le froid entre avec, agressif, et elle frissonne.

En retrouvant son pays, Cyril devient plus loquace, comme après une bonne bière : il parle strates géologiques, sites de la préhistoire, guerre de Cent Ans, économie de la rivière et quatre saisons. Factuel, précis, mais il s'arrête au XIXe siècle.

— Je suis contente d'en savoir un peu plus...

Il le sait bien, qu'elle sait peu. Mais compte sur elle pour comprendre autrement, sans le truchement des mots. Un privilège de femmes qu'il lui attribue d'office, tant cela l'arrange.

Une sortie d'autoroute, le paysage familier redessiné par de nouveaux ronds-points, des stations d'essence colorées comme des jouets de plastique. Le flamboiement de la nature s'éteint tôt dans l'après-midi, noyé dans une nuit qui n'en finit pas de tomber. Puis, après les tournants, la vallée du Manoire et, à l'arrivée, la gifle. Pont-Faye est apparu. Perdu dans ses ombres brumeuses, abandonné aux mauvaises herbes, les buis de l'allée mal taillés, le crépi dégueulant du pavillon d'entrée, des lattes effrangées sur le portail de l'écurie, et les volets écaillés, une ampoule tremblotante pour éclairer ce désastre. Après les splendeurs orangées de la route, et ses rodomontades sur les charmes du Périgord, Cyril a honte de présenter sa maison à Dhanya. Il ne se la rappelait pas ainsi, serre les poings de déception, vite muée en rage.

Que fait son père de l'argent qu'il lui envoie, justement pour entretenir la propriété ? S'il s'était agi d'Abicol, il aurait pris avec lui deux ou trois de ses hommes, efficaces et souriants, et donné des ordres : vous me nettoyez ça vite fait...

Dhanya voit tout cela aussi, il le sait. A Goa dorada, dans la concession de sa famille, tous les matins les domestiques ratissent le sable, avant de le parsemer de pétales de fleurs.

Main dans la main, ils écrasent vaillamment les cailloux de la terrasse, dans un bruit démultiplié par la nuit, et pénètrent dans le vestibule mal éclairé. Se figent face à une rangée de chrysanthèmes alignés sur les dalles, sans grâce, comme au garde-à-vous. Cyril enfle la voix :

— Il y a quelqu'un ?

Dhanya porte devant elle, dérisoire, la boîte de macarons.

Enfin, dans un grincement de porte, sa sœur aînée émerge du bureau. Perdue dans un immense châle, les yeux rougis, une sévère ride du lion entre les sourcils.

— Oh, vous voilà, vous ?

Leur arrivée semble la déranger, leurs mines l'étonner. Parmi toutes ces portes fermées, elle n'en ouvre aucune. Esquisse un geste, comme pour gagner du temps :

— Tu fais les présentations ?

Cyril est interloqué ; même pas en colère, seulement interloqué. Il gardait en mémoire une longue jeune fille, joyeuse et vive ; Aude ressemble maintenant à une de ces clientes américaines de l'hôtel, tirées, embijoutées, fatiguées par les désillusions de la vie.

— Dhanya, ma femme, et ma sœur aînée, Aude.

Les deux femmes se regardent, cherchant à ajuster le registre de leur rencontre.

— Allez, on s'embrasse ! décide Aude, avec un sourire mécaniquement étiré que démentent ses yeux vides.

Et puis elle presse contre elle Cyril, en le décollant presque de force de sa femme.

— Mon petit frère...

Les liens du sang se périment face à ceux de l'amour. Ils se regardent tous les trois, avec cette évidence qui flotte entre eux.

— Kiri !

C'est Yrieix qui sauve la situation, en déboulant de la nuit, dans une puissante odeur de feuilles mortes. Un homme des bois, le regard affûté sous le large béret, un chèche de Bédouin très parisien noué autour du cou, balançant un panier à la main. Une de ces corbeilles faites de lames de châtaignier que les enfants apprenaient autrefois à tresser.

— Mon frère, Yrieix...

Le vestibule d'un coup semble moins glauque.

Yrieix ôte son couvre-chef, prend son temps pour considérer la brune madame Albrussac, demande cérémonieusement la permission d'embrasser « ma belle... belle-sœur ! », décoche une œillade complémentaire à sa démonstration.

Puis en esthète fait admirer ses trouvailles, comme si c'était la chose la plus importante, et l'endroit le plus naturel au monde : des noix, des châtaignes, deux cèpes, des poires biscornues.

Toujours ce besoin d'attirer l'attention sur lui, s'agace Cyril. Mais les regards de son frère et de sa femme se sont croisés, apprivoisés. Gagné ! Le soulagement coule entre ses reins, et il endosse de bon cœur le rôle de frère prodigue qu'on lui offre.

— Pourquoi nous as-tu caché ta princesse ? Bon, on ne va pas rester là...

Enfin !

D'autorité, Cyril ouvre la porte de la salle à manger, s'efface pour laisser passer Dhanya.

La pièce est, elle, fidèle à ses souvenirs. Juste un peu rétrécie, maintenant qu'il a pour référence les proportions des palais indiens... Le couvert est déjà mis, avec les sets de table d'autrefois, piqués de rouille, l'argenterie noircie, les candélabres aux bougies à demi fondues. Il reconnaît même un compotier à haut col, garni de pommes du verger, minuscules, toutes véreuses.

Yrieix garde l'avantage et, grand seigneur, fait les honneurs de la maison. Approchant des sièges, ranimant le feu dans la cheminée.

— Les noix de ma récolte, Dhanya, certifiées bio ! Veux-tu que je te les prépare ? On se tutoie, n'est-ce pas ! Aude, tu crois qu'il y aurait de quoi se faire un petit whisky ?

Leur sœur pince la bouche, l'air de dire : Evidemment non, il n'y a pas de whisky ; ce n'est pas le genre de la maison, on n'a jamais bu de whisky ici, ni jamais pratiqué l'apéritif.

Elle désigne du menton une bouteille de bergerac posée sur la desserte.

— Je vais chercher des verres...

Puis s'enfuit vers la cuisine.

Difficile d'être plus désagréable, pense Cyril dans un reste de mauvaise humeur.

— Alors, vous venez d'où, comme ça ? continue Yrieix.

Cyril lui donne la réplique avec ardeur :

— Du paradis ! On est partis hier de Goa, via Bombay et Paris.

La grande maison inerte semble se remettre en mouvement. Grégoire et Regina, sortis de nulle part, font leur entrée dans la salle à manger. On se lève, on refait les présentations, en surjouant le plaisir des retrouvailles.

Cyril connaît déjà la femme de son aîné, qu'il trouve lointaine, voire condescendante envers Dhanya. Il serre de nouveau les poings ; à ce qui l'irrite, à ce qui se met en travers de ses volontés, il a l'habitude de répondre par l'attaque ; et sa femme est ce qu'il a de plus précieux au monde. Mais il se heurte seulement à des regards vagues, de ceux qui refusent le combat. Seul Yrieix a les yeux aux aguets, toujours électrisé par la présence d'une jolie femme.

9

Aude

Aude a bien refermé derrière elle la porte de la cuisine.

Violemment émue, de nouveau les larmes aux yeux, dans cette pièce où la rejoignent tous ses fantômes.

La même odeur récurrente d'ail, les mêmes sons assourdis sur le bois poli, aigus sur les dalles usées. La silhouette de sa mère, dans une robe rayée à la mode de l'époque, avec ce même tablier bleu, maintenant luisant de crasse, et toujours pendu là, à un piton de fer forgé ; et le ton de sa voix pour parler à Thérèse, qui n'obéissait jamais assez vite, ne comprenait jamais bien ce qu'on lui demandait.

Aude s'arrête net, se regardant elle-même debout devant le placard où l'on rangeait autrefois la verrerie. Les verres à pied y sont toujours, juste un peu plus poussiéreux. Elle coule une main adroite pour les attraper, derrière la pile de tourtières, plats à tarte et à gratin… Elle est seule désormais à savoir d'où vient ce geste précis, et pourquoi elle veut ces verres-là justement, inaccessibles, en équilibre un peu dangereux : à cause d'un joli guillochage de cristal que personne d'autre ne remarquera. Ce sont des gestes d'autrefois, des gestes de sa mère, du temps où celle-ci avait sans doute la moitié de son âge, et s'appliquait dans la cuisine de Pont-Faye. Lorraine, plus ou moins lourdement enceinte sans doute d'un de ses cadets, se penchait ensuite vers les jumelles, répondait distraitement à leurs questions incessantes, les empêchait de toucher à ceci, leur tendait cela pour les occuper.

« Pourquoi tu pleures ? » demandait Marie-Liesse, jamais dupe de rien.

Ces coupes second Empire, héritage d'un passé prospère, sont vraiment ravissantes, même à travers le flou des larmes. Lorraine, comme Marie-Liesse plus tard, passait un temps infini et invisible à harmoniser des formes et des couleurs. Leur manière à elles de se consoler de tout ce qui manquait de beauté à Pont-Faye. Suffit-il d'être ici pour qu'aussitôt ses souvenirs prennent toute la place ? Est-ce cela vieillir, respirer autant avec ses chers disparus qu'avec les vivants d'à côté, qui attendent bruyamment qu'on leur apporte à boire. Trop jeunes pour se souvenir, trop indifférents pour comprendre.

Elle se brûle en passant sous l'eau les verres de cristal.

Toujours pas de mitigeur, et Thérèse ne sait toujours pas préparer un dîner correct…

Aude a appris au palazzo Mantovani l'art de recevoir, comme une politesse offerte à ses hôtes, et contemple avec un plaisir mauvais les préparatifs sur la longue table : jambon-plastique et pâté gélatineux, fromages suintants, un grand saladier ébréché rempli de chips. Pas une feuille de salade, pas de dessert.

Allez... Ravaler son désespoir, trouver un torchon – déchiré – pour essuyer les verres, rassembler assez d'énergie pour repartir avec son plateau, pour sourire en distribuant les verres.

Ses frères, en riant, jouant des épaules, emplissent l'espace de leurs voix sonores, la bousculent dans ses pensées et ses regrets, projettent le temps en avant. Ils ont l'avenir devant eux ; elle non, à cause de ce crabe-cancer qui lui barre la route, comme disent les magazines féminins.

— Tchin !

Cyril a terminé d'autorité la seconde bouteille de vin, avec la mine de celui qui n'a plus l'âge de se laisser rationner, surtout le ventre creux après vingt-quatre heures de voyage.

— On pourrait peut-être s'installer dans les chambres, avant de dîner ?

A peine arrivé, il ne peut s'empêcher de bouger, ni de prendre les choses en main. Au passage, il cherche à rafistoler le bouton électrique qui commande – ou plutôt ne commande plus – les appliques du vestibule.

— Gagné !

D'un coup se projette sur la terrasse un rectangle de lumière, strié par la grille forgée de l'imposte. Et les ombres imposantes des Albrussac. Ils sont tous ressortis dans l'humidité, à la recherche des bagages. Sauf Aude, frissonnante dans les courants d'air.

Sous la lune montante luisent les voitures rangées en épi devant l'écurie. Dans un ordre très symbolique : la vieille R16 rouillée d'Antoine, la grosse

Audi noire de Grégoire, et la Mercedes de location, brillante du neuf.

Puis ils ont réveillé des bruits oubliés, en investissant l'étage. Le grincement de la rampe, les pas tossant contre les marches inégales de l'escalier de pierre, les voix qui rebondissent sur les murs nus.

Au moment d'attribuer les chambres, pause sous le plafonnier du palier, orphelin de deux ampoules sur trois. Un jeu de rôle s'engage, à chacun sa stratégie.

Regina préempte la grande armoire à linge, déplie, assortit, attribue des draps, pour ne surtout pas se mêler du reste. Yrieix, histoire de marquer son territoire, dépose son sac, et son chapeau par-dessus, dans la chambre de garçons qu'il partageait autrefois avec Cyril. Puis aussitôt déserte le terrain :

— Je descends voir où en est papa...

Dhanya, sur les dernières marches, attend patiemment son mari, qui se débat avec un escabeau sorti de nulle part. Comme si ces ampoules mortes étaient absolument scandaleuses, et que le monde ne tournerait pas rond tant qu'elles ne seraient pas remplacées.

— On va vous installer dans la chambre d'invités...

Aude regarde maintenant sa nouvelle belle-sœur avec un peu de compassion. Qui aimerait arriver ici pour la première fois par une nuit froide d'automne ?

Et elle s'en va faire le lit de la chambre d'amis, puisque personne ne semble s'en préoccuper. Choisissant les serviettes les moins usées, ajoutant sur le lit un édredon de plumes, et puis une lampe en état de marche. Mais le halo de lumière montre toute la poussière accumulée sur le chevet. Elle souffle dessus, autant qu'elle peut.

— Voilà !

La femme de son frère s'incline, mains jointes devant elle, pour la remercier. Polie, gracieuse, mais prudente. Parce qu'elle est femme et italienne, Aude remarque le très beau sac de marque, besace fauve à lanières bouclées d'acier, qu'elle porte à l'épaule.

Grégoire suit du doigt une fissure du corridor, grattant avec acharnement le salpêtre suintant, comme s'il voulait débrider une plaie, ou prouver quelque chose.

— Quelle humidité…

Sa femme a disparu dans l'appartement refait pour eux, sur leurs propres deniers, quelques années auparavant ; une chambre avec une salle de bains moderne, et un dortoir attenant pour les garçons. Enclave pratiquée dans cette maison qui n'appartient à personne.

Aude, face aux portes fermées, hésite. Elle finit par avouer à son frère, puisqu'il semble si peu empressé de suivre sa femme, d'une petite voix qui la surprend elle-même :

— Je n'ai pas du tout envie de dormir là, à côté du lit de Marie-Liesse, et tout ça…

— Tu n'as qu'à prendre l'ancienne chambre des parents. Ou la chambre de bonne, là-haut ? A moins que…

Leurs regards se portent ensemble sur celle de la tante, la sœur d'Antoine. « Cette pauvre Suzanne », comme disait autrefois leur grand-père.

Aude a attendu d'avoir elle-même des enfants pour comprendre le drame : un accouchement difficile et trop long, un médecin arrivé trop tard, le cordon enroulé trois fois autour du cou ont fait de Suzanne une IMC, infirme moteur cérébral. Avec des tremblements incontrôlables, un corps déformé par les spasmes, et une élocution hachée, souvent difficilement saisissable.

Suzanne a grandi dans les jupes de sa mère, cachée aux yeux des étrangers. Après la mort de Monette Albrussac, on l'a placée dans une maison pour les fous et les infirmes. Les petits Albrussac d'autrefois la voyaient revenir à Pont-Faye deux ou trois fois l'an ; ils étaient fascinés, vaguement effrayés aussi, malgré les bonbons collants qu'elle tirait pour eux de sa poche. Et puis les visites se sont raréfiées, et la chambre toujours fermée de la tante Suzanne prend la poussière.

— Non merci !

Aude, résignée, roule sa valise jusqu'à la chambre des jumelles. S'assoit sur son ancien lit, trop mou et si étroit, laisse errer ses yeux sur la toile de Jouy passée des rideaux, la machine à coudre enhoussée, les collections diverses de sa jumelle, entassées sur les étagères, et les livres qu'elle a laissés posés là pour toujours.

Comment a-t-elle pu se sentir ici chez elle ? Il fait terriblement froid dans cette maison, les sanglots remontent dans sa gorge.

En arrivant tout à l'heure à Pont-Faye, elle est allée dire bonjour à son père, pendant que les autres s'enfuyaient. Comme il a changé, en effet, rétréci, rigide, absent...

Vaillamment, forte de son expérience de femme mûre, elle a tenté de prendre les mains du vieil homme. Un geste qui accompagne, réconcilie, prend acte du temps qui passe, et de ce qui est possible encore.

Pas pour lui, pas avec lui. Sous l'œil neutre de Thérèse, sans sommation, il a giflé sa fille, avec une volonté intacte. Seule la force physique décline, et il ne lui a pas fait bien mal, cette fois-ci. Leurs regards se sont affrontés, aussi lucides l'un que l'autre : c'était bien à elle que le coup s'adressait, c'était bien la réplique de cette gifle reçue à sept ans, l'âge de raison, et des autres ensuite.

Elle avait traversé la moitié de l'Europe pour le revoir, et voilà qu'il la violentait. Comme autrefois, elle l'acceptait sans broncher. Une vie passée à se battre pour devenir adulte, et tout s'effondrait comme un château de cartes, à cause d'une gifle... Elle avait le sentiment de retomber en chute libre dans un scénario déjà connu, réveillant les épouvantes endormies, réactivant tous les comptes mal réglés, les loupés, les manques, les blessures. C'était tellement ridicule, à son âge, de se laisser atteindre par les humeurs d'un vieil homme, de se sentir encore et toujours une petite fille mal aimée ! Elle a quitté la pièce, le visage brûlant, les yeux pleins de larmes, humiliation et chagrin emmêlés.

Comble de malchance, c'était exactement au moment où Cyril et sa femme arrivaient à Pont-Faye. Elle s'est retrouvée nez à nez avec eux dans le vestibule. Bien obligée de faire *bella figura,* comme on dit en Italie, où il n'y a rien de plus important...

A l'autre bout du fuseau horaire, à Rome, il est aussi 8 heures du soir. Les filles doivent se préparer pour la fête du soir. A trois dans la salle de bains, panoplie de maquillage dispersée sur le marbre. Chiara lui a demandé avant de partir la permission d'utiliser son vernis à ongles. Une fois seulement, maman ? Aude regarde attentivement ses ongles laqués de rouge sombre. C'est une merveille, une liqueur veloutée qui s'étale admirablement bien et résiste à tout... Elle pourrait en offrir un flacon à sa fille pour ses quinze ans, l'acheter en duty free au retour. Cette idée-là lui fait du bien, un joli vernis peut donner envie de vivre...

O Dio ! Elle a oublié de fixer aux filles une heure de retour ! Téléphoner à Edoardo. *Tre, nove, tre, quattro, non posso rispondere...* Le répondeur l'accueille, comme toujours. Sans illusions, elle laisse un message.

Maintenant, il lui faut se recomposer un visage, avant de redescendre dans la salle à manger. S'approchant du tain rouillé de l'armoire à glace, elle se recoiffe, trace un trait trop épais sous ses yeux, pour en atténuer les bords gonflés. Et – mon Dieu qu'il fait froid ici – extrait encore une épaisseur de laine de sa valise. Aude a pris, avec l'âge, l'habitude d'accumuler sur ses épaules, son dos, son cou, des enroulements de foulards, écharpes, étoles, qui l'aident à se sentir protégée de tout. De presque tout, pas de la perspective d'affronter son père, en plus du jambon-chips.

10

Yrieix

Ils ont tous la trouille, évidemment, pense Yrieix en descendant l'escalier, je suis le seul à avoir une idée de l'état de papa ; et le seul aussi à n'avoir plus peur de lui.

Reste tout de même une inconnue à l'équation paternelle, qui l'inquiète un peu : Antoine sera-t-il ce soir absent, angoissé ou agressif ? Les trois sont possibles, à doses variables. Ou bien tout à la fois, cela s'est déjà vu, et peut évoluer d'heure en heure.

Yrieix préfère donc aller fumer une cigarette dehors, avant de vérifier l'état des neurones de son père. C'est lui qui, voyant les inquiétudes de Thérèse, lui a suggéré cette manière de sortir de l'impasse : une convocation obligatoire des enfants.

Elle a obéi, naturellement.

— Allez...

Yrieix écrase son mégot au milieu de la terrasse, frappe à la porte du bureau, devenu chambre depuis que monsieur Albrussac ne monte plus les escaliers. C'est-à-dire qu'au capharnaüm ancien on a ajouté un divan pour Antoine, et un lit de camp pour Thérèse.

Personne ne répondant, il tourne la poignée.

Pour un non-initié, le spectacle est incompréhensible.

Dans une pièce surchauffée par un radiateur électrique, qui souffle son air chaud en grésillant, Thérèse se tient debout, devant Antoine en majesté dans son fauteuil. Ajustant des détails de sa tenue, comme on ferait d'un bouquet.

Lui comme il a toujours été, les épaules lourdes, le teint un peu rougeaud, le cheveu rare désormais, bien plaqué sur un crâne luisant. Et pourtant blême, racorni, comme vidé de sa substance de l'intérieur. Ses yeux, par moments, ribouldinguent dans les orbites, ses mains s'agitent en permanence. L'air est saturé d'une angoisse presque palpable.

Yrieix entre. Thérèse en le reconnaissant, sans saluer, constate :

— Il est toujours mieux le matin…

Donc, ça ne va pas fort. « Transmettre de l'assurance, limiter l'agitation », a-t-il lu sur un de ces forums médicaux où les familles, les « aidants naturels », se soutiennent mutuellement. Thérèse, qui n'a jamais utilisé un ordinateur, ne peut même pas compter sur ce réconfort virtuel.

— Ils sont tous là, on peut passer à table !

Il pose une main apaisante sur la nuque voûtée, qui l'accepte, glisse son bras sous celui de son père, et en avant marche, à la force de la volonté d'Yrieix.

On traverse le vestibule glacé, à tout petits pas heurtés.

Vous allez voir ce que vous allez voir, mes chéris, ironise-t-il pour lui-même, vieille manière de tenir à distance son stress. Cela fait un moment qu'il a cessé de s'apitoyer sur son père et sur eux tous. Mais les autres, la petite nouvelle en particulier, vous allez tous prendre cher ce soir !

Ils franchissent la porte. Yrieix et Thérèse déposent leur fardeau à la place d'honneur, devant la table mise. Waouf ! D'un coup le grand corps d'Antoine s'effondre en faisant grincer le bois autour de lui, plancher, chaise et table, sur des tons différents. La scène est prête. Yrieix allume les candélabres, avec un plaisir un peu pervers, et s'en va crier en bas de l'escalier :

— A taaaable !

Comme au bon vieux temps, si l'on peut dire.

Les Albrussac sont dressés à obéir ; ils abordent l'escalier avec un bel ensemble, et descendent avec courage, comme on plonge dans une vague de mer froide. Yrieix, en vigie derrière son père, essaie de saisir exactement l'onde de choc, en professionnel qu'il est. Il a toujours préféré être derrière l'action plutôt que devant, protégé par son appareil photo.

C'est Regina qui la première se fige ; peut-être justement parce qu'elle est extérieure au drame, elle saisit aussitôt le changement d'acte. Et Grégoire également, par transitivité, parce qu'il tient sa femme à l'œil.

Aussitôt entrée, Aude, qui s'est refait une beauté – et ma foi, approuve Yrieix, à la lueur des bougies, elle peut faire illusion –, oblique vers la cuisine ; prétexte classique de ménagère.

Kiri et sa jeune femme attendent sur le seuil, main dans la main, sans savoir que faire. Neufs dans l'histoire, pleins de bonne volonté, un peu intimidés.

Thérèse s'avance pour embrasser Cyril, se tourne vers Dhanya, la salue d'une voix trop basse. Les pousse vers le patriarche, dont les yeux ribouldinguent de plus belle.

Yrieix, n'y tenant plus, saisit son appareil photo sur la desserte. Les cliquets secs des prises de vue tranchent l'air, attrapent au vol les émotions brutes qui parcourent la grande pièce.

Un flash cueille son père en pleine figure. Effrayé, il se met à trembler, s'agrippant à sa femme. Le malaise se prolonge, se dilue.

Aude met un temps infini à revenir avec un plat de charcuterie.

— J'ai vu que tu as préparé des choses, Thérèse, j'apporte ?

Les deux femmes savent depuis toujours envelopper de politesse la haine qu'elles éprouvent l'une pour l'autre.

Grégoire à sa manière tente de reprendre la main, de normaliser les choses, en établissant un plan de table protocolaire.

— Dhanya, à ma droite ?

Elle s'exécute, dans un gracieux ploiement du buste, que tout le monde suit en silence. A côté d'elle, on a tous l'air mal dégrossis, constate son mari avec ravissement.

— Et les petits en bout de table !

Grégoire est bien le seul à essayer de se trouver drôle.

C'est une référence à l'époque où monsieur Albrussac assignait les places à table en monarque absolu, provoquant la grogne de ses benjamins.

Mais le petit Kiri n'est plus, qui affirme placidement, en plantant son regard dans celui de son frère :

— Non, moi je suis à côté de ma femme !

Regina doit donc céder sa place, et rejoint avec une expression d'horreur résignée la droite de son beau-père.

Yrieix lui coupe la route pour s'y installer. Il s'est assigné ce soir la mission de s'occuper de son père, bien plus que celui-ci ne s'est jamais occupé de lui.

— Bon, Aude, à ma gauche ?

— Je préfère me mettre près de la cuisine, pour apporter les plats.

— C'est n'importe quoi !

Grégoire s'offusque avec le plus de légèreté possible, mais chacun sent que, pour lui, ce bouleversement des préséances préfigure la fin d'un monde.

Thérèse est la seule à qui personne n'a demandé son avis. Privée de son rôle naturel de service, elle tapote la table avec son couteau, tandis que les places autour d'elle tardent à être occupées.

Par crainte de croiser le regard d'Antoine, les regards planent haut au-dessus de la table, ne sachant où se poser.

— C'est tout ce qu'il y a pour dîner ? souffle Yrieix à Aude qui opine, faussement désolée, en revenant avec les chips.

— Oui, et elles sont rances, j'ai vérifié ! En plus, je te signale que vous avez déjà bu tout le vin...

Yrieix transmet ces informations à son cadet, par gestes significatifs ; lequel répond d'une mimique désespérée. Ils retrouvent naturellement la communication sans paroles du temps où les enfants ne parlaient pas à table.

Dans un ballet silencieux, passent et repassent les plats, l'eau, le couteau du pain, le sel ; tout plutôt que des mots…

Avec la dextérité de l'habitude, Grégoire s'autorise à consulter ses messages sous la table, malgré le regard noir de Regina. Qui prend le parti de le visser une fois pour toutes sur le mur, et les tableaux d'ancêtres.

Faute de s'intéresser à son assiette, Cyril lance des regards professionnels sur les chaises branlantes, les carafes ternies de calcaire, les miettes accumulées au fond de la panière. Comme si son inspection pouvait suffire à mettre en ordre tout cela.

Antoine, lui, considère avec un étonnement placide le couvert placé devant lui, sans rien manger. Brusquement, il se redresse, saisit son couteau.

Qu'est-ce qu'on attend ? Yrieix attaque :

— Thérèse, tu nous as demandé d'être tous là…

Il regrette aussitôt la formulation de sa phrase, tant ce « tous » évoque surtout celles qui manquent autour de la table.

La vieille femme soupire, pose ses mains à plat sur la table, les retourne, paumes ouvertes, comme impuissante. Elle espérait que la situation se passerait de paroles, et ne sait quel fil tirer parmi tout ce qui l'accable. Sa voix finit par sortir, mal posée, à peine audible, comme une plainte.

— Pour la Toussaint, il faudrait nettoyer les tombes, et porter les chrysanthèmes au cimetière. Je ne peux plus le faire, et je dois aller à l'hôpital, pour me faire opérer…

Un silence encore.

Thérèse a l'habitude d'envisager les choses par le petit bout de la lorgnette. Elle fait son devoir, jour après jour, depuis toujours, sans regarder au-delà, sans sérier les priorités. Entretenir la tombe familiale appartenant aux tâches de l'automne, c'est donc cela qui lui vient à la bouche, pour résumer sa désespérance.

Le silence s'épaissit, devient dangereux, et semble en tout cas affoler Antoine. Il pousse un gémissement, prolongé d'un long cri guttural, modulé par les tremblements. Puis lâche une bouillie de mots.

Grégoire est le seul à paraître concerné par la demande de Thérèse. Lui qui s'arc-boute depuis le début du dîner pour maintenir l'apparence d'un repas familial saute par-dessus l'interruption pour répondre à sa belle-mère :

— Je le ferais volontiers, mais j'ai vraiment le dos en compote. Et il faut absolument que je sois en état mardi pour prendre l'avion…

Aude le coupe :

— Moi, je m'en occupe, si tu veux.

Elle répond à Grégoire, pas à Thérèse. Pourquoi ? se demande Yrieix, qui imagine mal sa sœur avec une bêche à la main. A cause de Marie-Liesse, enterrée dans l'enclos familial ? Ou pour étouffer dans l'œuf un possible conflit, elle qui semble passer sa vie à vouloir les désamorcer ?

L'attention envers Thérèse et sa dérisoire demande est déjà retombée. Se concentre de nouveau sur Antoine.

Celui-ci semble prendre enfin conscience de l'assistance. Ses yeux injectés se posent sur chacun de ses enfants, tour à tour. Sur Aude tétanisée, sur Grégoire plongé sous la table, sur Cyril qui prend la main de sa femme, comme pour la protéger. Yrieix ne perd pas une miette de chaque expression, et la jalousie le pince envers son jeune frère. Bienheureux sont-ils, d'être deux dans ces circonstances…

Le couteau toujours levé, Antoine fixe Dhanya qu'il ne connaît pas, et qu'il doit sentir plus mal à l'aise encore que les autres.

Comme le matin à propos de Regina, il devient intelligible pour affirmer, dans un cri haineux :

— Dehors les bicots !

Yrieix approche une main apaisante. Furieux, son père la repousse, en répétant :

— Dehors les bicots !

Dhanya reste stoïque face à lui, sans baisser les yeux ; Cyril aussitôt se lève, les épaules en avant, prêt à en découdre. Mais il n'a plus le mode d'emploi de ce vieil homme qu'il pourrait renverser d'un revers de bras ; peut-être aussi un reste de respect.

Thérèse vient s'interposer, en faisant le tour de la table. Elle aussi, Antoine tente de la repousser, avec cette pointe de couteau dressée. Cogne par deux fois sa poitrine maigre, d'un bras malhabile.

Elle, en habituée, esquive sans peine ; voilà qu'elle tient sa démonstration :

— Votre papa est malade, vous le voyez bien…

Cyril se sent bien obligé de se rasseoir ; c'est une forme d'excuse, on ne tire pas sur une ambulance.

Antoine continue ainsi à distribuer des coups dans l'air, et des regards agressifs, en répétant, sur tous les tons, comme une complainte, le même mot :

— Tu-é, tu-é, tu-é, tu-é.

Deux syllabes claires, un peu traînantes, dénuées de sens.

Mais il n'a pas la force de continuer longtemps sur le même tempo, et se calme sans décolérer.

Aude pleure, avec discrétion. Regina la remplace au service, entassant les assiettes sales, en distribuant de nouvelles, par principe ou habitude. Mais il n'y a plus rien à manger, hormis les pommes pourries.

Yrieix encourage encore sa belle-mère, d'un geste impatient, et elle poursuit, sans hausser la voix :

— J'ai un problème de cœur, je dois bientôt aller à l'hôpital, pour une intervention. Votre papa ne peut pas rester seul, vous voyez bien, alors il faut décider...

Elle a bien veillé, comme toujours, à ne prendre la place de personne, avec ce « il faut » impersonnel, et l'expression consacrée : « votre papa ». Depuis toujours, « votre papa » dit, ordonne, exige... Aujourd'hui, il y a une nuance nouvelle, comme pour dire « c'est maintenant votre problème », qui n'échappe à personne.

Personne non plus ne prend la peine de lui poser des questions sur sa propre santé ; c'est hors sujet. Et personne ne s'excuse auprès de Dhanya.

— On ne va peut-être pas en parler là, devant lui ?

Aude, le front plissé, les yeux charbonneux, son châle enroulé serré autour de ses épaules, devient presque agressive.

— Eh bien justement, si ! C'est pour cela qu'on est tous venus...

Yrieix ironise pour répondre.

Grégoire pose sa serviette sur la table.

— La comédie a assez duré comme ça. On peut faire une balade demain matin pour en parler ? Un grand tour de forge…

La forge étant le cœur battant du domaine, chacun considère que c'est une forte décision.

— Demain matin, 10 heures ? Je m'occupe de fermer les volets…

Il a toujours eu l'art de quitter la table en laissant les femmes ranger le dîner.

11

Cyril

La fatigue du décalage horaire, le changement brutal de température, après les 25 °C indiens, leur tombent dessus brusquement, quand ils se retrouvent seuls dans leur chambre. Cette chambre d'amis de son enfance, où Cyril n'est pratiquement jamais entré, par respect et admiration, lui apparaît pour la première fois absolument sordide. Papier peint décoloré, plâtreux, strié de toiles d'araignée, lit et fauteuils défoncés. Le cabinet de toilette n'a pas changé, plomberie hors d'âge, lavabo entartré. Il en est surtout désolé pour Dhanya.

— Viens...

Au milieu de la chambre, sous l'abat-jour de soie usée, avec des glands qui se balancent au rythme des courants d'air, Cyril prend sa femme dans ses bras. L'enserre, pour lui communiquer cette force qui lui vient justement d'ici, de Pont-Faye, lorsque petit garçon il luttait pour devenir grand. Toute la soirée, il a joui de cette force tranquille qu'il se connaît désormais.

— Il va falloir que tu m'expliques un peu.

Le ton de Dhanya est indulgent, un brin ironique. Il reste toujours étonné de la capacité qu'elle montre à traverser toutes les situations sans jamais passer par la violence, ni par la revendication.

Elle dénoue ses cheveux, qui tombent en drapeau sombre sur le pull clair ; retarde le moment de se déshabiller, enroule ses bras autour d'elle pour se protéger du froid.

— Attends-moi deux minutes.

Cyril redescend à pas de loup dans la cuisine ; il sait toujours aussi bien se diriger dans le noir, éviter les obstacles et les grincements dans la maison silencieuse, où chacun se retranche derrière ses murs, comme autrefois. Sauf Grégoire qui jure dans la pièce voisine, en se battant avec les contrevents grinçants.

Pendant des années, après le départ des aînés, cela a fait partie de la fiche de poste de Cyril, ordre de son père, de verrouiller la maison le soir. Lui seul sait soulever à la bonne mesure les gonds rouillés, forcer là où il faut. Et repousser les huisseries sans les enclencher : histoire de pouvoir entrer et sortir à sa guise, pour aller par exemple à la fête de Voussac sans en référer à personne.

Aider Grégoire à fermer ces foutus volets ? Il hésite, mais choisit Dhanya, qui l'attend là-haut.

Dans le bas du placard, des bouillottes… elles sont toujours là. Et une bouilloire électrique, inconnue de son temps. Il remonte, portant les deux vessies de caoutchouc brûlant comme un trophée.

— Je parie que tu ne connais pas ?

Elle a un rire joyeux :

— Chez nous, cela existe depuis la nuit des temps, en briques chaudes, beaucoup plus esthétique...

Ensemble, ils fabriquent leur nid, bordant serré trois couvertures écossaises, minces et étroites, faisant naviguer les bouillottes d'un bout à l'autre du matelas bossué. Selon une technique mise au point autrefois, il ouvre en grand le robinet d'eau chaude, qui crache par jets son eau brûlante.

— Pas très écolo, mais ça réchauffe l'air !

Dhanya, habituée à dormir nue, se résout à enfiler une tenue de survie – collants, pull, foulard – avant d'aborder le lit haut comme un bateau.

Centimètre par centimètre, gagner assez de chaleur pour se détendre, fabriquer juste la petite bulle indispensable pour s'endormir, au milieu de l'océan blanc de draps rêches et froids. Elle se recroqueville, ferme les yeux pour écouter Cyril procéder aux rites de son coucher. Première étape, le choc des chaussures sur le parquet nu ; deuxième, le cliquètement métallique de la ceinture atterrissant par terre ; ensuite, dans l'ordre, des heurts aigus et graves sur la table de nuit, clés, portefeuille, téléphone, papiers divers. Cyril transporte toujours avec lui les symboles de sa puissance, et les recense chaque soir. Enfin, cling, le branchement de sa batterie sur l'unique prise électrique, et clac, la lumière s'éteint. Moment délicieux où, dans le gémissement du bois de lit, le grand corps tiède de son époux la fait basculer au centre du mauvais matelas.

— C'est fait pour s'aimer très fort...

Il n'est pas excessivement fier de cette plaisanterie usée. Ni de cette hôtellerie de dernière catégorie, lui qui se montre toujours si exigeant pour les autres.

Mais elle caresse la joue piquante de son mari – trente-six heures qu'ils sont partis, tout de même –, emmêle ses jambes aux siennes pour se réchauffer.

— Tu m'expliques un peu ce qui se passe ici ?

Cyril soupire, savourant le bonheur neuf d'être deux face à Pont-Faye, fait un vrai effort pour résumer l'essentiel :

— Quand j'étais petit, papa régentait tout, Thérèse obéissait.

— Et avant, du temps de ta mère ?

— Je ne me souviens pas

— Elle est morte comment ?

— Je ne me suis jamais posé la question…

— C'est fou, quand même…

— On est tous un peu fous, tu sais. Papa est malade, c'est évident, mais il est juste plus déjanté qu'avant.

Les mots viennent de plus en plus facilement, c'est la première fois que Cyril parle de cela. Alors elle lutte contre le sommeil.

— Tu veux dire que pour les « bicots », il ne l'aurait pas dit, mais il l'aurait pensé ?

— Je crois. En plus, il est incapable de faire la différence entre une jolie Algérienne et une sublime Indo-Portugaise…

Dhanya a déjà affronté ce genre de mésaventure, depuis le temps qu'elle fréquente des Occidentaux. Son orgueil est infiniment supérieur à cela, et sa politesse imperturbable.

— Pourquoi il a parlé de « tuer » quelqu'un, à la fin ?

— Je n'en sais rien. D'ailleurs, j'avais compris que c'est plutôt lui qui était tué, non ?

Cyril enveloppe sa femme de tendresse, pour la protéger de l'affront subi. Il se perd dans ses cheveux, dans ses courbes, dans son parfum vanillé. Ses grandes mains cherchent à travers les épaisseurs inédites ces petits trésors de moiteur qu'elle s'est fabriqués rien que pour elle, les cuisses, le ventre, les seins.

Envie, pas envie ? Elle a envie de sa présence, de son attention, de sa force. Moins envie d'être dérangée, dépliée, traversée par l'énergie et les courants d'air glacés qu'il déplace malgré lui. Ne surtout pas bouger, garder les yeux bien fermés, se laisser cajoler ; puis envahir, de plus en plus, de plus en plus loin. Et son souffle chaud dans sa nuque, trop rapide pour être honnête, sa bouche qui a faim...

Aujourd'hui, elle comprend mieux cette faim.

Plus tard, béat, il écoute résonner les bruits de sa maison : autour d'eux, cela craque, cela bruisse, cela crisse. Différemment de la ville, et même de la brousse de Goa. Quelque chose manque : il n'y a plus de chiens ici, pour aboyer dans la nuit, ni dans la grande maison, ni au pavillon d'entrée. La petite épagneule de son frère ne compte pas, qui est dressée à ne pas se faire remarquer plutôt qu'à monter la garde. Pour la première fois depuis bien longtemps, Cyril repense à Yack, le grand chien loup de son enfance.

Dhanya, avant de s'endormir, écrasée par le jet lag, glisse encore :

— Elle est vraiment pleine de charme, ta maison, tu sais...

Encore une onde de plaisir. Et lui d'ajouter, pour être démenti :

— C'est vrai ? J'ai eu peur que tu ne veuilles pas dormir ici, je nous imaginais déjà partant à la recherche d'un hôtel à Périgueux. Et c'était tellement infect, ce dîner !

Dhanya rit dans le noir, avec prudence, pour ne pas déplacer l'ajustement des couvertures.

— On pourrait en faire un truc super, avec un peu d'argent et des idées…

— C'est drôle, j'ai pensé la même chose en arrivant. On pourrait s'associer, madame ? Tu me ferais des propositions, un joli book bien présenté…

— Il est sympa, ton frère Yrieix…

Cyril souffle fort son haleine chaude sur l'oreiller commun.

— Fais attention, très mauvaise réputation ! Un artiste, divorcé, très perso, complètement fauché…

— Elle était comment, sa femme ?

— Sais pas ! Je l'ai juste vue en photo : mignonne, assez classique, pas mon genre.

Cette indifférence entre eux l'étonne, alors qu'elle sent son mari si intimement lié à l'univers de Pont-Faye.

— Pourquoi ont-ils divorcé ?

— En fait, je crois qu'ils ne le sont pas encore. Ils ont une fille ensemble, qui doit avoir une quinzaine d'années, et puis il y a eu un bébé ensuite. Mort subite du nourrisson, à quelques semaines…

— Oh !

Dhanya, de nouveau, pose sa main sur son ventre.

— Tu n'es pas revenu, à ce moment-là ?

— A l'époque, je travaillais à Doha ; tu vois le rythme, vingt heures par jour, impossible de lever le pied…

S'il doit dire la vérité, Cyril n'a même pas pensé alors à donner signe de vie, pas plus que pour l'enterrement de sa sœur.

Cela se passait avant que sa femme lui révèle toutes les dimensions de l'existence, les sentiments, les attentions, les formes qui régissent la vie entre les humains. Aujourd'hui, il n'en est plus très fier ; d'autant que le retour à Pont-Faye lui a fait ressentir physiquement, pour la première fois, l'absence de Marie-Liesse à côté d'Aude : les jumelles ne sont plus.

Pour se pardonner à lui-même, et évaluer combien il a changé, il ajoute :

— Je crois que Marianne ne s'en est jamais remise ; c'est peut-être pour cela que ça n'allait plus entre eux.

Dhanya se love encore et encore plus près de son mari. La fin d'une histoire d'amour résumée ainsi en quelques mots l'effraie. Une dernière pensée avant de succomber au sommeil :

— Oh zut ! les macarons sont restés dans l'entrée…

12

Grégoire

— Un simple pied-de-biche et tout cède. Si on veut, on entre comme dans un moulin…

Grégoire a fixé comme il pouvait les espagnolettes sur les persiennes voilées et gonflées d'humidité.

— Cela fermait, avant ; tout s'esquinte, il faudrait vraiment prendre des décisions…

Puis il a éteint la lumière dans la salle à manger désertée, écarté les bûches du feu rougeoyant encore.

— Manquerait plus qu'un incendie, ils ne font vraiment attention à rien…

Quand il monte dans sa chambre, en prenant garde de passer au large du bureau, l'horloge de la cuisine bat la demie de 10 heures. Courte soirée.

Grégoire rumine, se sentant vaguement responsable de ce dîner raté. Leur père baisse, c'était certain, mais pourquoi cette mise en scène de mauvais goût ? Thérèse ne les a pas habitués à ça. On le sait bien, qu'Antoine est coléreux, violent et raciste ! Ce n'est pas la peine de le laisser se donner en spectacle, devant une étrangère, en plus… Il suffirait d'augmenter les médicaments pour éviter qu'il s'énerve comme ça. Et si la petite infirmière n'y arrive plus, on devrait pouvoir renforcer l'organisation autour de lui. Encore des frais, évidemment, mais cela leur vaudrait au moins des dîners corrects…

Dans leur chambre, le noir complet, mais une chaleur agréable, après le palier glacé. Vraiment bien, ces radiateurs à panneaux rayonnants, un jour il en mettra partout dans la maison.

Grégoire, à tâtons, passe dans la salle de bains pour se déshabiller. Regarde une dernière fois ses messages : Marie-Lou lui souhaite une bonne nuit, comme chaque soir. Il n'a pas le temps de répondre, à cause de l'apparition d'un autre SMS, transféré par Regina au même moment. Le jargon de Maxime, leur dernier fils, qu'il faut décrypter : « arriv 2m1 Eyzies, 11 h 35 ac Agat ». Maxime arrive demain ? Il ne manquait plus que ça ! Et avec Agathe ! Yrieix est-il au courant de ce plan foireux ? Sans doute pas, lui qui semble toujours le dernier à savoir ce que fait sa fille…

Grégoire, dans son pyjama de pilou spécial Pont-Faye, assez ridicule parce que devenu trop étroit, va se coucher en remuant la nouvelle, et tout le reste, dans sa tête. Enfin le dos au repos ! Est-ce normal d'avoir si mal, après une journée somme toute peu fatigante ?

Il prend bien soin de rester au bord du lit, pour ne pas approcher sa femme.

Mais les draps sont parfaitement lisses, frais, tirés. En étendant la main, un peu, puis plus loin, l'impression se confirme ; il est seul. Rapide aller et retour, qui fait résonner abondamment le vieux parquet, jusqu'à la chambre des garçons, dont il entrouvre la porte : un froissement de draps le renseigne, Regina s'est installée chez ses fils. La première fois qu'elle découche, en vingt ans de mariage. Prune, couchée sur la descente de lit, ouvre un demi-œil et frétille vaguement de la queue en le voyant.

Bon, au moins, c'est tout vu, il n'y a pas de place ici pour Maxime...

Ce qui l'agace par-dessus le marché, et finit par prendre toute l'importance, c'est que Prune ne l'ait pas choisi, lui, pour dormir. C'est sa chienne à lui, même s'il n'a guère le temps de s'en occuper.

Grégoire s'allonge en travers du lit conjugal déserté, pour reprendre au calme le fil des événements de la journée.

Ce soir, au retour de la gare, après vingt-quatre heures de silence, il trouvait que sa patience avait assez duré. Alors, avant le dîner, il avait demandé des explications à Regina.

« De quoi on a l'air, à se faire la gueule comme ça ? »

Madame s'était un peu dégelée, mais au prix d'une sévère discussion, dans cette chambre même. Heureusement que les murs étaient épais. Tout y était passé, avec des rancœurs de dix ans d'âge, jusqu'aux insultes, et aux menaces.

« Tu m'emmerdes !

— Je risque de ne pas t'emmerder longtemps... »

A ce moment précis, Grégoire avait bien eu le sentiment que quelque chose dérapait, qu'on sortait de l'ordinaire, qu'une étape avait été franchie. Mais bon, à cinquante ans, ils avaient passé l'âge de tout remettre en question tout le temps. Et lui avait d'autres soucis, pour le moment, entre la sortie de son père ce soir, au dîner, les décisions à prendre pour Pont-Faye, et le voyage en Chine, absolument décisif pour l'avenir de sa boîte.

Leur engueulade avait pris du temps. Du coup, ils avaient rejoint les autres très tard, et passablement décalés.

Cyril et sa femme étaient déjà arrivés. Jolie fille, sortie de nulle part, bronzée, très très bronzée. Elle avait dû mettre le grappin sur son frère dans l'espoir de quitter son bout du monde. Lui semblait complètement envoûté, d'ailleurs. Et très en forme physiquement. Il avait perdu un peu de son côté pitbull. Grégoire lui envie un instant ses muscles durs, sans une once de graisse, son ventre plat. Il doit se la couler douce, sous les tropiques, sans stress ni sandwichs avalés trop vite… Demain, il faudra lui poser des questions sur ses affaires exotiques. Penser à aller chercher des infos sur Internet, pour avoir une idée de son business. Grégoire prend conscience qu'il ne s'est jamais intéressé à la vie professionnelle de son jeune frère, et s'attribue un mauvais point ; il aurait pu l'aider, lui donner des conseils…

Cela le ramène évidemment aux siennes, d'affaires ; et de nouveau, les dossiers s'alignent dans son esprit, l'un après l'autre. Une nouvelle hausse prévisible du prix du papier ; prendre rendez-vous avec l'avocat, pour les retards de paiement accumulés ; les devis chinois, qu'il lui faudra regarder demain, le ramènent à la question centrale : faut-il délocaliser les travaux les plus gourmands en main-d'œuvre ? Au risque évidemment de ne pas tenir les délais. Impossible de dormir. Ce pique-nique de pensionnat lui reste sur l'estomac. Et en plus, Regina a emporté dans la chambre d'à côté la courtepointe matelassée qu'il aime bien, qui lui procure, avec son poids de laine brute, un sentiment de sécurité intimement lié à Pont-Faye.

13

Aude

La sonnerie du portable lui vrille la tête. C'est pourtant un carillon de cloches, programmé justement pour n'agresser personne.

Aude a mis très longtemps à s'endormir, les bras le long du corps dans ce lit étroit, hostile. Sans oser même approcher la main de ses seins, qui portent la menace. Juste avant d'éteindre, elle a repéré au-dessus de sa tête, même sans lunettes, plusieurs araignées de taille respectable. Il aurait fallu se relever, aller chercher la tête-de-loup au milieu du désordre de la souillarde… Tant pis, cela irait comme ça, en rabattant le drap sur sa tête !

Ils sentaient le moisi, ces draps de fil usés, et l'édredon rouge, celui de son enfance, glissait par terre au moindre mouvement. Elle l'aimait bien pourtant autrefois, cet édredon satiné, avec ses plumettes blanches échappées de minuscules petits trous, si légères qu'elles restaient en apesanteur dans la chambre.

Aude luttait pied à pied pour trouver le sommeil. Mais les larmes revenaient encore, glacées, le long de ses joues, jusqu'à détremper l'oreiller. « A notre âge, lui avait dit un jour sa sage amie Gaïa, il n'est plus temps de ressasser son enfance ; ce qui est passé est passé, et nous sommes seuls responsables du présent. » Gaïa avait parfaitement raison, mais Aude continuait à pleurer. A cause de la fatigue du voyage, et de la gifle paternelle ; ou bien d'une fragilité nouvelle, premier signe de la maladie ? Toutes ces blessures, ces rancœurs qu'elle croyait non pas oubliées mais cadenassées une bonne fois pour toutes, déferlaient sur elle. Or, la nuit, elles sont toujours plus sournoises, plus tenaces, plus dangereuses ; une insomniaque aussi expérimentée qu'elle sait cela. Il faudrait avoir le courage de rallumer pour les chasser, d'ouvrir le *Elle* qu'elle traîne depuis Fiumicino dans son sac. Mais elle ne le fait pas.

La présence de Marie-Liesse, les objets de Marie-Liesse, la voix de Marie-Liesse, tout était palpable, dans cette chambre, à un point effrayant. Elle croyait discerner le rythme de sa respiration ; ses mots aussi, lorsqu'elles chuchotaient dans la nuit, sur les sujets brûlants de Pont-Faye, trop brûlants pour être évoqués au grand jour. Sa jumelle avait des intuitions fulgurantes, qui la poursuivaient encore aujourd'hui.

La traversée de cette nuit était interminable. Si Marianne avait encore été la femme d'Yrieix, elles auraient terminé cette sinistre soirée par un petit débriefing de bonnes femmes, autour d'une tisane de tilleul. Pour rire, dissoudre la peur et s'alléger la tête, pour atteindre minuit et tomber d'épuisement d'un coup. Fait-on encore sécher le tilleul à Pont-Faye, comme Lorraine autrefois ? Regina n'avait jamais participé à cet exercice-là : trop positive, trop concrète, trop consensuelle. Edoardo non plus, qui décourageait toute médisance, parce qu'au fond il s'en fichait : « Ah bon, tu crois ? » Marianne était psychologue de formation ; pour chaque situation, chaque attitude, elle avait une explication un peu jargonnante, mais réconfortante, tirée de sa panoplie de théories.

De nouveau, insistant, le carillon de cloches. Ce n'est pas le réveil, mais un appel téléphonique. Aude ouvre les yeux – elle s'est donc endormie, contre toute attente –, et attrape l'objet clignotant.

0039... l'indicatif de l'Italie, et en bandeau la date : 30 octobre, 23 h 05. A Pont-Faye, on se couche avec les poules, mais à Rome, c'est encore une heure décente pour appeler.

— *Pronto ?*

A croupetons sous l'édredon pour garder un peu de chaleur, et d'intimité, Aude répond à son mari.

— Tu dormais déjà ? *Scusa*... Oui, les filles sont parties pour Parioli. J'ai bien eu ton message, mais leur retour était déjà organisé. Non, je ne sais pas avec qui, Alessia n'aime pas beaucoup qu'on se mêle de ses affaires...

— *Certo !* mais justement...

Aude fait traîner l'appel, multiplie les silences, malgré le prix astronomique des communications sur le portable. Raconte en trois phrases le dîner, lâche :

Maintenant, il faut savoir ce qu'on va faire de papa pendant l'absence de Thérèse...

— Prends-le donc *a casa,* si tu veux. Allez, *buona serata,* il faut que j'y aille...

En appuyant sur la touche « raccrocher », sans demander évidemment où il va à cette heure-là, Aude prend conscience qu'elle a parlé de tout, sauf de l'appel de Gemelli. Tant pis, tant mieux. Accueillir son père chez elle ? De quoi frémir... Cela ressemble bien à Edoardo d'ouvrir grande la maison, de la même manière qu'il a accueilli Sara en son temps ; à condition de filer par la porte de derrière... Lui revient la chanson de leur jeunesse, devenue un leitmotiv, une justification à tout : « Gai comme un Italien, quand il sait qu'il aura de l'amour et du vin... »

14

Pont-Faye

Ils marchent à la queue leu leu dans la boue, sous un ciel lavé par la nuit. Grégoire devant, poussant une canne empruntée à la collection du vestibule, surjouant délibérément l'image du patriarche. Aude sur ses talons, dans une cape de pluie qui danse au rythme de son pas. Puis un espace, et le groupe formé par Yrieix, Cyril et Dhanya, main dans la main. Prune, guillerette – elle est bien la seule –, remonte et redescend la file, sans obéir plus de deux minutes aux sifflements de son maître.

Yrieix, en plus de ses habituels boîtiers en bandoulière, d'un nouveau chèche couleur de sable et d'une veste décorée de poches multiples, arbore une casquette de tweed bicolore.

Dès le départ, Grégoire l'a mouché :

« Tu as apporté combien de couvre-chefs, pour un week-end ?

— Moi, je te trouve très beau comme ça ! » a affirmé Aude.

Elle voit son frère un peu flou, et cela lui va très bien ainsi.

Quand ses démons nocturnes la laissent en paix, Aude veut croire que la gentillesse sauvera le monde. Et ce matin, elle a décidé de mettre de l'huile dans les rouages familiaux, à cause d'un rayon de soleil sur les feuilles d'automne.

La passe d'armes ne déstabilise pas Yrieix le moins du monde. Derrière son appareil photo, il hausse les épaules. Maintenant, à eux de jouer ! Lui a fait ce qu'il pouvait.

Puisque Regina n'est pas de l'expédition – on ne l'a même pas vue au petit déjeuner –, Dhanya est la seule pièce rapportée. Elle ressent parfaitement la gêne qu'elle suscite ; une gêne souriante, pas hostile. Mais Cyril a refusé de la laisser seule dans la maison :

« Il n'y a pas un seul endroit bien chauffé pour te poser ; et ça me fait plaisir de te montrer la forge... »

Les Albrussac ont tous retrouvé leurs bottes. Alignées dans la souillarde, des bottes de toutes les tailles, identiques, en caoutchouc vert bronze cuit par les années, telles qu'on les achète à la coopérative agricole.

Leurs « floc, floc » dans la boue glacée rythment la marche, pendant qu'ils descendent en silence le chemin de Pont-Faye. Goûtant, malgré tout, le plaisir de la rosée du matin, des feuilles froissées, de la terre qui fond sous la semelle. Chacun d'eux a des souvenirs à revendre, sur ce chemin, des retrouvailles à méditer. Chacun d'eux veut encore repousser le moment des « décisions », en volant un peu de plaisir à la nature.

Les marcheurs atteignent donc en silence le pavillon abandonné à ses herbes hautes, et encore quelque roses ensauvagées sur la façade. Un petit bâtiment carré, incongru avec des fers forgés aux fenêtres, « folie » baroque qui à côté de la vieille maison forte offre un petit air de château enchanté.

Au passage, Grégoire répète, comme la veille, en soupirant bien fort :

— Le pavillon s'abîme…

Ce qu'il peut être lourd, disent les yeux au ciel d'Aude, comme si on n'avait pas d'autres soucis… Mais qu'elle en ait cette idée-là lui fait mal tout de même. Le pavillon fait donc toujours partie de sa vie ?

Cyril accélère le pas, remonte la file en remorquant sa femme par la main, pour donner la réplique à son aîné :

— J'ai vu ça. Ce ne serait pas très compliqué de faire quelque chose maintenant, tant que la base est en bon état ; si on attend, ça risque de coûter beaucoup plus cher.

Grégoire se retourne d'un bloc, avec un regard qui signifie : « De quoi il se mêle, ce môme ? »

Dhanya a bien saisi l'expression ; et aussi le sourcil froncé d'Aude. De nouvelles questions s'ajoutent à sa liste.

Aude roule en boule sa cape inutile, sourit à sa belle-sœur, pour tuer dans l'œuf la nostalgie.

Cette silhouette élégante, une fois dépouillée de toutes ses épaisseurs, est une surprise pour Dhanya. Aude a d'un coup l'air plus jeune, avec ses cheveux relevés dans une grosse pince d'écaille, son cardigan de cachemire, et ce collier d'aigues-marines parfaitement assorti. Elle lui rend son sourire.

Au fur et à mesure de la descente, le bruit de la rivière s'amplifie, s'invite entre eux, avale leurs mots, et toute velléité de conversation.

— Prune, au pied !

On s'engage sur le petit pont moussu qui enjambe le Manoire, et qui a donné son nom à la maison : le pont des fayards, ou hêtres en occitan. Devant eux, l'eau les environne, attire tous les regards, cascade, court sur les pierres, dévale le barrage, serpente dans un bras mort, module sa vitesse avec la pente.

— Regardez, il y a un paquet de siècles que c'est là…

Yrieix s'est arrêté, pour caresser tendrement un arceau de pierre, où se devine l'arrondi d'une sculpture.

Personne ne l'avait jamais remarqué, ou plus exactement tout le monde l'avait toujours vu là. Mais lui, aujourd'hui, se plie en quatre dans les feuilles mortes, pour photographier le pilier sous un angle improbable. Laissant le groupe repartir devant lui, il allume une cigarette.

Au bord du chemin, la Cantine, et plus loin en contrebas les bâtiments de la forge.

Cité morte, noire et humide, oubliée entre les versants d'une combe majestueuse, aux couleurs impressionnistes, orange, rouille, jaune d'ocre, fauve, caramel. Tous marquent le pas, pris d'émotion.

Il s'est passé tant de choses ici, tant de souvenirs juxtaposés : ici, Grégoire a embrassé sa première fille, une petite de Voussac dont il se rappelle encore l'haleine parfumée au chewing-gum ; ici, Aude, suivant Marie-Liesse, a cherché indéfiniment sa mère ;

ici « les petits » se sont cachés pour fumer leurs premières gauloises : puisque les lieux étaient strictement interdits aux enfants, on ne les y cherchait pas ! C'est ici aussi qu'Yrieix s'est blessé la jambe sur un araire rouillé, invisible dans les graminées du printemps ; un tendon déchiré, une plaie infectée, le tout caché pendant des jours sous le pantalon ; jamais il n'avait eu si mal. Quand Thérèse l'a enfin emmené chez le médecin de Voussac, il était trop tard pour intervenir. Lui en est restée cette démarche un peu floue.

Cyril se campe, et d'un air solennel intronise sa femme :

— Tu vois le haut-fourneau, avec sa cheminée de brique ? On entassait là-haut le minerai, et du charbon de bois, en couches superposées. Les équipes se relayaient en continu, toutes les douze heures, pour entretenir le feu qu'il ne fallait jamais laisser éteindre. Et la fonte en fusion s'écoulait par en bas…

Aucun d'entre eux n'a jamais entendu le grondement du feu, qui dit-on montait jusqu'à la maison de maître, couvrant même celui de la rivière. Ni jamais vu tourner la roue motrice, depuis bien longtemps envasée dans son bief, ni couler le métal en fusion. Mais tous pourraient exactement le décrire, parce que cela fait partie de leur histoire, même s'ils ne savent plus comment.

Avant la veille au soir, jamais Dhanya n'avait entendu parler de la forge. Elle regarde avec étonnement cette petite fabrique de campagne, quelques bâtiments bas serrés autour de la cheminée de brique déchapeautée, presque en ruine dans leur vallon perdu. S'attarde sur la grande roue de bois dentée à moitié immergée dans la rivière, dont l'arbre à cames pourrit lentement, entravé dans les iris. Tandis que l'eau sauvage s'engouffre sous l'édifice en déshérence, partout où se sont formées des cavités, sorte de bouches noires effrayantes. L'image même du désespoir, se dit Dhanya, pressentant en même temps qu'il ne faut surtout pas le dire ; et même que, curieusement, c'est de là que ces quatre Albrussac, qui lui paraissent tous géants, tirent leur force.

Car tous, même Aude, demeurent en contemplation révérencieuse et nostalgique.

Cyril ne lâche pas prise :

— Là, c'est l'ancienne affinerie, avec son grand toit ; à gauche le magasin, et le bâtiment de la paye. Au centre, la tréfilerie. Et à côté les restes d'un four à puddler, tout ce qu'il y avait de plus moderne à l'époque.

Yrieix les a rejoints, et communie lui aussi à la religion du fer :

— Le Périgord a été l'un des grands centres de la sidérurgie française, jusqu'au XIXe siècle. Il y avait plus de soixante-dix forges comme celle-ci dans la région.

Personne ne commente. Le couplet historique fait partie des classiques familiaux, une manière de se présenter à la nouvelle venue.

— Cela s'est arrêté quand ? s'enquiert Dhanya, pour les remercier de leur attention.

— A la fin des années soixante-dix. J'en ai même des souvenirs...

— Toi ?

Grégoire s'exclame, choqué. Lui est ici l'unique propriétaire d'un souvenir précis, celui du jour où

Marcel Albrussac, en regardant la forge, lui a dit, dans un grand moulinet de canne : « Tu es l'héritier ! Peut-être qu'un jour tu la feras redémarrer ? »

L'imprimerie Albrussac, qu'il s'évertue à développer depuis des années, n'est qu'un ersatz de la forge de Marcel ; un avant-goût de ce qu'il aimerait faire ici, chez lui. De tout le domaine de Pont-Faye, c'est la forge qui l'intéresse vraiment, et c'est pour elle qu'il est prêt à en porter le poids.

Cyril vient se ranger au côté d'Yrieix.

— Je me rappelle très bien le jour où grand-père a annoncé la fermeture définitive. Ce n'était plus la forge, seulement un atelier de ferblanterie, mais on entendait monter jusqu'à la maison le bruit de la turbine électrique. Clic, clic, jour et nuit… Je me souviens aussi de Monteil et de tous les autres, quand ils allaient chercher leur enveloppe, à la fin de chaque semaine.

— C'est vrai…

Aude frémit : clic, clic… elle avait totalement oublié tout cela, le bruit incessant, l'électricité tremblotante, la cérémonie de la paye, avec ses tensions palpables. En revient de nouveau à sa mère, qui craignait tant cette eau noire, y voyait mille dangers pour sa tribu d'enfants. A raison d'ailleurs.

On repart en procession jusqu'aux abords de la Cantine.

Une bâtisse en pierre du pays, avec une rambarde de fer forgé formant comme un balcon au-dessus de la petite combe.

Yrieix, quand il avait commencé à travailler dans la région, y avait installé son quartier général, avec le consentement tacite d'Antoine. Il disparaissait ainsi de la grande maison, et ne demandait rien, finançant lui-même les travaux de réhabilitation. A l'époque, les contrats s'enchaînaient pour lui, des petits contrats locaux qui ne menaient pas à la fortune, mais à l'aisance, et il dépensait déjà sans compter.

Une baie vitrée, à la place de la porte cochère qui tombait en lambeaux, avait déclenché la fureur de son père : une erreur, une horreur, pas dans le style du pays, de l'ordre du blasphème. Mais cela créait dans la grande pièce chaulée un espace lumineux, aux proportions parfaites. Plus une cuisine sommaire, deux petites chambres à l'étage, un labo de développement maintenant dépassé, et ses archives.

Plus tard, Marianne avait aimé cette maison. Elle était de ces personnalités qui ont besoin pour exister d'agir, de briquer, de peindre, de transformer. En plus de parler et décortiquer les événements. Marianne y avait laissé sa trace. Alors, en remontrance, Yrieix n'y venait plus. Il rendait ces pierres-là responsables de son naufrage. A cause d'un dernier séjour, affreux, dans une nature scandaleuse de beauté, juste après la mort de l'enfant.

Et voilà que maintenant sa fille Agathe revendique d'occuper les lieux. Le statu quo implicite qui dérange ses frères l'arrange bien, lui ; car il se sait trop changeant dans ses choix pour décider d'ouvrir la porte, comme de la fermer. Au demeurant elle est dépourvue de clé.

— Il faudrait que je fasse un grand ménage…

Yrieix constate, sans proposer d'entrer, alors que tout le monde s'arrête devant la maison.

— Tu as pensé à faire repasser le toit, avant l'hiver ? interroge sévèrement Grégoire.

Sans écouter la réponse, il pianote sur son portable.

En ordre dispersé, les Albrussac rejoignent donc l'enclos des bâtiments. Une odeur de métal et d'eau croupie, omniprésente.

Ont-ils vraiment totalement oublié pourquoi ils sont là ? se demande Dhanya.

Cyril continue à jouer les guides, pousse de toute sa force la haute porte cintrée du magasin, qui couine longuement. Aude se raidit.

Là sont rassemblées les productions de la forge au fil des siècles. Au centre, en majesté, l'énorme soufflet de bois et de cuir. Les fameuses plaques de cheminée, qui ont fait la réputation des Albrussac, et leurs esquisses préparatoires, de magnifiques dessins sur vélin jauni, encadrés de bois brut.

Un canon de marine de 6, le chiffre correspondant au poids des boulets alignés à son côté. C'était une commande de l'intendant de Sa Majesté, pour l'arsenal de Rochefort, qui aurait dû partir pour l'île Bourbon ; il y a là-bas ses pareils, sur les remparts longeant l'océan, marqués des deux S enlacés de la forge. En fait mémoire un parchemin, avec ses pleins et ses déliés d'encre pâlie.

Et encore divers objets de fonte et de fer martelé, dont personne ne connaît plus la destination ou le commanditaire : écrous massifs, tuyaux coudés, ferrures monumentales, mécanismes de fontaine, de moulin à café, balances romaines, délicates volutes de fer forgé. Présentés dans un ordre poétique, au mieux de leur beauté sombre.

Sur des étagères, le tout-venant de marmites et chaudrons de tailles diverses, cercles pour les barriques, pelles à court et long manche, tenailles, socs de charrue et versoirs au dessin compliqué...

Marie-Liesse avait commencé là à mettre en scène la vie passée de la forge. Et subsistait, dans l'agencement des objets abandonnés au milieu de son projet, l'empreinte la plus vivante, la plus récente de son existence, puisque personne n'avait touché à rien depuis. Même un carnet à spirales usé, siglé Clairefontaine, posé de travers sur une étagère, semblait attendre son retour.

— Le musée de Marie-Liesse, prononce Aude, par fidélité à sa jumelle, en prenant soin de garder une voix parfaitement neutre ; c'est-à-dire presque aphone.

— Notre sœur, chuchote Cyril à sa femme.

Qui se hausse sur la pointe des pieds pour atteindre l'oreille de son mari, et interroge :

— Où est-elle ?

— Elle est morte, je te raconterai

Yrieix a entendu ; il détourne les yeux, jette son mégot. Grégoire soupire en le ramassant, les mains sur les lombaires.

On ressort comme on était venu, rapidement, en silence.

Partout de la ferraille, surgissant çà et là dans le foin mouillé, chaînes, clous, cercles de fer peu à peu enterrés par le temps et les intempéries ; devant eux une brouette, chargée depuis un demi-siècle, semble attendre qu'on saisisse ses bras.

Pour accéder au pied du haut-fourneau, il faut franchir une passerelle brinquebalante, un peu effrayante à cause du tourbillon qui rugit par-dessous. Yrieix prête la main à sa belle-sœur, Cyril à sa sœur.

— Le bocard, où l'on concassait le minerai. La porte du haut-fourneau, qu'on appelle une dame. Et là, du laitier, des résidus de fer inutilisables parce que pleins d'impuretés…

C'est dit comme une leçon bien apprise.

Ils semblent tous maintenant un peu écrasés par cette architecture nue de fer et de bois noir, le poids de cette fonte omniprésente, à tous les stades de la rouille. L'odeur même qui s'en dégage, mélange d'humidité et de métal.

Et l'on remonte sur l'autre versant du coteau, par le chemin menant à des bicoques ouvrières envahies de lierre, à demi écroulées. La verdure reprend le dessus, les pas s'allègent, Yrieix recommence à mitrailler. Comme autrefois, au plus près des choses et des gens.

— Il faudrait quand même qu'on en parle…

Deux minutes plus tard, plus personne ne sait qui a prononcé cette phrase, mais elle résonne dans toutes les têtes. Et le silence se réinstalle.

— Merde, j'avais oublié !

C'est Grégoire qui s'est exclamé, les yeux sur son écran de téléphone.

— Yrieix, tu sais que Max et Agathe sont à la gare des Eyzies ?

— Hein ?

Ils s'affrontent du regard, comme s'ils se rendaient mutuellement responsables de la chose ; et au-delà, de la connivence entre leurs enfants.

On entend distinctement le bip d'annonce d'un nouveau message.

— Bon, ça va, Regina propose d'aller les chercher.

Grégoire semble pourtant déçu de rater l'occasion de s'échapper. Il enchaîne, trop vite :

— Pour papa, soyons pragmatiques : il semble évident qu'il faut revoir son traitement, et renforcer un peu l'organisation autour de lui.

Personne n'a le temps de commenter, il continue :

— Reste le problème de Pont-Faye, où tout part en vrille. Quelqu'un veut s'y coller ? J'ai à peu près toutes les coordonnées des corps de métier...

Un silence brut lui répond, répercuté par le barrage devant eux.

Sa sœur et ses frères ont eu ensemble la même vision, sur la fin de sa phrase : c'était leur père qui parlait, qui ordonnait ; tel qu'il était vingt ans auparavant, avec sa carrure de dominant, les mêmes tics du visage, la même façon d'évacuer toute émotion, le même a priori agressif sur leurs réponses à venir.

Et ils n'ont aucune envie de répondre.

Alors, insensiblement, dans le même ordre qu'à l'aller, le groupe se remet en marche. Sort des taillis, repasse le pont. C'est en arrivant en vue du pavillon qu'Aude s'enfouit sous sa cape, et prend la parole de cette voix appliquée qu'elle s'efforce de maîtriser depuis tout à l'heure :

— Si Thérèse doit partir à l'hôpital, l'état de papa risque d'empirer. On dit que les Alzheimer supportent mal les changements...

Le vent s'est levé, poussant des nuages gris ; et ses paroles ne portent pas très bien. Elle n'est pas sûre d'avoir été entendue.

Yrieix écrase sa cigarette, franchit l'espace qui le sépare de sa sœur ; l'espace symbolique où se tiendrait Marie-Liesse, entre eux deux, et dit très doucement :

— Tu sais, personne n'a envie de voir papa s'éterniser…

Et puis tout le monde monte, le souffle plus court à cause de la pente et d'une pluie fine qui les rattrape. Prune, la chienne, accentue le mouvement, langue pendante. Puis, d'un coup, se met à aboyer et démarre en trombe devant eux.

Le long du pavillon, Grégoire suit machinalement du bras la longue fente qui serpente, comme pour les prendre à témoin :

— Il faudrait tout de même décider…

Personne ne sait s'il s'agit des travaux ou de l'avenir de leur père.

Cyril hausse les épaules ; il a déjà compris qu'il fallait s'y prendre autrement, et connaît l'art et la manière de contourner les obstacles.

15

Aude

Lorsque leur groupe parvient en haut du chemin, les deux adolescents sont déjà sur la terrasse. Ils jouent avec la petite chienne, qui manifeste un plaisir euphorique à retrouver son maître. Tous trois bondissent avec la même énergie joyeuse, la même grâce juvénile.

Ainsi le ressentent les adultes, arrivant essoufflés, noués par leurs soucis communs, les épaules amenuisées sous la pluie.

Agathe, apercevant Aude, se jette dans ses bras. Qui en profite, serre contre elle sa nièce et filleule, caresse ses cheveux, déverse sur elle toute cette tendresse dont personne ne veut ici. Le hasard des gènes fait qu'elles se ressemblent, et cela leur plaît à toutes deux.

— *Dio !* Que tu as changé !

Des paroles très diplomatiques.

Car Marianne est souvent venue avec sa fille au palazzo Mantovani. La dernière fois, il n'y a pas si longtemps, en juillet dernier, le quatuor des filles avait passé ensemble une semaine sur la plage de Sabaudia.

Yrieix ne devait en aucun cas être au courant ; c'est une condition sine qua non pour Marianne, qui depuis qu'elle est séparée de lui prend grand soin de protéger sa vie privée. Aude se plie à cette règle, choisissant sa belle-sœur contre son propre frère. Et évite donc d'afficher sa relation privilégiée avec Agathe en présence de celui-ci.

Et sans qu'on lui ait jamais demandé de mentir, Agathe s'aligne sur cette position. Sa filleule a cette maturité des enfants uniques, tôt admise dans les conversations, prise au sérieux par les adultes, et peut-être aussi parfois en otage de leurs vies compliquées. Agathe a plus de plomb dans la cervelle que ses filles, et plus de solidité que Sara, sa princesse sensible ; en petite Parisienne hyperstimulée, elle apporte à ses cousines romaines son jugement critique sur les choses et les gens. Leurs conversations changent sous l'influence d'Agathe, c'est Chiara, sa benjamine, qui le lui a fait remarquer.

Mais Agathe aussi changeait, selon le dernier coup de fil transalpin de sa mère. D'enfant précoce, elle devenait une adolescente compliquée, prenait ses distances envers les adultes. « Cela se voit à l'œil nu ! » s'amuse Aude, qui sait bien qu'elle serait moins indulgente envers ses propres filles : sa nièce affiche un tee-shirt assez moulant pour mettre en valeur ses seins avantageux, et aussi son nombril, au-dessus d'un jean à taille vraiment très basse. Le tout sous des mèches savamment décoiffées, et des yeux de biche qui doivent beaucoup au maquillage. L'ensemble n'est pas exactement réussi, mais assez attendrissant. Agathe, comme Alessia, a hérité de cette poitrine flamboyante qui faisait le désespoir d'Aude lorsqu'elle était adolescente, lui imposait de se voûter pour la cacher un peu. Voilà qui n'est pas le cas de sa filleule, apparemment tout à fait consciente de son charme, et cela la réjouit.

Jusque-là, les filles faisaient bloc contre « les garçons », ces cousins plus âgés qu'elles ne voyaient guère, et soupçonnaient de les regarder de haut, à cause de leurs réputations d'intellectuels. Or, depuis septembre, entre la fille unique et le petit dernier esseulé, s'était nouée sur Internet une amitié virtuelle. Aude en a eu quelques échos, tant cela suscitait remous et commentaires parmi les demoiselles. La carte des alliances se reconfigurait, entre Agathe à Paris, Maxime à Bordeaux, et Rome, dans d'interminables dialogues nocturnes, à l'abri des adultes.

Aude pousse donc sa nièce vers Yrieix qui patiente sous la pluie, bras croisés, casquette au ras des sourcils. Une image de pater familias qui lui va comme des guêtres à un lapin.

— Ma fille, en voilà une surprise !

Le ton se veut ironique, il est surtout désagréablement grinçant.

— Maxime m'a invitée.

Agathe affecte envers son père une hauteur et une indifférence qui indisposent encore plus Yrieix. Surtout devant tout le monde.

Bienvenue au club ! Aude observe son frère, amusée. Lui qui a fait toutes les bêtises du monde, de loin le plus enquiquineur des cinq enfants Albrussac, se pose maintenant en père inflexible ?

Elle décide de faire preuve de solidarité, au moment où Yrieix expérimente ses nouveaux habits de père d'adolescente, et enchaîne :

— Viens, qu'on te présente à Cyril et Dhanya !

La donzelle a manifestement déjà entendu parler des arrivants, et l'affaire l'intéresse. En quelques secondes, on la voit se redresser, affûter son charme. Elle rejette sa masse de cheveux en arrière, aiguise son regard violet.

— *Ciao !*

Comme les autres, Dhanya a vu cela. Et décidé illico de se faire une alliée de cette adolescente qui a la moitié de son âge, mais moins de différence avec elle que les aînés de son mari.

Elle consent aux mœurs occidentales, et plante deux baisers sur les joues de la gamine, qui rosit. Derrière, Cyril attend son tour :

— Alors, c'est toi, Agathe ? Dire que je me rappelle quand on m'a annoncé ta naissance…

Il n'y a pas commentaire plus bateau, il le sait bien ; mais il est content de faire sourire cette nièce inconnue.

— Explique-moi, reprend Yrieix, décidé à ne pas lâcher le morceau. Tu es arrivée comment, et tu comptes faire quoi ?

— Papa, je suis invitée à Pont-Faye par Max…

De nouveau un ton excédé, une seconde rebuffade feutrée. Agathe cherche Maxime des yeux, pour échapper à son père. Mais son cousin est hors d'atteinte, attiré par ses propres parents dans un conciliabule serré.

Aude se charge donc d'interrompre le duel du père et de la fille :

— Dis-moi, est-ce que ta maman sait que tu es ici ?

Silence. Elle a tapé juste.

Yrieix saisit la perche tendue, s'éloigne avec son téléphone pour prévenir Marianne.

Tiens, bonne nouvelle, les parents d'Agathe sont capables de communiquer, quand il s'agit de leur fille...

Pendant ce temps, la pluie s'est faite plus dense, qui justifierait un repli dans la maison. Mais personne ne s'y décide, par crainte sans doute d'affronter Antoine. Et l'on se contente d'ouvrir des parapluies.

Maxime se rapproche du groupe, pendant que ses parents s'éloignent, pour signifier qu'ils laissent le garçon gérer ses affaires lui-même. On peut voir les muscles de sa mâchoire jouer d'énervement.

Parmi les adultes qui piétinent en rond sur la terrasse, nuque rentrée sous la pluie, aucun ne connaît cet adolescent aux reflets roux qui leur fait face, environné d'une odeur de mauvais tabac. Regard buté, cheveux drus sur le front, menton carré creusé d'une fossette inattendue.

Jusqu'à ce que ses frères aînés, les deux autres jeunes empereurs, s'effacent de la scène familiale, il vivait dans leur ombre, réputé silencieux et rêveur. Avec une image d'érudit, à cause des BD derrière lesquelles il se retranchait, quand son père essayait de lui imposer des corvées de débroussaillage, taille ou ramassages divers. A cause de Regina aussi, qui diffusait assidûment les bonnes notes de ses fils. Lesquelles semblaient totalement incongrues chez les autres Albrussac, voire dangereuses.

Agathe est revenue se ranger à côté de lui, menton en avant. La fille de quinze ans et le garçon de dix-sept, l'échevelée et l'ombrageux, soudés face à la génération supérieure.

— Mon oncle, est-ce que nous pouvons nous installer à la Cantine, pour dormir ?

Il est respectueux, un peu cérémonieux. En vieux briscard des négociations parentales, il fait ce qu'il faut, dosant la politesse et l'audace.

— Pourquoi ?

Yrieix n'a pas baissé ses défenses. Le côté jeunes-gens-bien-élevés de ses neveux l'insupporte depuis longtemps, et aussi désormais l'amitié affichée par sa fille avec l'un d'eux. Autant sans doute que son frère aîné, lequel est en train de disparaître vers les bois, en refusant le combat.

Car il est de notoriété publique que Grégoire s'agace en sourdine de le voir privatiser l'espace commun de la Cantine, alors que lui-même s'est installé un appartement privé dans la grande maison… Des grignotements de l'héritage commun dont personne ne veut parler. Voilà qu'il envoie maintenant son fils en première ligne.

Agathe fausse aussitôt le débat en prenant son père sous le feu de ses yeux.

— C'est moi qui l'ai proposé.

Cela doit être faux, vu la tête de Maxime.

Mais Yrieix n'a aucune envie d'affronter les deux adolescents ; trop d'énergie juvénile conjuguée, des enjeux trop flous. Sciemment, il baisse d'un cran la tension.

— Eh bien, justement on en vient : si vous avez vraiment envie de commencer par deux heures de grand nettoyage, avant de pouvoir poser votre sac de couchage, n'hésitez pas.

— Mais enfin, intervient Aude à qui personne ne demande rien, vous n'allez pas avoir peur, tout seuls, là-bas ? Il y a des lits dans la maison, tout de même !

Elle l'affirme en toute invraisemblance, elle qui se trouve si mal logée à Pont-Faye. Mais c'est une question de principe : tout le monde doit avoir sa place ; et ce n'est vraiment pas le moment de se disputer pour des histoires de mètres carrés.

— Non.

Maxime a répondu sèchement, sans qu'on sache si c'est à la première ou à la seconde question, si c'est de la timidité ou de l'impertinence. Et sa cousine le tire par le bras, pour rompre là.

— On va aller voir !

Tous deux, bravant les regards, d'un même mouvement hissent leurs sacs trempés sur leurs dos, et s'engagent sur le chemin de la forge. Tout au bord, dans le talus d'herbe, pour laisser passer la petite Twingo de l'infirmière de Voussac, qui tous les matins vient assurer les soins d'Antoine.

Cyril, spectateur de la discussion, a bien ressenti cette électricité qui court entre les Albrussac. Mais constate qu'il n'y comprend plus grand-chose : le temps a passé, les codes lui restent familiers, mais les enjeux lui échappent. Bizarrement, il a l'impression d'avoir zappé un bout de sa propre histoire.

D'autorité, il reprend la main de sa femme. Une main recroquevillée dans la poche de son imperméable, le vêtement le plus chaud qu'elle ait apporté. Dhanya croyait savoir ce qu'était le froid, durant les nuits d'hiver de Goa, quand hommes et femmes s'enveloppent dans des couvertures brodées, ou le temps d'atteindre les hôtels des villes occidentales qu'elle a fréquentées. Mais elle en découvre ici une autre dimension, plus humide et pénétrante, qui semble atteindre le cœur de la nature, des maisons et des gens.

— Viens, on va continuer à se balader, tu n'as pas encore vraiment vu les bois !

— Euh, comme ça, sous la pluie ?

16

Yrieix

Sur la terrasse désertée, Yrieix a planté là Aude. Son aînée l'insupporte, avec sa bonne humeur qui sonne faux. De quoi se mêle-t-elle ? Pendant ses années de galère, elle, de son côté, filait sa dolce vita. De très loin, il l'a regardée, moitié envieux de cette innocence joyeuse, moitié rempli de commisération pour son inconscience. Vivre, tout de même, c'était autre chose que d'appliquer des principes, ou de multiplier les bijoux tape-à-l'œil ! Donc, que sa sœur ne vienne pas maintenant lui donner des leçons d'éducation, elle qui s'est si peu intéressée à sa filleule depuis quinze ans !

Suivant du regard les adolescents, Yrieix continue ainsi à ruminer. Agathe et Maxime, pas élastiques et rires emmêlés, disparaissent après le premier lacet du chemin.

Alors il se ravise. Demi-tour vers la maison, les crans de ses bottes boueuses sur les marches d'escalier, comme il l'a toujours fait depuis son enfance, Thérèse ne sachant pas faire respecter une interdiction. Vite, il lui faut un autre boîtier, des pellicules, vite, tout de suite, travailler, photographier, pour mettre à distance cette rage qui lui corrode la tête. C'est la seule façon qu'il ait jamais trouvée de se laver la tête ; avec l'amour, bien sûr, ou plus exactement l'orgasme.

Car cette occupation de la Cantine résonne en lui comme une profanation. La petite maison est son jardin secret, son mausolée intérieur, un sanctuaire même. Le seul lieu intemporel de sa vie éclatée, veillé avec amitié par les vieux châtaigniers, loin de la fureur des hommes, et surtout des femmes. L'idée que ces deux stupides gamins, lâchés là comme des roquets, vont pirater tout cela l'insupporte. Justement, la balade à travers Pont-Faye, avec ses grands silences, lui avait donné l'envie de ressortir certaines planches de contact, rangées en dossiers compacts dans son ancien labo. Avec une bonne idée peut-être à la clé. Pour être honnête, c'était Marie-Liesse, avec son musée fantôme, qui la lui avait soufflée : cette manière qu'elle avait trouvée de mettre en lumière les outils forgés au fil du temps. S'il prolongeait ce travail, liait le moderne à l'ancien en intégrant ces objets dans des paysages industriels d'aujourd'hui ? Cela pourrait être un bon thème d'expo, pour faire ressortir les origines, les fonctions, les lignes communes. Yrieix est toujours à la recherche d'une bonne manière de refaire un peu ses finances, même si ces considérations l'ont toujours ennuyé.

Mais avec ces envahisseurs dans la maison, impossible.

Il passe au large de la Cantine, d'où s'échappe une musique agressive. Du rap sur ses enceintes à lui, l'amoureux du beau jazz…

Allume encore une cigarette, et s'enfuit vers les bois. Ses bois, où il respire enfin. Marche sans se contraindre, constate que sa boiterie s'accentue avec l'âge, alors qu'il imaginait l'inverse. S'arrête, cadre dans son viseur un pan de mur, de ciel pommelé, une perspective qui soit au diapason de son humeur. Sans réussir à évacuer de sa pensée les intrus, qui le mènent en ligne directe à ses souvenirs.

Les pires, ceux de l'année 1997, son annus horribilis à lui. Elle avait magnifiquement commencé, avec la commande d'un grand reportage à Mayotte. Le retour annuel des baleines sur la double barrière de corail : un merveilleux sujet, fait pour lui, tout en nuances de gris, graphique et peu traité. C'était une occasion impossible à refuser : l'agence finançait un mois de travail pour toute l'équipe technique, en juillet, sommet de la saison des baleines.

Marianne et lui étaient heureux. Le printemps de cette année-là avait été particulièrement beau, Agathe commençait à parler, ils attendaient un deuxième enfant. Et venaient le plus souvent possible en Périgord, entre ses reportages. Un vrai chromo de famille idéale.

Lui revient une image de cette époque, car sa vie pourrait se résumer en une succession de photos : Marianne, à Pâques, toute ronde déjà dans sa salopette de peintre, souriant devant la Cantine…

Selon lui, il n'y avait aucune incompatibilité entre le reportage et le bébé, il suffisait que celui-ci veuille bien attendre au chaud la date officielle de sa naissance. Yrieix avait donc accepté le projet, malgré les larmes de Marianne.

Le 14 juillet, fête nationale à Mayotte comme en métropole, sa belle-mère lui téléphonait au milieu des flonflons exotiques : « Martin est né, c'est un petit Yrieix en réduction. »

Elle n'avait pas voulu lui passer sa femme, « trop fatiguée », et qui surtout ne lui pardonnait pas son absence. Sur un ponton au bord du lagon, toute l'équipe de tournage avait bu le champagne à la santé du nourrisson, pendant que lui se rongeait les ongles.

Retour au bout du mois, décalqué par le jet lag. Il se rappelait ce bébé à la peau nuageuse, aux oreilles finement ourlées de duvet, comme un petit faune, avec son odeur de lait suri.

Marianne était toujours épuisée, officiellement déprimée, et Agathe partie en Normandie, chez ses grands-parents. Du bout des lèvres, on l'avait mis au courant de la situation : une malformation congénitale du cœur, décelée à la naissance ; il fallait faire des examens complémentaires, envisager une opération. Martin mangeait et dormait mal, mais il était d'une beauté à pleurer.

Ils étaient tout de même partis pour une semaine de vacances à Pont-Faye, espérant que le charme périgourdin jouerait en leur faveur. La même saison d'automne, avec des échappées de soleil, des tapis de feuilles aux couleurs somptueuses. Les mêmes marrons d'Inde, dans lesquels il sculptait au canif des poupées pour Agathe, à coups d'allumettes. Elle était trop petite encore pour s'y intéresser ; et maintenant, définitivement trop grande.

Pour prendre enfin sa part de fatigue, et faire connaissance avec cet enfant, Yrieix assurait les nuits. Berçait Martin des heures entières, lui murmurait son amour, enfouissait son visage dans les plis du pyjama blanc, guettait ses mimiques, dont on disait qu'elles étaient identiques aux siennes. Il prenait des photos – sans flash pour protéger les yeux et le sommeil du tout-petit – en noir et blanc, avec un temps d'exposition infini. Les meilleures qu'il ait jamais faites, une centaine de clichés que personne ne connaissait, rangés dans ses archives, jamais publiés. Trop peur de raviver la douleur.

Et puis retour vers Paris, toutes illusions perdues. Yrieix s'enfuyait quand reprenait la ronde des visites familiales, organisées pour « entourer Marianne » : « Ton mari n'est donc jamais là ? » Il n'était pas là, de fait, quand elle avait retrouvé, dans son couffin bleu, le bébé sans vie. Trois semaines avant l'opération qui devait le sauver. Il lui avait fallu moins de quarante minutes pour revenir de Pontoise, où il photographiait des jardins ouvriers, et affronter les hurlements de bête blessée de sa femme.

Ces jours-là, Yrieix n'avait pas pleuré, on le lui avait beaucoup reproché ensuite. Mais sa douleur était bien au-delà, venue du fond de sa propre enfance. Avec Martin, c'était une partie de lui qui était assassinée, une fois de plus. L'enterrement en Normandie, dans le caveau de la belle-famille, par une pluie de circonstance.

Marianne, la reine des mots, était devenue mutique et inaccessible, Agathe étrangère, prise sous une surveillance rapprochée qu'il n'approuvait pas. Et la vie qui continuait, au rythme des commandes : le tremblement de terre à Assise, jetant par terre les fresques de Giotto ; la mort de la princesse Diana ;

celle de mère Teresa de Calcutta. Ce n'était pas du tout sa spécialité, mais il s'était porté volontaire, à l'agence où il travaillait alors, pour couvrir les enterrements : l'actrice Jacqueline Delubac, le musicien Stéphane Grappelli... Il cadrait les visages des endeuillés, les fouillait, à la recherche du secret de leurs sentiments. Tous ces événements empilés avaient définitivement une coulcur de cendre.

C'était l'année aussi où certains de ses clichés, sur les baleines justement, avaient été sélectionnés pour un grand festival de l'image.

Mais il n'était pas allé recevoir son prix, pas le courage. Cela représentait un tournant dans sa carrière, une occasion irrattrapable de relations publiques. Juste au moment où le métier évoluait, où le numérique prenait de l'importance. Mais cela, on ne le sait qu'après...

L'érosion des commandes avait commencé là, et la séparation peut-être aussi, même si Marianne la lui avait signifiée plus tard. Plus jamais ils n'avaient fait l'amour, le chagrin annihilait le désir entre eux. Mais pas le sien pour d'autres femmes.

En avril 1998, Yrieix avait été prié de libérer de sa présence leur petit appartement saturé de disputes. Ce qu'il avait fait aussitôt, en se persuadant qu'il préférait cela.

Leurs amis – nombreux à l'époque – étaient plutôt ceux de Marianne. Dans le couple, sa fiche de poste à elle, en tant que psy, c'était la gestion des relations, et la joie de vivre. Tous avaient pris parti pour elle, la mère endeuillée, esseulée. Et c'était tant mieux après tout, il n'avait envie de voir personne, et une réputation bien établie de garçon cynique, blasé de tout.

Les Albrussac, bien sûr, avaient paru indifférents, aussi bien face à la naissance qu'au deuil et à la rupture. Sauf Regina, qui conseillait à tout le monde de se secouer. Et Aude, qui déjà y était allée de sa leçon de morale : comment pouvait-il rester insensible au chagrin de sa femme ? Marianne qui avait tant de courage, Marianne qui avait repris malgré tout son travail, Marianne toujours attentive à la petite Agathe…

Lui connaissait mal cette impressionnante petite Agathe, quatre ans tout ronds alors, fixant sur son père un regard pailleté de mauve, avec tout le sérieux du monde, et un brin d'effroi.

Pour Marianne, il n'était pas question de divorce, seulement de séparation. Pour comprendre, réfléchir… La réflexion durait maintenant depuis presque douze ans. C'était hier, pourtant. De nouveau, il la revoyait s'escrimer à passer au blanc les interstices entre les poutres noires de la Cantine. Des balafres de peinture y restaient encore visibles, « preuve de vie », comme on dit des otages. Elle n'était pas très manuelle, Marianne ; mais elle avait bien d'autres qualités, par exemple une chute de reins somptueuse.

Yrieix esquissa enfin un sourire. S'arrêta pour shooter les feuilles frémissantes d'un bouleau, jaune citron, presque fluorescentes. Un essai, pour voir comment rendre ce grain de couleurs, en le retravaillant ensuite à l'ordinateur. L'envie de réussir lui revenait, devant ces merveilles. Tant mieux, vu la baisse désagréable de ses revenus, cette année encore ; il faudrait plus d'agressivité, plus de sens commercial qu'il n'en avait à donner. Au passage, la silhouette du haut-fourneau, dominant les eaux noires, Yrieix continue son chemin, sur la piste des bouleaux fluo.

17

Cyril

Serrés l'un contre l'autre, pour affronter ensemble la pluie et les prunelles inquisitrices derrière eux, Cyril et Dhanya s'éloignent de la maison. En direction de la forge, comme s'il n'y avait pas d'autres chemins possibles.

— Dans l'autre direction, on va vers où ?

— On rejoint Voussac par les bois, avec un beau point de vue sur la vallée…

— Et là, derrière l'écurie ?

— Le verger, et la combe.

Mais non, il semblait qu'il faille absolument aller droit vers la forge.

Cyril, libéré de la présence de ses frères, et de cette discussion qui n'a pas existé, se fait maître des lieux. Il présente, décrit, explique ; toujours au plus concret des choses, sans risquer jamais des souvenirs, ou des sentiments, que sa femme a pris l'habitude de traquer au revers des phrases.

— Tu vois, ici, il y a deux cents ans, il y avait une forêt magnifique. Des hêtres, des charmes et des chênes, plantés parfois au Moyen Age. Au

XIXe siècle, ils ont servi à faire du charbon de bois ; ne reste plus que ce qui a repoussé depuis, des futaies de châtaigniers.

Dhanya, bercée par cette leçon de choses, n'écoute plus vraiment. La pluie a cessé, les nuages gris galopent vers le fond de l'horizon, laissant place à des trouées de lumière. Maintenant que son mari s'est détendu, elle peut s'approprier l'espace à sa manière. Se penche, remue du bout de sa botte les bogues piquantes cachées sous les feuilles mortes, en extrait une châtaigne ventrue, la tend à son mari.

— Regarde !

Elle a une connaissance assez théorique de la flore européenne, une culture surtout citadine, et caresse doucement la courbe brune et brillante du fruit, tout frais, lové avec son jumeau dans leur capuchon soyeux, couleur de lait.

— On peut en ramasser, si tu aimes ?

— Jamais goûté ! Ça se mange ?

Il rit, avec le sentiment de posséder l'essentiel de l'expérience humaine.

— On les fait griller au feu de bois, dans une poêle trouée comme on en trouve dans toutes les maisons ici. Cela s'appelle la castagnade…

Lève les yeux vers les taillis.

— Je t'emmène jusqu'aux cabanes des charbonniers. Ceux qui autrefois produisaient le charbon de bois…

Parti des châtaignes, il est aussitôt revenu à la forge.

— Tu vois, tout était parfaitement intégré : le minerai de fer se trouvait là, dans un puits à ciel ouvert. On creusait à la pioche, on concassait au marteau. Au moins jusqu'à ce que le bocard soit installé. Ça devait être absolument éreintant... Les charbonniers habitaient et travaillaient là, en famille, avec la forge à proximité, au point où la rivière déclive, pour utiliser son énergie.

Cyril a, pour expliquer cette organisation, les mêmes gestes puissants et carrés que lorsqu'il distribue ses ordres, dans la lumière du matin à Abicol. Elle le trouve superbe.

— Au plus fort de l'activité, vers 1900, on produisait à Pont-Faye près de mille quintaux de fonte. J'ai revu tout ça ce matin, dans l'expo de Marie-Liesse. Une partie seulement était affinée sur place, pour produire du fer.

Dhanya continue, du pied, à dénicher des châtaignes, et s'accroupit pour les ramasser. Demande, les mains pleines :

— Elle est morte comment, Marie-Liesse ?

Trop bas sans doute ; Cyril poursuit sur sa lancée :

— Et puis il y a eu la montée en puissance des bassins houillers, dans le nord de la France. Et la concurrence anglaise, quand le libre-échange est arrivé. Ici, le minerai est quand même de moins bonne qualité, et il y a moins de réserves. Mon grand-père était un vrai maître de forges à l'ancienne. Il a maintenu l'activité tant qu'il a pu, en fabriquant des objets de première utilité, qu'il essayait de vendre directement sur les marchés locaux. Tu vois ces clés de boîtes de conserve, en métal très léger ? On en fabriquait ici. Mais bon, il y a perdu beaucoup d'argent.

— De quoi est morte ta mère ?

Elle a posé la question un ton au-dessus, en enfournant les châtaignes dans ses poches.

— Je ne sais pas.

Elle se plante devant lui. Son teint de feuille morte va particulièrement bien avec le paysage ; il se retient de le lui dire, à cause de son regard trop sombre.

— Sérieux ?

— Je l'ai à peine connue, tu sais. Papa n'en parlait jamais. Et tu as pu constater que ce n'est pas le genre de la maison, les explications ?

Ce n'est pas son genre non plus, il y a un brin d'agacement entre eux.

— Et tu ne t'es jamais posé la question ?

— Si, figure-toi, justement pour constater que la réponse n'était pas disponible. Ensuite, je suis parti, et j'ai eu d'autres questions plus urgentes à me poser.

— Et la réponse n'est toujours pas disponible, dans cette maison pleine de monde ?

— Je ne crois pas.

La passe d'armes s'arrête là. Cyril n'aime les conflits que sur les terrains qu'il choisit lui-même.

Leurs mains se nouent de nouveau, en signe d'apaisement, et leurs pas s'ajustent, sous la futaie encore dégoulinante de gouttes de pluie.

— Là, on retrouve le chemin vers la forge ; les tombereaux de charbon de bois passaient par ici, tirés par des bourricots. Le fayard n'est plus très loin.

Fayard, le vieux nom patois qu'on utilise encore pour parler d'une forêt de hêtres, disparue depuis des lustres.

— Regarde !

Cyril se fige, avec un sourire satisfait ; il a trouvé sa diversion.

Leur chemin débouche sur une petite clairière, où filtre la lumière du jour, un peu laiteuse, striée des rayons du soleil revenu.

— Ce sont des bories, elles servaient autrefois de refuge aux bergers.

Dhanya distingue des cabanes rondes faites de pierres sèches. Et son beau-frère Yrieix, qui tourne autour de l'une d'elles, à demi effondrée. Bardé de son attirail de photographie, la casquette enfoncée sur les oreilles, il va et vient lentement, avec une extrême concentration, qui semble durer depuis des heures. Règle un viseur, visse un boîtier puis un autre, observe, l'œil mi-clos, des points visibles de lui seul, revient tirer sur un mégot posé dans un cendrier de mousse.

Il prend tout son temps, les lieux lui appartiennent. Dhanya, qui le ressent ainsi, tire son mari en lisière.

— Yrieix est un excellent photographe, commente Cyril à voix très basse.

Il avait oublié même cette admiration qu'il portait autrefois à son aîné, pour sa capacité de concentration, lui qui ne savait pas rester en place ; et pour la précision de ses gestes, lui qui faisait toujours tout trop vite, trop fort.

L'intéressé, au bout d'une dizaine de minutes, alerté par on ne sait quoi, se détache de ses appareils, lève un regard vague, les aperçoit.

Son cadet éclate de rire :

— Alors, on retrouve toujours les mêmes ici, hein ?

Ils ne sont donc pas là par hasard. Cyril répond à l'œil interrogatif de sa femme :

— On venait se planquer ici, tous les deux, autrefois…

L'autre ne le dément pas, ajoute sans ironie :

— Et comme justement, ça barde là-haut, on est mieux ici…

Les deux frères communiquent sur un mode économe de mots, où chaque fin de phrase semble ponctuée d'autant d'idées non énoncées. Une conversation suspendue durant quinze ans. Ils se penchent sur la cabane, sérieux comme des médecins en auscultation, leurs mains palpent la pierre :

— La voûte a cédé par là…

— Mais l'âtre est intact.

Avec des gestes parfaitement coordonnés, les deux hommes entreprennent de rassembler les pierres éboulées en plusieurs petits tas, tout autour de l'édicule.

— Ça résiste, hein !

Dhanya retrouve son poste d'observation, en retrait.

Selon une logique connue d'eux seuls, l'aîné engage les mouvements que le cadet reproduit avec quelques secondes de décalage ; mais plus de force et d'harmonie, remarque l'épouse. C'est bien la première fois aussi qu'elle voit son mari jouer modestement les seconds…

Cela dure, et dure, tant ils sont absorbés par l'importance de leur tâche.

— Mais pour quoi faire ? finit-elle par demander.

Ils lèvent ensemble les mêmes yeux étonnés. Cyril cherche, laborieusement, une explication rationnelle.

— Cette borie, nous l'avions déjà entièrement remontée, autrefois.

Est-ce dans cette châtaigneraie humide que Cyril a trouvé son énergie de bâtisseur ?

— On ne risque pas d'être en retard pour le déjeuner ?

— Quel déjeuner ?

La question semble incongrue ; ils en rient en même temps, renouant encore entre eux quelque chose d'évanoui.

— Bon, si tu as faim… On terminera plus tard.

Yrieix ramasse son matériel, rajuste sa veste, sa casquette, son sourire. Et ils quittent le fayard, lui en tête, chef de bande réhabilité dans sa puissance, et Dhanya à la file, derrière Cyril, dans le froissement rythmé des feuilles mortes. Reste ses deux questions sans réponse.

18

Aude

L'arrivée des enfants a mis fin à toute velléité de décision à propos de la santé d'Antoine ; hormis les affirmations péremptoires de Grégoire, que tout le monde sait inapplicables.

Aude se sent vaine, et seule. Dans son emploi du temps romain, entre la maison et les enfants, ses élèves du centre culturel français, les joggings dans le parc de la villa Borghèse pour entretenir sa ligne, et les *cappuccini* avec ses amies, qui l'empâtent, elle n'a jamais une minute à elle ; jamais l'occasion de se sentir ainsi suspendue dans le vide, inutile.

Une nouvelle ondée sur la terrasse fouette les laurières. Cette violence des changements du climat océanique, de la bruine à un ciel bleu précaire, des nuages courant sur l'horizon à une pluie diluvienne sans préavis, la déconcerte. Aude a toujours été terriblement cyclothymique, capable de pleurer avec la pluie, et de retrouver le moral grâce au soleil. Face à la désertion générale, au vent et à l'eau, elle se résout donc à rentrer dans la maison.

Sur les talons de l'infirmière. Une petite femme, jeune, discrètement enceinte ; aux gestes si rapides qu'elle semble pressée de partir avant d'être arrivée. Qui salue à peine et s'engouffre en habituée dans le bureau du rez-de-chaussée.

Faute de mieux, par la force de très anciens usages, Aude accomplit des mouvements : chercher le débottoir sous l'escalier, placer un pied, puis l'autre, pour se déchausser. Accrocher sa cape à une patère surchargée. Enfiler ses bottes à talons hauts, d'une élégance incongrue ici, se recoiffer devant le tain piqué du miroir. Résonne encore dans sa tête, secouant tout à l'intérieur, la gifle de son père.

Est-ce de la haine qu'elle éprouve ? La question lui avait été posée autrefois par Marie-Liesse. Sa jumelle au tempérament excessif avait une réponse tranchée, violente, iconoclaste, envers celui qu'elle n'appelait jamais papa, mais Antoine. Marie-Liesse adorait sa mère ; et depuis sa disparition, haïssait leur père dans la même mesure, infiniment.

Aude, au contraire, plus légitimiste, éprouvait une admiration enfantine pour le maître de Pont-Faye, devant qui tout et tous pliaient. Elle lui avait longtemps trouvé des circonstances atténuantes ; refusant crânement, en petite fille loyale, de choisir entre ses deux parents. C'était le sujet de longues conversations nocturnes entre les jumelles, dans leur chambre.

Elle avait vu pourtant la brutalité de son père envers sa mère, les yeux noyés de celle-ci. Elle avait ressenti la sourde culpabilité des enfants qui ne se sentent jamais assez parfaits, et toujours responsables du malheur de leurs parents. Un point d'interrogation dominait leur enfance : papa avait-il obligé maman à s'enfuir, comme le prétendait Marie-Liesse ? Pas en lui donnant un ordre, bien sûr, mais à coups de cruautés répétées, de mépris, de trahisons.

Aude s'oblige à ramener sa pensée vers le présent. Il est bientôt midi, il y a dans cette maison dix personnes qui ont très mal dîné la veille, et terminé la tourte de pain ce matin. Quand les choses vont mal, il faut remplir les ventres… C'est de sa belle-mère italienne qu'elle a reçu cet axiome, et depuis elle s'y tient. Ne reste qu'à aller faire des courses.

Rapte les clés de la vieille Renault sur le buffet de la cuisine : minuscule revanche, prise de pouvoir sur le vieil homme impotent, qui jamais de son plein gré n'aurait prêté sa voiture. Décroche les paniers suspendus dans la souillarde, respire le parfum de pommes suries ; il reste étiqueté « Pont-Faye » dans sa mémoire. S'en va vers l'écurie, affairée, donc presque rassérénée.

Le grincement de la porte du vestibule. Aude se retourne, coupe le chemin de l'infirmière, qui rejoint sa voiture du même pas pressé.

— Je suis Aude Albrussac.

En reprenant son nom de jeune fille, elle a aussi repris le ton un peu rêche qui va avec. Moins chantant et modulé que quand elle est la signora Mantovani.

L'autre, juste aimable, déjà la main sur la portière :

— Je sais bien !

La jeune femme s'installe au volant, bouclant soigneusement la ceinture de sécurité au-dessus de ses rondeurs.

— Comment trouvez-vous mon père ?

— Pas bien, évidemment ; de moins en moins bien. Mais votre belle-mère, c'est pire. Désolée, j'ai encore plusieurs visites à faire ce matin…

— Vous vous occupez de lui depuis longtemps ?

Aude bloque quasiment le passage de la Twingo bleue.

L'infirmière a un petit rire narquois, juste sur deux tons, avant de tourner résolument sa clé de contact. Cette femme-là a l'habitude de gérer des malades envahissants, et ça se voit.

— Je suis la fille de Lucienne. Alors vous pensez, si ça fait longtemps que je les connais !

Et elle démarre, l'obligeant à reculer.

Bien sûr, une petite-fille Monteil…

Dans ce pays où l'on s'accroche à sa terre, parfois plus que de raison, il en faut vraiment de bonnes pour s'en aller loin, comme l'ont fait les enfants Albrussac. Les générations successives se croisent et se recroisent, tout le monde connaît tout le monde, et sait tout sur chacun, pour le meilleur et pour le pire. Un rapide calcul : si cette femme qui n'a guère plus de trente ans est la fille de Lucienne, elle a dû la croiser autrefois. La petite boulotte, peut-être, prénommée Sandrine, qui jouait avec son frère Yrieix et le grand chien Yack ?

La Twingo s'éloigne en crissant sur l'allée. Cette odeur d'infirmerie, dans l'haleine de la conductrice, lui remet désagréablement en mémoire le rendez-vous de Gemelli. Allez, cabas au bout des bras, elle y va...

Aude les pose, pourtant, ses paniers, avant d'atteindre la Renault. Sur l'écran de son téléphone, au son des cloches de Rome, est apparu le numéro du palazzo Mantovani :

— *Tesoro, come stai ?*

C'est Sara au bout du fil ; son trésor cuivré. Personne, à Pont-Faye, n'a demandé de ses nouvelles. Sara qui sans doute connaît mieux que personne le prix de l'affection d'Aude, et la cultive :

— Zia, tu reviens quand ?

Du miel, cette voix douce, qui glisse du téléphone jusqu'à l'intérieur d'elle-même, dénoue ses épaules crispées depuis le matin. Ensuite, c'est Alessia, plus revendicative :

— Mamma !

Sa mère est comptable du pull qui manque dans la pile du placard, et de l'argent pour payer la piscine lundi.

— Alors, c'était bien, hier soir ?

Mouais... Alessia a du mal avec la grammaire française, mais maîtrise parfaitement l'accent désabusé du titi parisien. Elle cède le combiné à Chiara, qui s'impatiente à côté d'elle. Sa *piccolina* ne tient pas encore sa mère à distance de ses préoccupations, et a toujours beaucoup à dire. C'est la *faina,* la fouine de la famille, qui observe et surveille tout ce qui passe à proximité. Aude ne dédaigne pas cette précieuse source de renseignements.

— Quoi de neuf, ma chérie ?

Chiara atténue sa voix, prend un ton de sombre importance :

— Tu savais, toi, maman, que Grégoire et Regina vont divorcer ?

— Hein ?

— C'est Maxime qui l'a dit sur Facebook à Alessia.

— Ecoute, je viens de les voir, tous les deux ici, ensemble.

— Agathe est venue avec Maxime…

— Ça, je sais !

Chiara récite :

— Parce que tante Regina va le dire à Grégoire ce week-end. Mais il ne faut pas en parler.

Sa mère en a la respiration coupée. Ces manières d'habituée avec lesquelles Chiara regarde monter le souffle de l'incendie parmi les adultes, comme au cinéma…

— Ecoute, *carissima,* rien n'est sûr, pas la peine de jaser avant.

— Ça veut dire quoi, jaser ?

Sur la route de Voussac, Aude se cramponne au volant. Si Regina et Grégoire divorçaient, ils détruiraient beaucoup plus que leur couple, ils attaqueraient le credo d'Aude en l'amour-toujours ; ses certitudes à elle, qui a fait le même pari, et lutte depuis si longtemps contre l'usure du temps, les fissures, les trahisons.

19

Agathe et Maxime

Agathe se félicite d'avoir forcé le destin.

D'abord, sa mère ne semble pas faire un drame de sa fugue. Il n'y a pas eu d'explosion au téléphone, pas de sommation de retour immédiat, ni de chantage, ni rien d'autre. Et ce n'était pas gagné : elle a serré les dents très fort, jusqu'à la douleur, quand il a été question de la prévenir.

A Paris, elle avait rempli un sac de ses affaires préférées, et laissé sur son lit un petit mot : « Ne t'inquiète pas, maman » ; puis ajouté en dessous, au dernier moment, un « Je t'aime » entouré d'un cœur. Au cas où elles ne se reverraient plus jamais, il fallait quand même qu'elle le lui dise.

Du côté de son père, c'était quitte ou double aussi. De toute façon, elle craignait toujours ses réactions, son ironie, ou son indifférence. Il aurait pu faire comme si elle n'existait pas, ou la renvoyer tout de suite, avec des mots humiliants. Mais il avait été plutôt cool. Et la tante Aude aussi, un peu lourde quand même.

Ensuite, succès sur toute la ligne ! Bravant seule les petites heures du matin, des heures qu'elle ne fréquente pas beaucoup d'habitude, elle a parcouru les dix stations de métro, avec changement, jusqu'à la gare d'Austerlitz. Depuis les porches des immeubles, des clochards mal réveillés l'ont hélée, des fêtards de l'aube l'ont regardée. Et elle se regardait, elle, un peu émue, prendre en main sa vie, franchir les obstacles. Un distributeur de billets malintentionné avait failli l'arrêter dans son élan : train direction Toulouse, changement à Limoges, arrêt Les Eyzies, à trois reprises revenir à l'écran d'accueil, pour obtenir enfin un cliquetis du ventre de la machine, et voir un rectangle imprimé glisser hors de la fente. Ouf ! Pour cinquante-deux euros, la moitié de toutes ses économies.

Le voyage a passé vite, en allers et retours de SMS et de photos avec ses cousines romaines. Trois fois, elle est allée se remaquiller dans les toilettes sales du train, pour se redonner du courage. Tellement stressée de retrouver Maxime ! C'est facile de pianoter des messages, avec tout plein de smileys pour ne pas s'appesantir, mais autrement plus difficile de regarder un garçon en face.

Il était réglo, et l'attendait bien à la gare des Eyzies, samedi matin, 11 h 45. Plus beau que dans ses souvenirs, apparemment content de la voir.

Agathe adorait cette image d'elle-même, dans son tee-shirt neuf, marchant au pas d'un garçon, avec son sac à dos sur l'épaule. Elle a traversé la France, elle pourrait traverser le monde.

Tante Regina était venue les chercher ; moins sympa que dans ses souvenirs, mais elle les a dispensés de questions sur leur arrivée imprévue. C'est sans doute que Max, à dix-sept ans, peut faire tout ce qu'il veut, et n'a pas, lui, sa mère sur le dos pour le surveiller.

Puis papa...

Découvrir son père parmi ses frères et sœur a été une drôle de surprise. Sa stature et sa force comme triplées par la présence à ses côtés de ses quasi-clones, plus grands encore que lui. D'autres voix aussi graves, d'autres cheveux aussi châtains, d'autres rires narquois, d'autres regards impérieux. Elle connaissait un peu l'oncle Grégoire, mais pas l'autre, celui qui habite en Inde. Tant d'hommes assemblés – elle qui vit dans une famille de femmes, entre sa mère, sa grand-mère, ses tantes – l'ont impressionnée. Autant que la jolie brune bien habillée qui accompagne son oncle.

Et puis il y avait eu cette histoire avec la Cantine. Pourquoi Maxime a-t-il tout d'un coup décidé d'y dormir ? Mystère, il ne le lui a toujours pas expliqué.

Mais tant mieux, elle est mal à l'aise dans l'ambiance de Pont-Faye ; et elle aime bien la Cantine. Ses parents y allaient ensemble, quand elle était toute petite, et elle y a son premier souvenir : sa mère l'envoyait ramasser des marrons avec son père.

Bien sûr, elle s'est rangée du côté de son cousin, contre Yrieix. Agathe n'est pas mécontente d'avoir prouvé son courage, et cette indépendance arrachée aux adultes. Surtout, elle découvre le pouvoir de son rire sur son cousin, elle adore.

Tous deux, ils ont nettoyé, rangé, parlé. Enfin, pour parler, elle surtout. Ils se sont attaqués aux araignées, lui surtout. Ils ont préparé le feu, rempli la pièce de musique. Elle a même cueilli des roses pour les mettre dans un verre.

Agathe aime décidément la Cantine, malgré la campagne, et le vacarme d'eau qui l'entoure. Elle aime ce qu'elle est en train de devenir, et elle est contente de partager tout cela avec Maxime.

Elle se pose enfin sur le canapé, pour répondre aux nombreux messages d'Alessia : sa cousine aimerait bien être là aussi, savoir ce qui se passe à Pont-Faye.

— Max, regarde-moi ?

Clic-clac, la grimace de Maxime part pour Rome.

— Attends, deux minutes, j'en fais une aussi

Il tourne autour du canapé où Agathe s'est enfoncée, filme de près, tout près, pour faire une petite vidéo express. Qu'il partagera, ou pas. Les yeux d'Agathe, les jambes d'Agathe, les seins d'Agathe, le sourire d'Agathe…

En geek silencieux, il se rince l'œil.

— Voilà ! On va dire bonjour à Antoine, avant le déjeuner ?

C'est pour lui une petite bravade, d'appeler ainsi en privé ses parents et grands-parents par leurs prénoms. Copiée depuis longtemps sur ses frères, qui eux-mêmes le tiennent de leur père. Sa cousine trouve cela délicieusement provocateur.

— Yes !

La perspective n'enchante pourtant pas Agathe, qui n'a pas vu son grand-père depuis longtemps, et ne sait qu'en penser. Si les fils Albrussac connaissent bien Antoine et Thérèse, pour être venus régulièrement à Pont-Faye dans leur enfance, ce n'est pas son cas. Impossible de reculer, cela donnerait l'impression d'avoir peur.

Dans un geste machinal quand elle est contrariée, Agathe passe et repasse ses mains dans ses cheveux, déployant avec application une frange rebelle sur son regard. Elle sent qu'il lui manque là un pion pour comprendre ce qui se passe. Mais sans savoir bien pourquoi, préfère passer au large.

Agathe, fille de psy, sait tout sur sa famille maternelle, les marchands de bœufs du pays d'Auge montés à Paris après-guerre, leurs petits secrets et leurs grosses brouilles, leurs ramifications cachées et leurs envolées financières, bien plus qu'elle n'en a demandé ; mais c'est la première fois qu'elle envisage les Périgourdins, et s'étonne de tomber sur une coquille vide. Maître de forges, ça veut dire quoi ? Elle n'a pas vécu assez longtemps avec son père pour le savoir.

Les voilà repartis sur le chemin, laissant derrière eux le roulement de la rivière.

A mi-route, une voiture les dépasse, s'arrête.

— Aude !

Le soulagement qu'éprouve Agathe à la voir est à la mesure de son appréhension. Sa tante est un refuge, et un repère.

— Je dépose mes courses, puis je vais au cimetière pour nettoyer la tombe. Vous voulez bien m'aider ?

Agathe irait n'importe où, pour éviter la grande maison. D'autorité ouvre la portière arrière, préempte la banquette défoncée et poussiéreuse. Maxime semble moins enthousiaste : les nettoyages divers prescrits par son père, à Pont-Faye, il a déjà donné…

— Allez, viens…

Agathe dédie à son cousin un sourire enjôleur, et emporte ainsi le morceau.

La guimbarde redémarre en godillant, puis pile devant la souillarde.

— Vous chargez tout ce qui est préparé ?

Les énormes pots de fleurs, des gants de jardinage, une binette à manche court, un sécateur…

En garçon bien élevé, Maxime fait l'essentiel du boulot, comme s'il était volontaire. Et on repart aussitôt.

Agathe, tellement contente d'être là plutôt qu'ailleurs, fait l'animation à elle toute seule, dans la voiture qui ronfle comme un chalutier essoufflé. Elle commente, plaisante, pose des questions, dans une profusion de mots et de rires. Tous trois maintenant très contents les uns des autres : Aude d'avoir de la main-d'œuvre, et les adolescents d'être les bienvenus quelque part.

— Tu sais, je ne l'ai jamais vu, ce cimetière ! déclare Agathe, pour embrayer sur ses questions.

Sa tante y a passé sa jeunesse, d'enterrements en nettoyages. Puisqu'elle sent ses neveux réceptifs, et que le lieu résume tant d'événements, elle mobilise sa fibre pédagogique :

— A la Toussaint, la fête des morts, chaque famille vient fleurir ses tombes, en prévision de la prière qui aura lieu ici le dimanche suivant. Une manière de penser à tous ceux qu'on a connus, aimés, un peu ou beaucoup… et aussi de transmettre les petites histoires de famille !

Avec un clin d'œil qui brave l'émotion, elle désigne les groupes au travail parmi les pierres tombales.

— Comme ça, on se retrouve, on cause, on prend les dernières nouvelles…

Maxime et Agathe, les pots en équilibre sur les bras, suivent Aude à travers les allées torves de l'enclos. Laquelle, sur la pointe des pieds pour éviter d'enfoncer ses talons aiguilles dans la glaise, avance, royale, son grand châle claquant au vent comme un drapeau. Saluant à gauche et à droite, de petits signes retenus. Certains s'arrêtent de parler pour les regarder passer, ou hochent la tête, de loin.

La tante arrive ainsi devant une grande croix de fer forgé, surplombant la combe, et une curieuse chapelle surchargée, cernée d'une barrière tout en volutes : des enroulements de pointes noires, à vif, dépassant d'une forêt vierge d'orties.

— Voilà !

Il y a malgré elle un accent de solennité dans sa voix, que les adolescents ressentent en se mettant presque au garde-à-vous, eux et leurs chrysanthèmes.

— Ce tombeau a été construit par votre ancêtre… La date est inscrite là, vous voyez : 1860. Maintenant, au boulot, il faut enlever toutes les mauvaises herbes !

Le soleil poursuit sa percée, en rayons directs sur les vieilles pierres. Les adolescents s'attaquent aux orties, aux touffes de graminées, jusqu'au lierre qui disjoint les blocs de granit ; goûtant l'impression d'être à leur place, au grand air, utiles et reconnus. Pendant qu'Aude, à genoux dans l'ombre fraîche, mains gantées, gratte la mousse humide qui encombre les plaques de marbre. Edoardo lui a transmis un peu de technique…

En moins d'une demi-heure, les lieux ressemblent à un champ défriché, très laid et très propre. Agathe et Maxime sont en nage. Avec un sentiment de propriétaire désormais, ils tournent autour du monument, pour déchiffrer les mots gravés sur la pierre veinée de gris :

Souvenez-vous dans vos prières de Jules Albrussac, 1838-1887, et d'Emilie Labeyrie, son épouse, 1851-1911. De profundis !

Se penchent sur un petit ange dodu, de stuc délabré, enchâssé au-dessus d'une inscription :

Jean Albrussac 7-18 octobre 1925

— Un bébé qui n'a vécu que quelques jours. Tu vois, sans cela, plus personne ne saurait qu'il a existé, commente Aude.

Elle continue :

— Et voilà Marcel, mon grand-père. Maxime, tu en as entendu parler par ton papa ?

Le garçon se redresse imperceptiblement, approuve.

La plaque a la même taille que les autres, épousant à leur suite les formes du tombeau, mais disparaît sous les lettres dorées : une médaille militaire, en 1918, une présidence de syndicat agricole, de 1935 à sa mort.

Agathe décrypte déjà l'épitaphe suivante :

Ici repose Simone Albrussac, née aux Eyzies le 11 avril 1903 – décédée à Pont-Faye le 30 mars 1975. Priez pour elle.

— Votre arrière-grand-mère, qu'on appelait Monette. Je m'en souviens très bien ; à la fin de sa vie, elle passait tout son temps dans un fauteuil, à la fenêtre de sa chambre. A côté d'elle, il y avait une bonbonnière de porcelaine, qu'elle ouvrait dès qu'on montait lui dire bonjour… Pour moi, c'était presque toujours une déception, il ne restait que des berlingots à la menthe, et moi j'aimais beaucoup le citron...

Maxime intervient, pour afficher lui aussi sa connaissance de la généalogie familiale :

— Et la tante Suzanne ?

— Ah non, elle est malade, mais pas du tout morte ! C'était elle qui prenait tous les berlingots au citron. Tu ne l'as jamais vue ?

— Si, mais j'étais petit...

Agathe a décroché de la conversation, et des aïeux Albrussac. Elle pense à son petit frère, minuscule tombe blanche solitaire sur le gazon vert de Normandie. Dommage, il serait bien ici, avec tant de compagnie...

— Et voilà Marie-Liesse, ma sœur jumelle, la maman de Sara.

Aude caresse le marbre d'un geste doux, détache soigneusement ses mots, avec la conscience de transmettre une information d'importance à la génération suivante.

Tout d'un coup, l'histoire les concerne directement. Ils se raidissent, contemplent sans oser de commentaires :

Marie-Liesse Albrussac 1960-1982

Aucune fioriture, ni croix, ni anges, ni citations, ni fleurs gravés pour la postérité.

Ils pensent tous deux à Sara, qui souvent la nuit sur Internet évoque cette mère inconnue.

— Et ta maman à toi, marraine ?

Agathe a posé la question qui lui brûlait la tête, en baissant aussitôt son regard, consciente de manquer de politesse, ou de finesse.

— Elle n'est pas enterrée là.

Aude n'a pas l'intention de s'étendre sur le sujet, son ton le signifie.

Les deux se retirent dignement dans leurs pensées, en grattouillant ce qui reste de pousses malingres dans la terre nue, un travail sans fin. Cinq minutes de silence, qu'Agathe s'applique à rompre, pour retrouver la légèreté enfuie par sa faute.

— Maintenant, on fait la déco, avec les fleurs ?

Agathe se concentre sur le choix des couleurs, dans la palette des chrysanthèmes. Du rouge presque bordeaux pour Monette ; un joli nom, très vieux, tout doux. Comment aurait-elle appelé sa grand-mère à elle, celle dont on ne parle jamais, et dont elle a vu pour la première fois une photo dans le laboratoire poussiéreux de son père, ce matin ? Une dame très jeune, souriante et un peu floue, adossée à des oreillers ; très différente de l'autre, sa mamie de Normandie, ridée et dynamique, à qui toute la famille obéit.

Un chrysanthème feu pour Marcel, ce sera très bien. Devant l'ange du petit Jean, des pompons rosés. Elle laisse prudemment sa tante choisir celle de Marie-Liesse. Aude s'est emparée d'emblée de la plante la plus épanouie, couleur jaune d'or...

— Allez, maintenant, on rentre ! J'ai acheté des pâtés de pomme de terre, et je commence à avoir faim, pas vous ?

Maxime trouve l'idée absolument excellente, et se relève en frottant ses mains terreuses pour signifier la fin de l'exercice. Mais Agathe traîne, s'attarde, s'attache à centrer méticuleusement chaque pot de terre cuite, douce et humide. A observer leurs voisins de tombes, qui les observent aussi. Et manifestement, ne se privent pas de faire des commentaires les concernant.

20

Grégoire

Grégoire, sous le parapluie des châtaigniers, allonge le pas, aspire des goulées d'air, enfonce en terre la canne ferrée de son grand-père. Et surtout guette sa femme, qui trois mètres en arrière, semble décidée à le suivre.

Ils ont quitté la terrasse pluvieuse, laissant Maxime négocier avec son oncle l'occupation de la Cantine. Que vient-il faire ici, celui-là, qui avait pourtant l'air si content de rester seul à Bordeaux pour le week-end ? Il écarquille des yeux béats devant Agathe ! Cette gamine semble avoir le feu au derrière... Regina a bien raison de dire que les enfants de divorcés sont mal élevés, voilà un exemple flagrant.

Bon, qu'ils se débrouillent, je ne suis pas responsable de tout.

Grégoire est parti avec l'idée de faire un tour complet du propriétaire : la grande maison, les communs, grange, bûcher, écurie, chenil, la forge et ses dépendances. Retrouver les bornages des terres, évaluer les bois, avec les coupes et les replants à prévoir.

Il connaît intimement chaque mur, chaque pan de toit, chaque limite de champ, et aussi les fils d'eau qui traversent la propriété, et l'écluse et les retenues, dessinant une géographie subtile de marais inutilisables et d'alluvions fertiles. De vacances en vacances, depuis sa jeunesse, il a tenu en respect les fourrés de ronces, colmaté les carreaux cassés, scié les branches mortes, à la force de son dos qui n'en peut plus. Machinalement, de sa main libre, il se masse encore les reins en souvenir de ses travaux d'Hercule.

C'est de son grand-père qu'il a recueilli l'histoire enfouie de Pont-Faye, la raison d'un éboulis de pierre, d'une sente abandonnée, le secret des grottes et des trous d'eau. « Le pépé », comme disaient autrefois les gens du pays, parlant de lui avec un mélange égal de respect et de détestation, lui a fait parcourir autrefois, sous la pluie ou le cagnard, dans la boue et le brouillard, chaque centimètre carré de terre. En prenant soin de lui rentrer dans la tête tout ce qu'il fallait savoir : « Tu te souviendras, petit... » Il n'était pas question en ce temps-là d'admirer la sombre beauté des lieux, qui était en train de perdre sa raison d'être ; juste d'apprendre le langage de la terre et du fer, pour se battre à son tour contre l'avenir.

Ses frères et sœurs n'avaient pas été soumis à cette école-là.

Marcel Albrussac croyait au droit d'aînesse de l'Ancien Régime. Lui-même avait épousé sa cousine issue de germain, pour arrondir la terre familiale. Et il n'avait eu qu'un fils, en écartant sa fille de ces affaires-là. Ce n'était pas très difficile, avec l'infirmité de « cette pauvre Suzanne ».

Le grand-père voyait loin, et rageait déjà à la pensée des partages à venir après la génération d'Antoine. C'était la faute de sa bru, professait carrément le vieil homme à la fin de sa vie, devant l'aîné de ses petits-fils. Une vraie poule pondeuse, celle-là, chaque année un gros ventre, deux et trois, quatre... Il avait eu le temps de voir naître les cinq héritiers Albrussac avant de mourir. Et de maudire à chaque fois sa belle-fille, jusqu'à sa disparition. Ensuite, plus jamais aucun commentaire, du moins en présence de ses petits-enfants.

Seul Grégoire, le mâle aîné, échappait à l'opprobre. Enfant, il ne faisait que ressentir cette animosité du patriarche envers sa mère ; ce n'est que bien plus tard qu'il l'avait mieux comprise : en pays d'oc, depuis la Révolution et ses lois égalitaires, on se débrouillait pour contrôler les naissances, et éviter l'émiettement des patrimoines. C'était l'affaire des femmes.

De sa canne, Grégoire sonde les murs, les troncs creux du vieux verger qui ne donne plus guère, examine les toits d'un œil plissé, compte les tuiles cassées, et celles qui sont déjà tombées. Chacune le ramène à la voix du grand-père : « Tu es l'héritier ! »

Mais Marcel Albrussac se croyait au-dessus des lois, et négligeait les questions annexes : combien Grégoire devra-t-il reverser à ses frères et sœur, pour devenir l'unique propriétaire de Pont-Faye ? Et par ces temps difficiles, comment en trouvera-t-il les moyens ? Un de ses vieux copains, banquier à Bordeaux, cours de la Marne, s'est montré extrêmement réservé sur la possibilité d'un emprunt. « La crise, mon cher ami... »

Grégoire attaque le chemin mal entretenu qui cerne le mur de l'ancien potager, se mesure avec les pierres éboulées depuis son dernier passage. Agacé, se retourne vers Regina, qui marche toujours derrière lui, bras croisés, tête baissée, sans regarder ni le paysage ni son mari.

Il chasse mentalement sa présence têtue et silencieuse, continue d'aligner dans sa tête les éléments d'évaluation de la propriété : prendre en compte le mauvais état des toitures, avec devis à l'appui ; chiffrer le manque à gagner du fait des négligences d'Antoine ces dernières années. Et la part de Suzanne, et l'usufruit de Thérèse : cela devrait faire baisser sensiblement la valeur du domaine. Hésite pourtant à se donner un montant, même mentalement. Régler la question de la Cantine avec Yrieix, qui laisse crouler une jolie maison...

Encore une autre épine, nouvelle celle-là, qu'il examine en appuyant un instant son dos sur la canne : que signifie la réflexion de Cyril, tout à l'heure, à propos du pavillon ? Si son cadet se mêle d'avoir un avis sur Pont-Faye, lui qui l'a abandonné depuis si longtemps, où va-t-on ?

Grégoire aime ses frères mais à distance, et en silence ; leur présence le dérange, comme elle dérangeait le vieux Marcel. Trop de silence écoulé entre eux ; et cet air qu'ils se donnent maintenant, les « petits », de tout savoir et de vouloir décider de tout... C'est son privilège à lui ! En quinze ans de direction d'entreprise, il a appris les rapports de forces. Grégoire est du genre à passer devant tout le monde dans une queue, en souriant aux vieilles dames, sous prétexte qu'il n'a pas le temps d'attendre, lui.

Durant la balade du matin, il a traité l'ordre du jour, et indiqué clairement sa position à propos d'Antoine. Pas les autres, qui n'avaient pas l'air de bien savoir pourquoi ils étaient là, ni d'avoir beaucoup réfléchi à la question. Pareil pour l'avenir de Pont-Faye. Il pardonne juste à Aude, à cause de sa sensibilité féminine, mais elle devrait être plus raisonnable, se maîtriser.

Grégoire aurait besoin de Regina pour faire passer le message, les femmes font cela très bien entre elles. Il se retourne un instant vers le chemin sombre... et puis non, cela supposerait qu'il développe toute cette réflexion menée à sens unique, qu'elle y soit disposée, etc. Une fois de plus, il se sent bien seul pour tout porter.

Puisque Regina s'est laissé encore distancer un peu plus, voilà le moment pour envoyer un SMS à Marie-Lou, à qui il n'a pas pu répondre hier soir.

Grégoire s'arrête ; il est arrivé de nouveau à l'aplomb de la forge, par l'autre versant du coteau. Au-dessous, l'eau gronde autour des bâtiments noirs immuables.

Il attend sa femme, avec la chienne couchée à ses pieds, haletante. Quand Regina arrive à sa hauteur, les yeux toujours fixés sur ses bottes, repoussant les paquets de feuilles mortes devant elle, à grands coups de pied, il pose son bras sur son épaule.

Autrefois, elle aimait ce genre d'attentions, et il aurait lui aussi bien besoin d'un peu de tendresse.

Mais elle se dégage brusquement, violemment. Humilié, Grégoire gratte les longues oreilles soyeuses de Prune.

21

Regina

Depuis presque deux jours qu'elle est à Pont-Faye, Regina marche, marche, marche. Pas un pas de promenade, de longues enjambées, destinées à rassembler ses forces pour la bataille à venir. Sans se laisser détourner ni atteindre par rien. Surtout pas par les Albrussac, dont elle perçoit, comme à travers une vitre givrée, des mouvements, des relations et des enjeux nouveaux.

C'est maintenant ! C'est le moment, il n'y en aura pas de meilleur ; Grégoire, à quelques mètres devant elle, sur le chemin de la forge, ne peut plus lui échapper.

Dans ces bois, avec la chienne fidèle qui colle à ses bottes, elle a le sentiment violent et douloureux d'inaugurer une étape nouvelle de sa vie. Surtout ne pas ralentir le rythme. Se persuader qu'elle ne regrette rien. RIEN.

Si : peut-être aurait-elle dû tenir quelques mois de plus, jusqu'au bac de Max ? Mais l'indifférence de son fils, tout à l'heure, aux Eyzies, ses manières toutes neuves de dandy, l'ont rassurée, autant qu'agacée : il est passé de l'autre côté, comme ses frères, peut-être un peu plus tôt qu'eux, et n'a plus besoin de sa mère. D'ailleurs, cette petite, depuis quand la connaît-il ? Maxime a sans doute carrément oublié ce qui devait se passer ce week-end ; sinon, il n'aurait pas eu l'idée saugrenue de se pointer à Pont-Faye, et encore moins d'inviter Agathe justement à ce moment-là. Une petite sacrément délurée, celle-là, qui saura ce qu'elle veut dans la vie, au moins...

Les enfants, c'est ainsi : on les porte, on passe ses nuits à soigner leurs otites et leurs cauchemars, on leur consacre sa vie, et dès qu'ils tiennent à peu près debout, ils partent... Regina a bien conscience d'être caricaturale, et un peu injuste, et surtout de se détourner de l'essentiel.

Alors, avancer, avancer droit vers son destin. Par moments, le chagrin, l'émotion lui coupent le souffle malgré elle, et elle doit réunir de nouveau son courage, la maîtrise d'elle-même, les mots soigneusement préparés. Si seulement elle n'avait pas tout le corps noué, le cœur au bord des lèvres... Elle savait que ce serait difficile, mais à ce point !

Elle a tellement attendu, redouté, ce rendez-vous. Organiser son départ, prendre conseil pour le divorce, prévenir les garçons, et enfin trouver le moment pour parler à Grégoire. Elle voulait une scène de rupture propre et nette. Puisqu'il avait décidé d'aller passer le week-end à Pont-Faye, fort bien, c'est là que ça se passerait, décor adapté pour une scène de rupture. Cela tombe bien, elle déteste la campagne, ne connaît pas le nom des arbres ni des oiseaux, ne remarque pas le passage des saisons, c'est son mari qui le dit.

Ces heures de route, la gorge sèche, les tempes battantes. Il conduisait brusquement, trop vite, comme d'habitude. Mais cette fois-ci elle avait évité de le lui reprocher, pour ne pas s'engager dans une simple chamaillerie. Il lui fallait aller à l'essentiel, en terrain dégagé. Au fil des heures, le silence s'alourdissait entre eux, encore et encore. Elle n'était pas très fière d'elle : depuis leur arrivée il s'était déjà écoulé bien trop de temps, bien trop de conversations banales.

Les premiers mots du dialogue final en place dans sa tête attendaient toujours d'être prononcés… De désespoir, elle avait fui dans la chambre des garçons. Sans explication, justement ce qu'elle ne voulait plus. Alors, maintenant, il n'était pas possible de reculer encore.

Grégoire se retourne, l'attend, vient passer un bras sur son épaule.

Cela agit sur elle comme une décharge électrique. Regina donne un coup de reins, à s'en faire mal, le regarde, faussement détaché, caresser la chienne. Et jette :

— Trois ans – au moins – que tu mens, à moi et à tes enfants ! Tu t'imagines que je ne le sais pas ? Les séminaires qui se terminent par un week-end, les SMS à toutes les heures de la nuit, les excuses bancales, les virements réguliers, pendant que moi je fais des économies sur tout. C'est d'un sordide, cette double vie, mon pauvre ami…

Ce n'était pas tout à fait ainsi que les choses devaient commencer, mais Grégoire n'essaye pas de nier.

De toute façon, elle a toutes les preuves, tous les détails, à sa disposition. Toutes ces petites trahisons successives, accumulées jour après jour, qui l'ont tellement blessée depuis qu'elle a commencé à les collecter, elle les lui retourne, comme des gifles. Le plus calmement possible. Inquiète tout de même de sentir des larmes sur ses joues s'infiltrer sous son col roulé ; elle a horreur de la laine mouillée.

— Et l'hôtel de Séville qui a rappelé, à propos d'une réservation faite au nom de monsieur et madame ? Cela tombait au moment de notre anniversaire de mariage, d'ailleurs... Et les photos, et ceci et cela...

— Comment... ?

— Oui, Albrussac, j'ai fouillé dans ton ordinateur, oui, j'ai lu les messages de Marie-Lou sur ton téléphone, oui, je connais le code de ta messagerie...

Albrussac. Ni Grégoire ni monsieur, mais Albrussac. Cette formulation lui paraît juste, à la bonne distance de sécurité, avec une nuance de mépris bienvenue. Elle l'emploie pour elle-même depuis des mois, et est contente de la prononcer enfin haut et fort.

Lui, l'écoutant, se voûte, comme sous l'effet des soucis qui se superposent sur sa nuque, se frotte compulsivement les reins. Et la petite chienne, immobile, dresse les oreilles.

Dernier réflexe d'épouse, elle ne peut s'empêcher de remarquer que, vraiment, son mal de dos semble s'accentuer. Et doit se défendre de compatir. Cela aussi, c'est fini, plus jamais elle ne s'inquiétera pour lui.

— Tout cela n'a aucune importance...

— Plaît-il ?

Elle choisit soigneusement chaque mot, dans un registre solennel, son accent américain trahissant son émotion.

— Marie-Lou, cela n'a pas d'importance...

— Redis-moi cela en face ! Pas d'importance, une femme à qui tu as fait un enfant, et à qui tu payes une pension alimentaire ?

Le scud principal est parti, trop vite par rapport à ses prévisions.

Regina récite, un ton plus grave :

— Hadrien, deux ans il y a quinze jours. Encore un prénom d'empereur... Pour son anniversaire, tu as acheté une marionnette de Pinocchio en bois peint, grand modèle, 59 euros, chez Jouéclub...

Grégoire est coincé. Piteux, il tente une contre-attaque :

— Et toi ? Toi qui ne t'occupes plus de rien depuis des mois, toi qui tires de l'argent par centaines d'euros. Et je laisse faire, comme un con...

Dans son accès de désespoir, il agite les bras en tous sens ; ressemblant ainsi terriblement, dangereusement, à son père. Elle le note ; mais cela non plus, elle n'a plus désormais à s'en soucier.

— Puisque je te dis que c'est vous qui êtes importants, dans ma vie...

Il a dit vous. Pas toi. Et elle le croit volontiers : son statut d'époux et de père de famille, d'industriel et de propriétaire, dans l'ordre ou le désordre, est pour lui ce qu'il a de plus précieux. Qu'elle, Regina, cheville ouvrière de ce dispositif si soigneusement élaboré, année après année, récuse le rôle, le rend sans doute furieux, ou malheureux.

Ils continuent à marcher à travers bois, croisant autour de la forge.

Le soleil joue à travers les arbres, fabriquant ombres et lumières changeantes, qui se déplacent comme des chats, silencieusement. Grégoire pense à son grand-père, qui serait profondément choqué d'entendre ces paroles et n'aurait jamais toléré pareille insubordination de la part de sa femme.

— Maître Carolyn Williams, dont tu trouveras la carte sur ton bureau, rue Poyenne, prendra contact avec toi dès mardi. Que tu sois à Bordeaux ou en Chine.

Le ton neutre, l'accent WASP accentué. Elle a choisi une avocate américaine, féministe et pugnace comme elles savent l'être, pour ne pas risquer de se laisser attendrir.

— On doit t'attendre pour déjeuner, là-haut. Tu peux leur dire la vérité, Maxime est déjà prévenu, Alexandre et Constantin aussi. Je ne leur ai pas donné les raisons de mon départ, c'est à toi de le faire...

Arrivés à l'embranchement, elle se sépare de Grégoire, au sens propre du terme, en continuant sur le chemin menant vers Voussac, et sa nouvelle vie.

La voix blanche de Grégoire :

— Que comptes-tu faire ?

— Je vais aller aux Eyzies. Ma valise est au café-tabac Coulobre, et j'ai un train pour Bordeaux ce soir, à 19 h 02...

Regina a préparé aussi sa sortie. Propre et nette. Elle a même confisqué à son profit l'amitié du cafetier.

22

Maxime

Agathe le rend fou. Cette façon qu'elle a de l'allumer, ces yeux à paillettes posés sur lui, ces seins qu'il aperçoit tout ronds sous son tee-shirt, quand elle se penche, cette manière de marcher, ce culot dont elle est capable avec les adultes…

Maxime a un peu peur qu'elle se rende compte de l'effet qu'elle lui fait : il n'a même pas osé installer son sac de couchage à côté du sien, dans la chambre de la Cantine. Tellement envahi par sa voix, sa peau, sa présence. Toutes les dix minutes, il se retire derrière son écran de téléphone, pour reprendre souffle. Chiara et Sara lui envoient des petits messages gentils, auxquels il ne répond pas.

Même le divorce de ses parents, qui depuis une semaine occupait son esprit et ses nuits, est en train de passer au second plan.

Sa mère a pris le temps de faire bien les choses, comme tout ce qu'elle fait : informer les trois garçons, l'un après l'autre, par ordre d'âge. Alexandre, d'abord, avant qu'il ne parte en stage à Vancouver ; puis Constantin, après ses premiers concours blancs, pour ne pas le déconcentrer. Et lui le dernier, comme d'habitude, la semaine précédant les vacances de Toussaint.

« Je vais quitter ton père, m'en aller, divorcer. »

Un triple mot pour être sûre d'être bien comprise, mais aucune explication. Maxime n'a rien demandé non plus.

Une explosion dans sa tête, dont les étincelles continuent à le brûler par fulgurances, quand il pense à l'avenir.

Les jours suivants, c'est au passé qu'il s'est raccroché : les semaines de ski à Saint-Lary, les dîners-crêpes du dimanche soir, les moules du Cap-Ferret, les Noël américains, chez Granny... Tous ces moments partagés avec ses frères et ses parents, c'était définitivement fini ? Il en venait à regretter les voyages en voiture, quand sur la banquette arrière il se faisait cogner en douce par ses frères ; et même le regard pesant de son père sur ses devoirs de physique, rue Poyenne. Envisager la séparation de ses parents, c'est allonger chaque jour la liste des « jamais plus ».

Il l'a dit à ses cousines, sur Internet, dans le secret de la nuit. Mais pas à ses meilleurs copains de lycée. Ceux d'entre eux qui sont déjà passés par là ne semblent pas y attacher tant d'importance, et ne comprendraient pas la profondeur de son désarroi.

De temps en temps, il essaie de reprendre le film des événements : et s'il avait mal compris, si sa mère allait changer d'avis, si c'était juste un rêve ? Mais de fait, baisse assez vite les bras devant l'hypothèse.

Car il s'étonne de ne pas être vraiment étonné de ce qui arrive, comme si cette réalité était déjà installée en lui, malgré lui. Jamais pourtant il ne s'est posé la moindre question sur le couple de ses parents, ensemble de toute éternité, et pour l'éternité, dans un temps étale et opaque. Jamais non plus il n'a imaginé une telle solitude ; il n'y a plus que Prune pour l'accueillir, le soir, au retour du lycée. Ses frères aînés, en quittant la maison, se sont éloignés du centre du cratère, de la violence des laves brûlantes qui l'atteignent, lui, chaque matin au réveil. Alexandre et Constantin, avec qui il n'a échangé que des SMS depuis l'événement, l'envisagent comme s'il ne les concernait plus, soutirant même à leur mère quelques libertés supplémentaires, en avantages secondaires.

Maxime se sent doublement abandonné ; et taraudé aussi par l'idée que tout cela est de sa faute : seul, il n'est pas capable d'assurer le bonheur de ses parents, la vie de famille qui les faisait tenir ensemble.

Cette culpabilité qu'il ressasse nuit après nuit, il l'a avouée un soir à ses cousines, entrelardée de smileys pour les faire rire. Et elles ont su mettre du baume dessus, avec leurs drôles de messages pleins de fautes d'orthographe, naïfs et tendres : « tinkiet, tu i ai pour rin de rin ! ».

Même s'il n'en croit rien, il aime sentir leur sympathie, derrière l'ordinateur familial que personne ne lui dispute plus. Agathe a l'expérience, Alessia le talent pour compatir, Sara la finesse de parler d'elle-même. Avec elles, il a découvert un cocon familial de rechange, au moment où le sien s'effondrait ; et aussi l'inépuisable capacité des filles à s'apitoyer, commenter, suggérer, épiloguer...

Mais il n'avait pas prévu l'effet que lui ferait Agathe en passant du virtuel à la présence réelle. Il y a quelques nuits à peine, depuis son écran parisien, elle lui a posé la question :

« Ta mer va parler kan à ton per ?

— A Pont-Faye, le we de la Toussaint, parce que c'est le seul moment où ils peuvent se voir. D'ailleurs, il paraît que ton père sera aussi en Dordogne. »

Maxime est un littéraire, qui n'insulte pas l'orthographe.

Aussitôt, Agathe a tapé frénétiquement sur le clavier :

« Vazi avec tes parents ! Moi auci, kom ça on sera ansanbl, ab1to ! »

A des heures différentes de la nuit romaine, les autres filles approuvaient ce plan.

Maxime n'était pas certain de ne pas vouloir être seul à ce moment-là, pour souffrir tranquille. Mais à ses cousines, il ne pouvait déjà rien refuser.

Quel coup, au travers du plexus, prolongé dans son bas-ventre, quand elle est descendue du train, ce matin aux Eyzies ! Tout le monde la regardait. En un an, la petite Agathe est devenue une super-nana.

Il l'a regardée venir vers lui, le long du quai, la démarche balancée, les cheveux dans les yeux, avec son sac à dos sur l'épaule. Ebloui que ce soit vers lui que se dirige son regard. Il s'est dit alors en fixant la bouche de sa cousine : J'ai envie de l'embrasser. Comme ça, sans préméditation. Depuis, il ne pense qu'à ça.

Mais l'Audi est arrivée, avec sa mère au volant, ponctuelle et indifférente ; à peine aimable avec

Agathe, qui n'était pas vraiment prévue au programme. Il aurait voulu lui expliquer : on ne traite pas ainsi un tel prodige…

Du coup, Maxime n'a pas posé la question : « Quand ? »

Comme si de ne pas savoir pouvait reculer l'échéance, et lui laissait aussi le temps de profiter d'Agathe.

Puis l'arrivée à Pont-Faye, sous la pluie.

Grégoire, égal à lui-même, ordonnait, tempêtait, agitait sa canne comme un sceptre, sans voir le malheur qui l'attendait au tournant.

Son fils aurait voulu lui crier : « Stop ! Regarde, fais attention ! » Il aurait voulu posséder le pouvoir d'arrêter la catastrophe qui s'apprêtait à fondre sur lui, sur eux tous, juste en figeant le cours du temps…

Pour la première fois de son existence, Grégoire, son père, cet homme si fort, lui faisait pitié. Alors Maxime lui offrait sa gentillesse, en viatique pour l'épreuve qu'il aurait bientôt à traverser. Et se contentait d'acquiescer à sa mauvaise humeur, à ses ordres insensés, autant qu'il le pouvait. Sachant d'instinct que sa propre souffrance n'était rien à côté de ce que serait bientôt la sienne. Car lui avait dix-sept ans, et était amoureux.

C'est ainsi qu'il a supporté stoïquement d'être viré du dortoir des garçons, sans bien comprendre pourquoi. Et accepté avec reconnaissance l'aide d'Agathe pour préempter la Cantine.

Par solidarité avec son père, il pense que l'oncle exagère sur ce sujet, mais par solidarité avec Agathe, il est prêt à tout. Et cela l'arrange merveilleusement bien d'être seul avec elle à la Cantine.

Il a aussi accepté de suivre Agathe au cimetière. Aucune envie pourtant. Mais son rire, dans la voiture, ce geste tellement sexy de passer ses doigts dans sa masse de cheveux, qui sent tellement bon, cette façon d'être à l'aise avec tout le monde, même avec la tante italienne – un peu snob, un peu compliquée, un peu étrangère –, comme si elles passaient toutes leurs vacances ensemble. Les histoires d'Aude, qui ont l'air de passionner Agathe, il les connaît par cœur ; son père racontait les mêmes, à quelques détails près.

Sous le soleil du cimetière, il a désherbé avec vigueur, lui qui déteste cela. A cause d'Agathe qui se penchait vers lui ; à cause de sa main, posée sans y penser tout près de la sienne. De sa bouche, encore, qu'il observait en coin, l'imaginant se rapprocher de la sienne, dans une folie de sensations. Elle souriait, il avait chaud, tellement chaud. Même la déflagration parentale, qu'il redoutait à chaque minute depuis ce matin, perdait de sa gravité. Quand seraient-ils enfin seuls ?

Et puis, ce n'était pas de là qu'est venue l'explosion. Mais d'une ambulance au rotor lumineux, croisée sur le chemin du retour, qui descendait de Pont-Faye en ralentissant dans les tournants de l'allée.

Grégoire les avait rejoints devant l'écurie, avant même qu'Aude ait arrêté le contact de la voiture.

— C'est Thérèse…

Il insistait, les pommettes rouges, bras ballants, sa mèche lui battant le front :

— Elle a fait un AVC – il épelle, détaille, devant le manque de réaction de son interlocutrice –, accident vasculaire cérébral. L'ambulance l'a emmenée à Périgueux, mais le médecin est encore là, pour s'occuper de papa.

Le regard de Maxime était fixé sur les deux paniers de provisions, restés contre le mur de la souillarde. Il avait vraiment très faim.

— Mais où est Regina ? interrogeait Aude, en réponse à son frère.

23

Yrieix

— Ça y est, il s'est calmé…

Le jeune médecin – il paraît presque adolescent, malgré ses sept années d'études – a levé ses lunettes rondes sur lui. Gentil et pro. Rapide aussi, il est arrivé juste un quart d'heure après le coup de fil.

— Vous avez de la chance, je sortais justement d'une consultation à Voussac…

C'était décidément trop beau pour durer. Yrieix, avec Cyril et Dhanya, avait connu dans les bois des instants de grâce, imprégnés de la luminosité si particulière de l'automne périgourdin. Ses clichés en témoignaient : du bon travail, fin et serré.

Leur file s'étirait sur le chemin du retour, chacun à son rythme. Cyril allongeant le pas, incapable de traîner en chemin ; Yrieix boitillant un peu, s'arrêtant pour prendre encore et encore des photos, Dhanya enfin bien réveillée, réchauffée, et l'esprit clair. Elle avait laissé la distance se creuser entre son mari et elle, puis attendu son beau-frère au détour du sentier :

— Comment est morte votre mère ?

Yrieix n'a montré aucune surprise.

C'était un rendez-vous obligé ; Marianne, en son temps, avait posé la même question. Et en avait tiré une conclusion : « Ton père me fait penser à Barbe-Bleue ! »

Il a donc pris son temps, remis un boîtier dans sa housse, fermé les boutons-pressions d'un geste appliqué.

La réponse, il l'avait élaborée pour son usage personnel, autour de sa vingtième année. Et la tenait rangée au fond de sa mémoire, à la disposition de ceux qui le méritaient. Dhanya, sa nouvelle belle-sœur, en faisait partie.

— Personne ne le sait. Un jour, elle a disparu, on n'a jamais su où ni comment. Comme elle n'a plus jamais donné signe de vie, on a fini par considérer qu'elle était morte.

Yrieix n'en dit d'abord pas plus. Longtemps, lui-même a attendu sa mère, cru à son retour, un jour. Imaginé la scène de retrouvailles, comme une photo bien construite : elle aurait pris ses enfants dans ses bras, les aurait serrés très fort, en baissant doucement les yeux sur eux, le tout environné de ce parfum de chèvrefeuille dont il gardait un vague souvenir. Souvent, il avait même cru la reconnaître, dans les silhouettes fuyantes de la rue, à Périgueux, à Limoges ; même encore plus tard à Paris.

Puis le doute s'était insinué. A mesure que le temps passait, que la voix et le parfum de Lorraine s'évanouissaient dans ses souvenirs, il avait compris que sa mère avait renoncé à vivre.

Il avait compris, compati, accepté, pardonné. Parce que dans les pires moments de sa vie, il s'était approché du même gouffre, avait ressenti la même tentation de renoncer, de la rejoindre. Mais il n'en avait jamais parlé aux autres, persuadé d'être le seul dans sa famille à avoir suffisamment souffert pour faire ce chemin-là.

Et il explique cela à Dhanya, avec des mots délicats :

— Je pense qu'elle était dépressive. Cinq naissances rapprochées, un mari et une vie matérielle difficile, cela arrive...

Sa belle-sœur règle son pas sur le sien, ne répond rien, le temps que la vérité apparaisse doucement.

Elle avait bien appris à l'université qu'en Occident on se suicidait souvent, que c'était un corollaire de la société de consommation. Mais n'imaginait pas être un jour touchée de si près par une telle horreur.

Yrieix savoure l'instant, avec le sentiment du devoir accompli.

Son frère était déjà presque arrivé à la maison.

C'est un peu après qu'ils ont entendu les cris de leur père. Un râle puissant et grave qu'Yrieix connaissait bien, mais décuplé par l'angoisse.

Cyril et Dhanya se sont figés sur le chemin, pendant que lui se ruait dans l'ancien bureau. Antoine, seul et à moitié effondré sur son fauteuil, les yeux injectés de sang, hurlait, se débattait, avec une violence sauvage et malhabile. Il lui avait fallu un moment pour apercevoir Thérèse. Son corps, en glissant sans doute, s'était curieusement désarticulé, et gisait à terre, près du lit, le visage tordu, obscène dans son abandon. Les yeux révulsés, la bouche tressaillant par spasmes.

Antoine ne la regardait pas, mais semblait habité par la peur de ce qui se passait juste à côté de lui.

Pendant quelques instants, Yrieix avait cherché à déterminer où se trouvait l'urgence.

De toute sa force, lui qui n'avait pas la stature de son père, ni jamais osé s'opposer frontalement à lui, il avait ceinturé le vieil homme par les épaules, le rejetant au fond de son fauteuil en aboyant : « Taistoi ! » Etonné sur le coup d'être obéi, de le soumettre de la même forte manière avec laquelle il avait été lui-même soumis, autrefois. Antoine recroquevillé, avec des larmes le long des sillons de ses rides, continuait pourtant à crier, à pleurer plutôt, en longues et sourdes plaintes.

Alors, sans un regard pour Thérèse, il avait passé la tête dans le vestibule.

— Il faut appeler un médecin

— OK, on fait comment ici ? Les pompiers, la gendarmerie ?

— Essaie d'abord le docteur Michalon aux Eyzies, répertoire sur le buffet de la cuisine.

Cyril s'était débrouillé, puisque le jeune médecin faisait son apparition un quart d'heure plus tard, avec des airs de celui qui connaît la maison.

Juste le temps qu'il avait fallu à Yrieix pour venir à bout du tremblement de son corps, se réassurer sur des jambes de coton.

Heureusement, Antoine semblait incapable de se lever seul ; il continuait à donner des coups de pied convulsifs, atteignant par moments le corps inerte de sa femme, qui tressautait alors sur le sol, et gargouillait de plus belle. Le faisait-il exprès ou non ? Etait-ce l'effet de la sénilité, ou un de ces accès de violence dont il était coutumier, dès que l'on contrariait sa volonté ?

Sans se laisser impressionner par ces vociférations, l'homme avait pris le pouls de Thérèse.

— Bon, il faut la transporter à l'hôpital, je fais venir tout de suite l'ambulance...

Sur ses genoux, il maniait son smartphone, et dicta sobrement, à destination de son correspondant : « AVC, pronostic réservé. »

— A nous maintenant, monsieur, m'entendez-vous ? Je vais vous faire une injection de sédatif...

Antoine redoublait d'agitation, battait des membres de toute la force de son corps massif, atteignant indistinctement les deux hommes qui s'approchaient.

Yrieix, les muscles noués, eut le temps de se dire qu'il se rappellerait toujours ce moment-là, cette bataille-là.

— Je vais chercher mon frère pour nous aider

— Vous êtes donc ses fils...

Les deux hommes avaient facilement réussi à maîtriser Antoine, à l'allonger sur son lit, et le médecin à faire sa piqûre.

C'était fini, ils respirèrent.

Le gravier de la terrasse crissait sous des roues, Dhanya accueillait l'ambulance venue se ranger devant la maison, accompagnait le brancard qu'on dépliait.

— Par ici...

Yrieix se sentit reconnaissant envers elle de rester là, à proximité.

Le médecin signait rapidement les papiers tendus par le chauffeur, et s'adressait à Yrieix :

— On va emmener votre maman à l'hôpital de Périgueux. Vous pourrez y aller dans l'après-midi, et vous verrez alors un médecin qui pourra vous en dire plus.

Sa voix était neutre, ou douce, son regard allait de l'un à l'autre des deux frères qui l'écoutaient, dans la même position instinctive, bras croisés, épaules rejetées en arrière. Un troisième déboula dans la chambre à l'air un peu fétide, même stature et même attitude, pour lequel le médecin répéta sa phrase.

Aucun d'entre eux, nota-t-il dans le « dossier Albrussac » mental qu'il transportait, n'avait eu le moindre geste de tendresse envers ses vieux parents ni demandé d'accompagner la mourante à Périgueux.

Dans les instants de silence qui s'ensuivirent, on entendit l'ambulance démarrer nerveusement ; puis juste après, en sens inverse, une voiture ronflotant dans l'allée.

Yrieix fit un geste, mais Grégoire l'arrêta impérieusement :

— C'est Aude qui revient avec les enfants, je vais les prévenir.

Même dans ces moments-là, son aîné gardait le pouvoir. Cyril en profita pour sortir lui aussi, pressé de retrouver sa femme.

Normal, se rappelle Yrieix avec un pincement désagréable, quand on s'aime, on a envie d'être seuls, et ensemble.

A lui revient donc encore le rôle d'assurer le suivi auprès d'Antoine. Cela s'est installé comme ça, tout doucement, et il ne peut plus y échapper.

Ce médecin plutôt sympathique l'a compris, d'où sa question :

— Bon, maintenant, votre père. Vous savez ce qu'il a ?

Le moment de l'explication, se dit Yrieix, résigné. Il plaide le faux pour savoir le vrai.

— Non. Jusqu'à maintenant, c'était Thérèse, sa femme, qui s'occupait de lui. On ne sait que ce qu'elle en dit : difficultés à s'assumer dans la vie quotidienne, à se repérer dans le temps et dans l'espace. Pour le reste, je suis allé sur quelques forums Internet.

— Oui…

L'homme range son matériel en parlant, récupère la seringue usagée, force pour fermer son cartable, vérifie l'écran de son téléphone :

— Je n'exerce pas depuis très longtemps ici, mais depuis trois mois j'ai vu son état neurologique se dégrader assez vite. On peut parler de démence sénile, de type Alzheimer, mais vous savez, il y en a des dizaines de types différents. Et à ce stade, faire des examens complémentaires ne servirait pas à grand-chose. Sinon à l'agiter beaucoup, et à creuser le trou de la Sécu. En tout cas, il ne peut pas vivre seul, en l'absence de sa femme. Je le leur avais déjà dit à tous les deux.

— Je vois…

En réalité, il sait, mais ne voit rien du tout. Les essais de concertation entre eux, ce matin, ont avorté, et tout s'est passé trop vite depuis. Personne ne voulait vraiment envisager le problème, malgré la convocation de Thérèse. Cette fois-ci, Thérèse a réussi à les mettre tous au pied du mur, et il lui en veut…

Le toubib reprend, consciencieux, c'est-à-dire soucieux d'être bien compris, et en même temps entraîné dans cette habitude d'aller trop vite, parce que chaque minute est précieuse. Yrieix saisit tout cela, et balance lui-même entre son désir de ne rien voir et la décision qu'il a prise d'assumer.

— On constate cela souvent dans ce type d'affection, certains traits de caractère se durcissent, jusqu'à envahir toute la personnalité…

Il hésite un instant, bute sur un « votre mère » qui ne semble pas convenir, se corrige en contournant l'obstacle :

— Ces derniers temps, madame Albrussac s'inquiétait de le voir devenir agressif, et violent, jusqu'à avoir peur de lui. Il se méfie de tout le monde – moi par exemple, j'ai toujours eu beaucoup de mal à l'examiner. Et plus il entre dans la maladie, plus ses obsessions se manifestent. Parce qu'il ne peut pas les exprimer clairement, il n'arrive plus à les maîtriser, et elles ressortent à travers cette agressivité…

— Oui, hier soir, il répétait en boucle qu'il allait tuer quelqu'un. Je n'ai pas compris qui…

— Cela peut être une très vieille histoire que son esprit ressasse, en mélangeant des éléments épars ; à cause d'un anniversaire, d'une réminiscence ; ou bien un problème qu'il cherche à régler, sans plus avoir la capacité de le faire. Difficile à savoir…

— Il a toujours eu mauvais caractère, je ne sais pas ce qui relève de la maladie…

L'autre lui répond du tac au tac, durcissant le ton :

— Monsieur, je l'ai dit déjà à madame Albrussac : il a encore des forces, un cœur de fer, et il a besoin d'une prise en charge adaptée, pour son bien-être et celui de ses proches. Par exemple, l'infirmière qui s'occupe de lui tous les jours menace de ne plus venir. Il faut en tenir compte aussi, elle est précieuse pour vous tous.

— Ah, Sandrine...

Il ne s'attendait pas à cela, et prend la menace comme une infidélité.

Après avoir laissé résonner ses paroles, le médecin ajoute, pour être certain de bien enfoncer le clou :

— Dans l'état actuel des choses, je ne vois dans la région aucune maison de retraite qui accepterait de le prendre. Surtout comme cela, dans l'urgence. Quant aux résidences privées, je ne suis pas sûr qu'il en ait les moyens, d'après ce que m'a dit son épouse...

Michalon montre son bracelet-montre de métal.

— Vous avez devant vous tout juste le temps de la réflexion, tant qu'il est sous sédatif. Il sera tranquille jusqu'à ce soir, et Sandrine lui donnera ensuite son somnifère habituel, éventuellement en forçant un peu la dose. Mais ensuite... heureusement que vous êtes là !

C'est un hommage dérisoire, avant d'abandonner le champ de bataille. Dans le vestibule désert, ils se serrent la main, plus chaleureusement, en camarades de combat.

— Je connais le chemin, ne me raccompagnez pas.

Yrieix reste là, à fumer la cigarette qu'il espérait depuis un bon moment. Quand le bruit de la voiture s'est éloigné, des rires juvéniles lui parviennent de la cuisine.

— J'ai faim, moi aussi !

De l'épaule, selon une vieille habitude, il pousse le battant de la porte. L'air qu'on respire ici est soudain plus léger. Aude emberlificotée dans un tablier, affairée comme sa mère autrefois ; Cyril et Dhanya, Maxime et Agathe, groupe compact et complice autour de la table. Et entre eux, un vrai repas : un magnifique pâté de pommes de terre, comme il n'en a pas mangé depuis longtemps, des tomates cerises dans leur barquette de cellophane, du chasselas charnu.

Il perçoit sans les saisir les paroles éparses qui flottent encore entre eux, figées en l'air par son arrivée.

Les plus jeunes, moins couturés de cicatrices par l'histoire, ont-ils le pouvoir de chasser les fantômes de la maison ? Ou bien suffit-il pour la réenchanter qu'Antoine soit mis pour quelques heures hors d'état de nuire, et que Thérèse, qui jamais au grand jamais ne quitte les parages, soit évacuée sur un brancard ?

Même Aude, les mains dans un torchon sale, a un air plus gai.

Yrieix a nettement l'impression de déranger Agathe, dont le regard se détourne. Seule Dhanya, dans un geste gentil et familier, recule sa chaise en montrant une place, à côté d'elle.

24

Cyril

Avec un sympathique glouglou, le café finit de passer dans la vieille cafetière de fer-blanc ; celle qu'il a toujours vue posée au coin de la cuisinière à bois. Cyril écoute Dhanya éclater de rire ; et en écho les deux gamins, qui d'ailleurs n'en sont plus tout à fait. Ou bien est-ce elle qui en est encore un peu une ? Il ne se lasse pas de regarder sa femme, de goûter sa beauté ; c'est pour lui une drogue dure, jamais assouvie.

— Il faut commencer les macarons, maintenant !

— Yes ! s'exclame Agathe.

La boîte achetée par Dhanya à l'aéroport est énorme, ébouriffante ; bien trop luxueuse pour les mœurs de la maison. Cyril regarde les mains soignées dénouer les bolducs, le buste s'incliner pour présenter les friandises. Et ce geste tellement érotique de lever un bras pour vérifier la perfection de son chignon natté, lorsqu'elle s'aperçoit qu'il l'observe.

La jeune Agathe multiplie les mines en détaillant les étiquettes : caramel, mangue, chantilly, café, barbapapa, schtroumpf, violette, réglisse…

— Pistache ou chocolat, chocolat ou pistache ?

Ses doigts gourmands naviguent au-dessus des rangées de macarons.

— Prends les deux, ça va très bien ensemble ! affirme Dhanya.

En obtempérant, l'adolescente répond, sans lien apparent de cause à effet :

— J'adore ton pull !

Et tout le monde éclate de rire, pour rien. Comme s'il ne s'était rien passé dans la pièce d'à côté. Même Aude approche de la boîte ses ongles rouges :

— Et tant pis pour mon régime ! Noix de coco, s'il te plaît.

Le dos réchauffé par le feu de la cheminée, Cyril allonge les jambes, sourit, occupe l'espace, se détend. S'il n'avait pas arrêté de fumer, il en grillerait bien une d'après déjeuner ; pour profiter de ce bon moment, oublier l'ambulance, et la scène avec son père. Yrieix, qui vit toujours environné de fumée, a réveillé son désir de nicotine ; d'autant que c'est avec lui qu'adolescent, il a commencé à y goûter. Leur grand-père posait sa pipe ici, exactement dans la petite coupole qui coiffe le haut chenet de fer forgé. Production maison, bien entendu.

Les yeux mi-clos, Cyril se prend à observer les lieux. S'étonne de retrouver aussi nets des souvenirs qu'il s'est si bien appliqué à ne jamais convoquer. La cuisine, parce qu'on y vivait principalement, porte le poids accentué du temps, avec sa table de noyer nu, striée de traces de couteau ; ses poutres noircies, ses bassines à confiture poussiéreuses. Il retrouve aussi la suspension de porcelaine, désormais carrément vintage, avec son fil de coton et sa prise de courant

110 volts ; le fusil de Marcel, suspendu au manteau de la cheminée, manufacture de Saint-Etienne, 1931 ; et le téléphone à cadran en bakélite noir, comme plus personne n'en utilise... Vingt-sept années d'absence, et l'impression de n'être jamais vraiment parti, ou que rien n'a changé. Il appartient à cette maison, même s'il avait fait semblant de l'oublier.

Rassasié, pacifié, Cyril se verrait presque couler ici le reste de ses jours... Laisse libre cours à sa frénésie d'action, en imaginant comment il ferait gratter ces placards crasseux, pour retrouver la veine du bois, rassembler et encastrer tous les appareils ménagers dans cet angle ; là, ouvrir une fenêtre pour donner plus de lumière. Mais il faudrait commencer par la plomberie et le chauffage central...

Les gonds de la porte miaulent sous la poussée. Aude interrompt tout net son rire ; Yrieix, la tête à l'envers, paraît choqué de les voir si joyeux.

— Je vous dérange ? J'ai faim, moi aussi !

Cela agace un tout petit peu Cyril de le voir s'installer si naturellement près de Dhanya, tellement près. Yrieix est trop élégant, trop doué, trop charmeur. Et, parce qu'il observe de près ces ondes positives entre son frère et sa femme, il perçoit aussi, au même instant, la tension de sa nièce.

A l'arrivée de son père, elle a stoppé aussitôt ces gloussements de gamine survoltée qui leur faisaient tant de bien à tous, et feint de s'intéresser au café que Maxime est en train de servir. Un garçon pratique et gentil, celui-là, qui se lève pour sortir un nouveau couvert.

Chez l'adolescent, Cyril cherche à discerner quelque chose de la présence massive, imposante de son aîné. Ce petit Albrussac-là, binoclard et réservé, n'en a ni la voix ni l'assurance. L'implantation des cheveux, peut-être, et la taille ; mais ce front haut, ce regard sombre ?

Yrieix recommence son cinéma, se laisse complaisamment servir par sa belle-sœur.

— Holà, pas mal du tout, tu es déjà devenue une vraie Périgourdine ! Tourte de pommes de terre de Voussac, fromage des trappistines d'Echourgnac, vin de Pécharmant ! Beaucoup, de tout, deux fois, s'il te plaît...

Cyril remue sur sa chaise :

— Bon, alors ?

Il a perdu l'habitude de perdre du temps, de ne parler de rien, d'étouffer tout ce qui dépasse. Yrieix commence prudemment, par le plus facile :

— Pour avoir des nouvelles de Thérèse, il faudrait aller cet après-midi à l'hôpital de Périgueux. Et pour papa, le docteur confirme ce qu'on sait déjà : il ne peut pas vivre seul, et aucune maison de santé ne le prendra, dans l'état où il est.

Le silence se referme déjà, comme une mâchoire, dans laquelle tous se sentent pris au piège. Un silence troublé par le raclement de pas sur la terrasse.

— Tiens, je crois que voilà ton père ! dit Cyril à son neveu. Mets aussi une assiette pour lui.

Maxime s'est levé comme un ressort, avec un mouvement de tête vers sa cousine, qui délibérément pianotait sur son téléphone.

— Nous, faut qu'on y aille, on a du travail...

Ce garçon n'est pas si parfait ! Ou bien décidément, les deux ados ont beaucoup de comptes à régler avec leurs géniteurs. Personne d'ailleurs n'est dupe, et Cyril observe ironiquement :

— Qu'est-ce que tu as de tellement urgent à faire, ici ?

Agathe répond à sa place.

— De l'anglais ! Maxime est super bon, il m'aide...

— Quelle question ! Tu joues vraiment au vieux con ! s'insurge Dhanya en riant.

Mais avec une nuance de vrai reproche, que perçoit parfaitement son mari. Cette différence d'âge, qui s'invite régulièrement entre eux...

En même temps, elle se lève pour faire le boulot. Dispose fourchette et couteau, bien droits, à un pouce de l'assiette et du bord de la table. Choisit dans le buffet, parmi tous les modèles dépareillés, un verre présentable, lisse une serviette en papier.

Lui de nouveau la boit des yeux, attendri de la voir ainsi jouer les maîtresses de maison, avec de jolis gestes doux, dans cette cuisine qu'elle ne connaissait pas la veille, pour accueillir ceux qui l'ont toujours habitée. Et décide qu'il ne laissera pas Pont-Faye se dégrader ainsi.

Mais Yrieix ne lâche pas non plus le morceau.

— Papa va finir par se réveiller, et le cirque va recommencer...

Parce qu'il est le seul que Thérèse a bordé dans son lit autrefois, Cyril sait qu'on attend un geste de lui. Il est venu pour cela, d'ailleurs, la corvée lui revient, s'il veut reprendre sa place parmi les siens. Il interroge sa femme du regard, et répond à la question précédente, déjà tombée dans l'indifférence :

— Nous pouvons aller à Périgueux, Dhanya et moi, pour voir Thérèse.

— Alors, je vous conseille de partir tout de suite. Demain, c'est la Toussaint, jour férié, et si vous voulez voir un médecin avant…

— OK, on y va !

Tout le monde considère le problème comme réglé, Cyril le premier.

Comme sur une scène de théâtre, les adolescents ont juste eu le temps de disparaître par la porte de la souillarde que Grégoire fait son apparition dans la cuisine. De la même façon que son frère tout à l'heure, en ébranlant la porte, en faisant trembler les verres sur la table.

— Regina ne veut pas déjeuner ? s'enquiert gentiment Aude.

25

Yrieix

La petite Twingo est repartie. Ses feux de position scintillent encore dans la nuit, brouillés par la pluie. Yrieix, poings serrés dans ses poches, la regarde disparaître au tournant du chemin.

Sandrine lui est apparue inaccessible, presque humiliante de sérénité. Or, depuis Marianne, il n'accepte plus de se laisser quitter par une femme ; c'est lui qui doit partir le premier…

Après le déjeuner, et cette confrontation muette avec sa fille qui lui pesait encore sur le cœur, il avait éprouvé le besoin d'une petite sieste, déguisé en devoir filial : « Je vais dans la chambre de papa, l'infirmière risque de passer… »

Yrieix aimait prendre le temps de penser, comme celui de regarder, et en faisait une occupation à part entière.

De nouveau le bureau, la lampe verte qu'il faut allumer déjà tant la nuit tombe tôt en cette saison, le radiateur grésillant, une lourde odeur de vieux qui se néglige, additionnée d'un fond d'humidité.

Plus trace des événements qui ont traversé la pièce le matin même, hormis la boîte vide du sédatif, sur la table, que personne n'a pris la peine de jeter.

Et dans le lit, Antoine, englouti dans son sommeil chimique.

Yrieix a toujours été fasciné par les visages endormis, à nu, pour ce qu'ils laissent voir de leur structure, les replis de la peau sur les os, la symétrie toujours imparfaite des traits, l'absence d'expression qui en révèle une autre, involontaire et peut-être plus juste, plus profonde, au-delà du masque. Son père, ainsi abandonné, montrait une faiblesse, voire une lâcheté d'enfant inquiet et prêt à fuir, qui l'émouvait.

« Il sera tranquille jusqu'à ce soir, avait promis le toubib, et l'infirmière lui donnera son somnifère habituel. »

Avec une prudence de Sioux, son fils a tourné le grand fauteuil vers la fenêtre, très loin du lit. Voluptueusement installé au milieu de ses volutes de fumée, la casquette enfoncée jusqu'aux sourcils, les chaussettes enfouies dans l'oreiller du divan de Thérèse. Le goût encore dans la bouche du macaron de Dhanya.

Il se laisse entraîner vers le passé. Pourquoi ? Pas à cause d'elle, de Thérèse, non. Mais à cause de Dhanya, la charmante Dhanya.

Parce que ce matin, elle a posé la question, avec l'innocence de ceux qui ne connaissent pas l'épaisseur des silences de Pont-Faye. De ceux qui croient que les drames peuvent se dire, se réduire à des réalités.

Yrieix se représente le jeune veuf de trente-cinq ans, père de cinq enfants. Portant beau et bientôt seul maître de Pont-Faye, lorsque le vieux Marcel aurait disparu à son tour.

Il le regarde comme de loin, admire sa prestance, évalue sa fortune d'alors, sa notoriété bourgeoise. Côté face, une famille admirable, frappée par le malheur, qui avait dû susciter l'intérêt et la compassion jusqu'aux confins du Limousin, avant de disparaître des conversations. Côté pile... Il n'en garde que de vagues souvenirs, tramés d'angoisse. Depuis toujours, il est vaguement jaloux des « grands », Grégoire et les jumelles, détenteurs de la mémoire de leur mère, qu'ils ne partageaient avec personne. Lui conservait juste un peu de parfum, une couleur de rouge à lèvres, des pas précipités dans l'escalier de Pont-Faye, et une texture de voix ; qu'il confond avec celle de Marianne, ou plutôt qu'il a reconnue en Marianne, vingt ans plus tard. Sans savoir bien, à force d'avoir trop souvent ausculté ces bribes, s'il s'agit de la vérité ou d'une reconstruction postérieure.

Son regard cherche machinalement à travers la chambre sombre, pour voir « en images » ce qu'il a dans la tête. Mais il sait bien qu'il n'y a jamais eu ici la moindre photographie. C'est dans sa belle-famille, plus tard, qu'il a découvert le cérémonial des photos de mariage, les sourires « cheese » des chers disparus, les portraits de jeunes filles retouchés pour la postérité, les groupes de cousins à la pose obligée. Tous entassés dans des pêle-mêle, des cadres un peu kitsch sur la cheminée du salon de Normandie, considérant d'un œil détaché les angoisses et les conflits de leurs descendants.

Jusqu'à l'âge de vingt ans, Yrieix avait cru que la photo était seulement un vice solitaire, une manière de capturer les réalités qui lui échappaient. Il lui fallait absolument les attraper au vif, comme on saisit par la peau du cou un chaton qui s'enfuit, les dépecer, les ausculter. Les afficher aussi ; ainsi avait-il fait, par provocation.

C'était cela, ou bien continuer à être toujours celui qui fait des bêtises, symptôme vivant et provocant du désordre familial.

Lorraine avait disparu depuis plusieurs années déjà quand il avait osé subtiliser son Canon, resté posé à l'étage inférieur de la console du vestibule, derrière le désordre amoncelé au fil du temps. Personne désormais ne rangeait plus rien dans la maison. Sur le chêne déciré, un rectangle net, exempt de poussière.

Et personne n'avait rien remarqué, évidemment ; qui remarquait quelque chose dans cette maison ?

Après la fin de la pellicule restée à l'intérieur, il avait commencé ses premiers investissements secrets, grâce au troc de ferraille organisé avec le père d'un copain de collège : un moyeu de roue contre une cuve de développement, avec une provision de révélateur et de fixateur ; trois pelles rouillées contre une lampe d'agrandisseur, des clous de fer contre des pinces d'inox. Puis en échange de l'accès nocturne au magasin de la forge, des filtres, un margeur, plus tard une table lumineuse, et des pellicules, encore des pellicules, 200, 500 ou 1 000 ASA, du papier de tous les formats, mat, satiné, à grain… Yrieix passait tout son temps clandestin dans un laboratoire primitif, installé à hauteur du grondement de l'eau, dans la cave suintante de l'atelier, caché derrière une cloison de papier huilé.

Le ferrailleur s'était fait serrer sur un autre trafic, et interroger par les gendarmes ; il l'avait aussitôt balancé, lui, le fils de bourgeois. Convocation à la gendarmerie. Ce n'était pas sa première ni sa dernière sottise, mais Yrieix savait déjà mentir convenablement. C'était lui qu'on avait cru.

Pendant très longtemps ensuite, le garçon avait vécu dans la crainte de représailles, lorsque son fournisseur sortirait de prison. Antoine, heureusement, n'avait jamais rien su de tout cela. Et Marie-Liesse, qui se doutait de quelque chose, à force de traîner dans son musée, ne parlerait jamais plus.

Tout seul, Yrieix avait appris à regarder, à s'approcher toujours plus près de ses sujets, à régler les objectifs, à coups d'essais et d'erreurs. A composer ses images dans sa tête, à les « voir » mentalement, comme l'on faisait avant le numérique et ses écrans instantanés. Lui qui était si nul en langues suivait des modes d'emploi mal traduits de l'anglais pour tirer et développer ses photographies. Là aussi, beaucoup d'échecs et de temps, mais au final une technique éprouvée, que les jeunes photographes formés au temps de l'informatique ne possédaient plus.

Son trésor, ses « preuves de bonheur », comme il y a des preuves de vie pour les otages, c'étaient les tirages de la dernière pellicule de sa mère. Seize négatifs exactement, sur les trente-six que comportait la pellicule. Dont deux totalement flous, et un d'Antoine dans la force de l'âge, qu'il n'avait pas jugé nécessaire de développer ; l'original prenait suffisamment de place.

Ces treize photos, il les avait scrutées, agrandies, apprises par cœur. Des images – techniquement excellentes – d'un monde disparu : « l'âge de raison » d'Aude avec sept bougies, le sourire à deux dents de Cyril en barboteuse, dans les bras d'une Thérèse toute jeunette avec son tablier de domestique. Déjà dans le paysage, Thérèse ! Lui-même, Yrieix, courant vers l'objectif en riant, petite silhouette campée sur deux jambes en bon état, dans l'immensité d'une prairie, poursuivant Yack, le gros chien-loup qui avait l'air de s'amuser autant que lui. Et puis Grégoire au pas de grand-père dans l'allée, dupliquant du bâton les gestes de Marcel avec sa canne. Enfin, un portrait délicieusement désuet des cinq enfants par ordre de taille, d'une netteté extrême, qu'il avait plus tard recadré de près, en accentuant les contrastes au maximum, pour faire ressortir chaque expression. Et le clou de sa collection : une photo prise à retardement, nec plus ultra de la technique d'alors, l'unique qu'il possédait de sa mère, où celle-ci apparaissait un peu floue, dans un mouvement pour reprendre sa place, à côté des deux « petits » souriant largement, calés sur des oreillers blancs.

Fallait-il que Lorraine soit malheureuse, pour choisir de renoncer à tout cela…

A la suite de sa mère il avait continué à prendre des photos, jusqu'à en faire son métier.

Un jour, se dit-il pour la première fois, il montrera à Agathe ces tirages, précieusement archivés dans son labo de la Cantine. Quand elle aura fini sa crise d'adolescence, cela l'intéressera peut-être…

— Ouh là…

Le moteur d'une voiture l'a dérangé dans sa somnolence rêveuse. La nuit tombe par la fenêtre. 17 h 32, la Twingo de Sandrine, parfaitement à l'heure, à deux minutes près.

Il jette un œil à sa silhouette dans la glace, se recoiffe, relace ses chaussures cirées, rectifie le tombé de sa veste.

La porte du vestibule qui grince, celle de la chambre s'ouvre prudemment. L'infirmière, avec les gestes précis de l'habitude, tourne le vieux commutateur de porcelaine pour donner de la lumière.

— Bonjour, Sandrine !

Il a pris sa voix de basse, esquissé un sourire qu'il veut charmeur. Elle sursaute.

— Je ne t'avais pas vu, bonjour.

Et avec un geste du menton :

— Michalon m'a appelée ce matin, pour m'expliquer.

Une grimace compatissante.

Mais Sandrine ne s'étend pas, et continue, professionnelle :

— Comment va-t-il ?

— Il s'agite un peu de temps en temps, mais c'est tout.

Sans perdre une minute, enlève son imperméable, se lave les mains avec une lingette tirée de sa boîte d'un coup sec, qui déchire l'air trop chaud.

Lui la regarde, tout d'un coup : il ignorait qu'elle était enceinte, Sandrine !

Un moment pour accuser le coup, son regard file loin derrière elle.

Elle s'assoit sur le bord du lit, flatte l'épaule du vieil homme pour le rassurer.

— C'est moi, c'est Sandrine, je vais faire votre injection !

Se concentre sur sa seringue, la remplit, la repose. Soulève le drap, passe énergiquement son coton, pique, sans qu'Antoine réagisse.

Puis, tout en observant son patient, de ce geste machinal commun aux futures mères, pose une main sur sa blouse de laine sombre, dessinant la rondeur.

Depuis la mort de Martin, Yrieix a appris à se tenir à distance des femmes enceintes ; il détourne prudemment le regard.

Mais on ne peut pas dire que Sandrine s'impose.

— Le médecin a dit de lui donner encore de quoi passer une nuit tranquille. Il n'y a rien d'autre à faire ; on va juste l'installer mieux dans son lit, là...

Il lui sait gré de cette rémission.

Déjà, elle s'enveloppe dans son imper mastic, jette son sac sur l'épaule.

— Demain matin, c'est la Toussaint, je ne fais que les indispensables. Ce serait bien que vous soyez deux à ce moment-là, pour le manipuler.

Depuis toutes ces années où la maladie était déjà là, même si on ne lui donnait pas de nom, avec ses crises de violence et ses injections, l'infirmière était à son poste, deux fois par jour, férié ou pas. Elle savait calmer Antoine, décharger Thérèse, assurer aussi auprès du docteur Michalon, lorsque celui-ci insistait pour qu'Antoine soit interné à Périgueux.

Elle était fidèle, au père comme au fils. Après les soins d'Antoine, depuis bientôt dix ans qu'Yrieix est séparé de Marianne, Sandrine le suit à l'étage, quand il est à Pont-Faye. Il sait tout ce qu'il doit à sa patience, à sa simplicité, à son admiration discrète. Il a toujours connu Sandrine ici, il a toujours su qu'elle avait un béguin pour lui ; et jamais elle n'a négocié sa confiance, son dévouement. Il sait aussi ce qu'il doit au plaisir qu'elle lui offre : des instants de toute-puissance, à la racine de son énergie créatrice. C'est son psy qui lui a révélé cela un jour : comme souvent pour les artistes, cela lui est une sorte d'hygiène de vie. Soit !

Un vague signe de la tête, Sandrine disparaît dans le noir du vestibule. La pluie n'a pas cessé, elle court vers sa voiture, la main en rond autour de son ventre.

Yrieix s'en retourne à son fauteuil, à sa fenêtre. Les feux de position disparaissent au tournant du chemin. De nouveau, Antoine remue, remugle, gémit, grogne. Comme si, à peine privé de la présence de Sandrine, il se sentait tout d'un coup moins en confiance, et le signifiait rageusement à son fils.

26

Dhanya

L'immense essuie-glace va et vient, quasiment silencieux, d'un bout à l'autre du pare-brise de la Mercedes, chassant avec application la buée, la pluie, la nuit.

Retour de Périgueux, ils glissent à travers la campagne déserte, dans cette atmosphère si particulière aux habitacles de voiture, à la fois bulle protectrice contre le froid et le noir alentour, et confessionnal intime, où l'on parle doucement, en regardant la route plutôt que son voisin.

Dhanya raconte, mêlant le français, l'anglais et le konkani. C'était juste avant que Cyril n'entre dans sa vie, juste avant son recrutement aux lodges, on enterrait son grand-père. Chez les brahmanes, gardiens des traditions hindoues et chrétiennes conjuguées, les funérailles durent trois jours. Sa voix élargit le monde, et l'adoucit : le ciel d'ombres roses dans la cour de la concession, le parfum du jasmin, les tambours propageant la nouvelle à travers les quartiers, jusqu'au port. La danse sur une musique de mando, héritière du fado ibérique ; les tisanes de citronnelle offertes par ses tantes aux arrivants, et les colliers de fleurs d'hibiscus. Le riz parfumé, les odeurs d'anis, de safran, de cardamome, et les notes de la cithare, et les bandes d'enfants, descendance du défunt, chacun détenteur d'une parcelle de mémoire, et de son avenir.

— Dans ces moments-là, s'il y a des petits, et s'ils s'amusent, c'est tant mieux pour tout le monde !

Comme à l'hôpital de Périgueux. En ce week-end prolongé de Toussaint, il était étrangement animé, joyeux. Des enfants, grisés par l'espace et les dalles brillantes, parcouraient le hall d'accueil d'un bout à l'autre en vrombissant, bras écartés. Frôlant leurs congénères encore sous contrôle parental, jusqu'à les entraîner dans une farandole que les adultes tentaient mollement de refréner.

Les familles étaient en visite. Quelques jours par an, quand s'arrête tout le reste, on a le temps de penser aux aïeux, aux malades, aux opérés. Et d'emmener les petits en visite pour faire se rejoindre les générations.

Cyril et Dhanya, main dans la main, s'étaient frayé un chemin jusqu'au comptoir, fascinés malgré eux par ces mini-scènes familiales, extraites d'un monde qu'ils ne voyaient jamais sur leur rivage, sans Indiens souriants, ni Américains exubérants, ni mendiants, ni veuves richissimes et obèses.

En quittant Pont-Faye, Cyril avait repris avec gourmandise le volant de la petite Mercedes. Il conduisait de façon parfaitement détendue, testant chaque fonction de l'ordinateur de bord, en commentant la route et les virages.

— Nous arrivons. Voilà la tour Mataguerre ; tu vois un panneau « Hôpital »... ?

Elle sentait son estomac se retourner, à cause des tournants, ou à l'idée de cette femme inconnue qu'il allait bientôt falloir approcher, au plus intime, dans un lit de souffrance. Comment se comporter ? Dhanya possédait un mode d'emploi précis des égards et des soins dus aux anciens, mais ne l'avait vu respecter ici par personne. Quels péchés pouvaient expliquer un tel irrespect envers Thérèse et Antoine ?

A l'accueil, on leur avait montré des fauteuils en plastique multicolores, dont ils n'avaient aucune envie, après la route. Cyril mettait à profit ces instants désoccupés, par petits baisers gourmands sur les épaules de sa femme. Choquée, elle ne répondait pas.

— Monsieur et madame Albrussac ?

Une blouse blanche, dans laquelle flotte une femme pressée qui ne se présente pas, et tripote son bip tout en parlant. Elle les emmène par un monte-charge jusqu'à un couloir orange, et un petit bureau sans fenêtre, fleurant le plastique lui aussi. Avec pour seule déco une affiche – plastifiée bien sûr – qui détaille les droits et les devoirs des patients hospitalisés.

—Le docteur Rémondie va venir…

Un seul objet vivant dans cet espace clos : une bouilloire, deux tasses de porcelaine blanche, et des ballotins de mousseline – tiens, jolie idée pour les lodges ! Ici donc on prend son thé, on discute…

Tous deux ont parfaitement compris que ce cérémonial, ces attentions auguraient mal. Et chacun cherche à en préserver l'autre en se taisant.

Des semelles écrasent le sol plastifié du couloir, une bribe de conversation derrière leur porte.

— OK, on voit lundi si les résultats ont bougé. Allez, bon week-end !

Un homme en tunique blanche, entre deux âges, aux pattes de cheveux descendant loin sur les joues ; une chaîne d'argent qui se perd dans les poils de son torse. Pourquoi remarque-t-elle ces détails ?

La voix joviale change de tonalité pour les saluer, eux, accentuant le manque de naturel de la scène.

— Vous êtes les enfants de madame Albrussac ?

Dhanya laisse répondre, et Cyril se tait. Qui ne dit mot consent, le médecin ouvre les mains.

— Asseyez-vous…

Il faut donc en passer par ces affreux fauteuils.

Le docteur croise ses mains, les frotte l'une contre l'autre. L'impression d'être entrés dans un film, tant les gestes sont codés.

— Madame Albrussac a été transférée au centre hospitalier vers 14 h 30, à la suite d'un AVC massif qui s'est produit dans la matinée, à son domicile.

Dhanya capte le regard du médecin : il semble désolé d'être là, à mener cet entretien. Les questions des patients angoissés, ça ne doit pas être trop son truc…

— Son médecin traitant était sur place, je crois ; vous l'avez vu ?

C'est plié, pense Cyril pour la première fois.

L'homme baisse les yeux, comme si un document invisible se trouvait entre eux, et ne rencontre que la table.

— Le pronostic était très réservé…

Yrieix ne leur avait pas dit cela ; mais personne n'avait demandé des nouvelles de Thérèse, non plus, à l'heure du pâté de pommes de terre.

Il cherche maintenant un signe, pour savoir sur lequel des deux s'appuyer pour les détails pratiques. L'homme, parce qu'il est le fils, ou la femme immigrée, parce qu'elle est femme.

Ne trouve pas, et termine sa phrase en piqué :

— Le constat du décès a été fait au moment de son arrivée.

Il laisse s'installer le silence, au prix de son précieux temps.

Depuis si longtemps que Cyril avait sorti Thérèse de sa vie, il peine à l'y faire rentrer de nouveau, pour envisager son deuil. Y travaille, à petits coups inconscients, du plat de ses grandes mains, sur le tissu épais de son pantalon. Un bruit mat qui seul anime l'espace plastique.

Le médecin n'a pas terminé la procédure, et accélère en phase finale :

— Si vous souhaitez la voir, on va vous conduire à la chambre funéraire. Pour toutes les formalités, la surveillante du service est à votre disposition.

Hésite, avec un mouvement vers son poignet :

— Aujourd'hui, c'est un peu spécial, à cause de la Toussaint, j'ai peur qu'elle soit déjà partie... Nous allons voir ensemble.

Il se lève en parlant.

— Une dernière chose : vous saviez sans doute qu'elle avait donné son corps à la science ?

Même Cyril accuse le coup, se rassoit : Thérèse, qui n'a jamais su où était sa place, ne laissera pas même un corps à enterrer ?

Il veut bien montrer au médecin qu'on n'est pas des emmerdeurs, que tout se passera bien, c'est-à-dire vite, mais là, c'est un peu trop. Ses doigts battent la mesure du silence, plus fort, plus vite…

Mais la porte est déjà ouverte sur le couloir, les rampes de lumière artificielle, le minuscule bureau de la surveillante, les pas crissant sur le linoléum ; et au loin, dans un autre monde, la cavalcade des enfants, comme une pulsation vitale.

Tous deux se regardent, en s'extrayant de la petite pièce feutrée, avec la conscience d'avoir insensiblement changé. Pour avoir vécu ensemble des choses importantes.

— Si ! Madame Calès est encore là, venez.

Madame Calès semble être sa bouée de sauvetage, il l'agrippe au passage.

— Monsieur et madame Albrussac, les enfants de madame Albrussac, tu sais ?

Serre leurs mains consciencieusement, droit dans les yeux :

— Mes condoléances.

Travail accompli, au suivant sans doute…

Cette madame Calès est au courant de tout, c'est son job. Elle les prend en charge au vol, tout en classant des papiers :

— Je vous emmène ? Il y a déjà de la famille avec elle.

Il faut suivre le rythme, ce rythme des Occidentaux pressés, tout au long d'une succession de couloirs identiques. Dhanya interroge en vain son mari des yeux. Il a le regard fixé devant lui, comme quand il fait son affaire personnelle d'un problème à l'hôtel.

Après l'orange, des couloirs ripolinés de vert pomme, ascenseur, ils passent au gris perle, et au sous-sol. Un panneau indique les chambres funéraires.

— Porte numéro 3.

Elle s'est effacée pour les laisser entrer, et déjà est repartie.

A leur arrivée, un couple de sexagénaires se lève, avec des airs de circonstance. La pièce est si petite qu'à eux quatre, debout, ils l'emplissent entièrement, cachant le lit central.

— Ah, monsieur Cyril, vous voilà revenu des colonies ? Sandrine a été prévenue par le docteur, et nous sommes venus tout de suite…

Cyril semble les connaître, mais se montre rien moins qu'avenant. Du chagrin, qu'il dissimule derrière sa mauvaise humeur ?

— Ma femme, Dhanya… Lucienne, la sœur de Thérèse, et son mari.

Le couple, arrêté dans son élan, la dévisage. Sur ce mode « d'où-sort-elle-celle-là ? » que Dhanya a déjà essuyé plusieurs fois ici. Le regard de Cyril se fait carrément glacial.

Il croise ses mains derrière le dos, s'absorbe dans la contemplation de la morte. Sa grande silhouette est devenue grise en pénétrant dans cette pièce sans fenêtres, à la lumière trop tamisée. Impossible de déchiffrer son expression. Comme elle sait peu de chose sur le petit Kiri !

En retrait, Dhanya jette un œil timide sur le lit. Thérèse repose, c'est bien le mot, entre deux draps très blancs, très amidonnés ; les mains nouées sur un chapelet, la peau déjà cireuse, les yeux enfoncés dans leurs orbites. Hiératique, digne, touchante, imposante. Bien plus que la veille, à table, quand elle était vivante.

Dhanya ne sait rien des traditions funéraires des Français, cherche des repères, entre le connu et l'inconnu ; où sont les pleureuses, le prêtre bénisseur, les chants, les accolades entre ceux qui restent, les prières pour celui qui part, tout le cérémonial qu'elle a vu déployé maintes fois ? Des rites qui se mettaient en place tout seuls, rythmant le temps du deuil, enveloppant les endeuillés, les protégeant de la vie quotidienne ?

Il fait froid dans cette pièce sans chauffage, et surtout sous cette chape de silence. Faute de mieux, elle calque son attitude sur celle de son mari, se tait, baisse la tête pour se recueillir, en fermant les yeux.

La femme fait la conversation :

— Au moins, elle n'a pas souffert. Thérèse vous aimait beaucoup, vous savez, monsieur Cyril !

Têtes penchées, mains croisées. Regards en dessous vers la morte.

— Elle a bien choisi son moment, n'est-ce pas, à la Toussaint...

Enfin, ils font mouvement pour partir.

— Il faut se voir, pour l'administratif, tout ça... fait l'homme avec un coup de menton vers la défunte.

Et sa femme de renchérir trop vite, comme s'ils s'étaient réparti les rôles :

— Ce serait bien qu'on puisse passer à Pont-Faye, pour voir monsieur Grégoire ?

— Quand vous voulez, il est là pour plusieurs jours.

Cyril semble assez content de se défausser sur son frère aîné. Les mains derrière le dos, il attend ostensiblement.

La pièce elle-même semble respirer après leur départ ; monte l'odeur doucereuse de la mort, et ce silence mou, ouaté, qui ronfle dans sa tête. Cyril doit l'entendre aussi ; à peine cinq minutes plus tard, il essaye de l'entraîner :

— Viens, je t'offre un café, pendant que je vais téléphoner à Pont-Faye ; et puis voir la surveillante, pour cette histoire de don du corps.

Elle résiste.

— Ecoute, on ne va pas la laisser comme ça, toute seule ? Tu viendras me chercher quand tu auras fini… avec un café quand même ?

Son mari sourit ; avec une tendresse subite, embrasse ses cheveux, effleure sa joue. Ça y est, Cyril est redevenu Cyril.

— Tu sais, elle a toujours été seule ! Au moins, maintenant, ça ne lui fait plus rien.

Dhanya tente pourtant, en hommage à la morte, d'insuffler un peu de prière, de parfum de jasmin, des notes de cithare à cette pièce carrée, fermée, plastifiée.

27

Grégoire

— Au pied !

Il avait aboyé son ordre, pour faire revenir la petite chienne qui suivait Regina et la mettre en laisse. Puis s'était jeté de nouveau vers les bois, et la forge. Prune suivait, oreilles aplaties par l'inquiétude.

Après sa mère, Regina.

C'était la deuxième fois dans sa vie d'homme qu'une femme le larguait. Le laissait ainsi démuni, exsangue. Le cerveau vide, la bouche asséchée, les jambes courant vers il ne sait quoi. Envie de frapper, de faire mal, de se faire mal. Tous les symptômes, il les reconnaissait, depuis le fond de son enfance.

Au creux de la combe, dans les bas que le soleil n'atteint jamais, la froidure du soir montait déjà.

Passé la Cantine, la retenue d'eau et sa roue envasée, il se retrouva devant le haut-fourneau, envisagea les arêtes tranchantes du métal rouillé, la noirceur du bois en décomposition. Tout se décomposait ici d'ailleurs, sous la pression incessante de l'eau, et du temps.

Il avait marché sur les pierres effondrées, monté les échelles pourries, en pensant aux rêves évanouis de son grand-père. Regardé la halle de coulée, les rigoles oblongues, destinées à recevoir les gueuses en fusion, l'ancien arbre à cames. Une sensation d'écrasement, de démission devant la charge.

Il s'était arrêté sur la passerelle branlante, là où l'on voit l'eau tourbillonner avant de s'enfoncer dans les profondeurs de la vallée. Fixant cette eau noire et glacée qui le fascinait.

La migraine familière a commencé à lui enserrer le crâne, depuis la région de l'œil gauche jusqu'à envahir toute la boîte crânienne, pire que dans les pires moments de stress au bureau.

Grégoire hurle, pour tenter d'y échapper. Hurle encore, et l'écho renvoie son cri, depuis le versant opposé de la combe.

La chienne tremble de peur.

Lui, Albrussac, comme dit Regina, était depuis plus de vingt ans une moitié de couple : une moitié solide, efficace, un des deux piliers d'une arche bien construite ; modèle d'époque classique, équilibré dans ses charges et ses contreforts. En se dérobant, Regina fait écrouler l'ensemble.

Il le savait depuis toujours : il ne pouvait vivre sans sa femme, sans femmes. Et c'est bien pour cela qu'il lui en avait toujours fallu plusieurs plutôt qu'une. Ses aventures extraconjugales suffisaient tout juste à contenir sa peur. Sur ce plan-là, il s'était depuis longtemps avoué sa ressemblance avec son père : un échec, une honte secrète. Peut-être la principale raison de sa solidarité avec Antoine, qu'il avait toujours refusé de critiquer, à l'inverse de ses sœurs.

En revanche, il avait tant et tant bataillé depuis sa jeunesse, plus que les autres, justement pour combler cette faille-là, cette ressemblance-là, tout au moins la dissimuler. Il s'était tant appliqué, petit soldat courageux devenu vieux grognard, pour arriver à incarner cette image d'homme debout, solide, responsable ; et pouvoir l'offrir à ses enfants, lui qui n'en avait pas tant eu de la part de son propre père. Au point d'y croire lui-même parfois.

Pour qu'aucune femme, jamais, ne devine ce gouffre noir au centre de lui-même, et n'en profite pour prendre barre sur sa vie. Pour qu'aucune, plus jamais au grand jamais, ne puisse lui ôter le bonheur de vivre en lui faisant le coup de disparaître.

Avec l'âge, il avait cru emmurer de mieux en mieux son problème ; jusqu'à aujourd'hui…

La scène de Regina le lui renvoie en pleine figure, ce gouffre, intact, désespérant. *Game over*, comme diraient ses garçons : le départ de sa femme sonne sa chute.

Entre les pulsions de la douleur migraineuse, il pense à chacun d'eux, longuement, l'un après l'autre, à l'imparfait. Alexandre, Constantin, Maxime, Hadrien.

Marie-Lou ne compte pas ; pas beaucoup, pas plus que les autres. Regina aurait dû le savoir ; elle avait l'habitude, pourtant ! Mais son assistante, si parfaite professionnellement, lui avait fait un enfant dans le dos. Et Grégoire n'est pas un salaud : ce quatrième garçon si peu désiré, qui a quelque chose de Lorraine dans l'expression inquiète de son regard, il s'en sent responsable. Et, comme il peut, il essaie de lui donner les mêmes chances qu'aux autres. Justement parce que Regina lui a appris tout ce qu'il fallait d'affection, d'attention, d'efforts, pour faire grandir un petit d'homme. Encore un échec, le dernier : Hadrien, si petit, si fragile, devra aussi se débrouiller tout seul.

Grégoire continue à fixer le bouillonnement de l'eau au-dessous de lui. Suit des yeux une branche d'arbre emportée par le courant, noueuse et enfeuillée encore, qui file, se cabre, tourbillonne avant d'être engloutie dans les entrailles de la terre.

La terre de Pont-Faye. Forge, haut-fourneau, tréfilerie, four à puddler, magasin, il passe en revue méticuleusement chaque bâtiment, encore une fois.

L'eau de Pont-Faye. Cette eau qui l'attire tellement, lui propose la solution. Lâcher prise, supprimer du même coup la douleur, les soucis, la réalité... Il s'imagine se fondre dans le courant, libéré, communier avec la nature jusqu'au bout des temps. Il *voit* le flot se refermer sur lui et sur son existence. Oublier, ne plus avoir si mal à la tête, au dos, devenir léger, poser son sac enfin, abandonner cette éternelle bataille contre tous.

Grégoire contemple cette idée, se penche vers l'eau noire aux reflets d'argent. Se penche, attiré par l'abîme. Il brûle d'une fièvre mauvaise, il est glacé, il a envie de vomir.

Mais la chienne, de toutes ses forces, tire sur sa laisse, jusqu'à s'étrangler dans le collier. Sa robe pie, ses flancs tressaillent de terreur, elle veut à toute force quitter les lieux, entraîne son maître.

Grégoire doit choisir. Lâcher la laisse de l'animal qui le regarde avec de grands yeux implorants, ou le suivre. Distrait de sa contemplation, il s'arrache au vacarme liquide, remonte lentement le chemin de Pont-Faye. Comme un rescapé tremblant.

La pluie a libéré les odeurs de la terre, dans toute sa puissance ; de longues ombres d'après-midi filtrent à travers les taillis, juste avant de disparaître avec le soleil derrière la combe.

Il remonte le chemin, tremblant, le souffle court.

Une petite Citroën inconnue bifurque, ralentit devant le pavillon d'entrée, le dépasse. Oh ! tout, tout, sauf d'être obligé de parler à quelqu'un en ce moment. Sa haute silhouette se voûte encore plus, la main sur l'encolure de Prune, avec l'illusion de disparaître aux regards, dans ces sous-bois où les feuillages, rouge, orange, jaune, se raréfient. Toute cette beauté inutile le fragilise encore plus.

La vitre de la passagère s'est abaissée :

— Monsieur Grégoire !

En quittant l'hôpital de Périgueux, explique Lucienne, ils ont pensé que c'était plus simple de passer directement à Pont-Faye. Et puisque monsieur Cyril le leur avait conseillé, n'est-ce pas...

— Alors, vous ne savez pas ? Il ne vous a pas encore téléphoné, pour vous prévenir du décès ? On est désolés...

— Vous voyez, j'ai passé l'après-midi dehors. Ça ne capte pas toujours, dans les bois...

Grégoire a si bien appris à faire illusion, en toutes circonstances.

Lucienne en oublie ses airs endeuillés, s'exclame :

— C'est qu'il faudrait prévoir, pour l'enterrement ! On peut en parler maintenant ? Vous montez avec nous ?

Il s'enracine au bord du chemin, massant par réflexe le bas de son dos. Mais comme eux ne lâchent pas prise, finit par trouver un compromis.

— Non, non, mon chien va tout vous saloper... Je vous rejoins là-haut !

Ils ont redémarré. L'enterrement de sa sœur ! Elle en avait plein la bouche, la Lucienne ! Heureusement que Thérèse tenait sa sœur à distance, depuis toujours. Lucienne imaginait déjà son heure de gloire, en grand deuil, aux côtés des gens de Pont-Faye ; cela l'énerve d'avance, au point d'oublier un instant le reste.

Donc, en plus du gouffre noir de sa vie, Thérèse est morte... Et alors ? Pas beaucoup d'effet ; pas de place dans le disque dur de son cerveau pour y loger cette information ; il a déjà le cœur, la tête et le dos laminés sous un rouleau compresseur. Il lui faudrait un peu de temps pour comprendre, envisager les conséquences. Mais ces deux-là l'attendent, pas décidés à le lui accorder.

Par mesure de rétorsion, il les a fait entrer au salon. Pas chauffé, mal éclairé, une odeur récurrente de salpêtre. Au fil du temps, on y a rassemblé tout ce que la maison compte de mobilier pompeux, encombrant, inutile. Mais eux ne semblent pas s'en formaliser, au contraire.

— J'étais pas revenue ici depuis leur mariage... fait Lucienne en regardant autour d'elle, ravie.

Grégoire est furieux contre lui-même, autant que contre eux. Bon, il ne va rien leur proposer à boire, cela leur fera lever le camp plus vite.

— La pauvre, vous savez, elle est morte toute seule, dans l'ambulance qui l'emmenait à l'hôpital...

Lucienne et son mari – comment s'appelle-t-il déjà, celui-là ? – font tous les frais de la conversation, toujours debout.

Il amorce un geste automatique, vague et rond, pour les inviter à s'asseoir ; ou bien à sortir, au choix. Eux n'attendaient que cela, et s'engoncent dans les fauteuils, dans un raclement qui fait mal au parquet, et à son crâne.

— Alors, monsieur Yrieix a appelé le docteur des Eyzies, qui a prévenu Sandrine, notre fille, pour lui dire les remèdes qu'il fallait pour votre père. C'est comme ça qu'on a su...

Par réflexe de garçon bien élevé, Grégoire fait semblant d'écouter, hoche la tête avec des airs funèbres. Normalement, c'est comme ça qu'on se débarrasse le plus vite des corvées.

— Eh, c'est pas facile, hein, pour elle ! Et avec son congé maternité qui va bientôt arriver...

— Ah !

Bon, il n'avait rien remarqué. Mais il l'a à peine aperçue, cette fois-ci, la Sandrine, et il avait d'autres chats à fouetter. Un problème en plus, il va falloir la remplacer...

— Oui, ce sera juste avant Noël. Vous savez, avec les semaines pathologiques, ça arrive vite. Sandrine nous avait bien dit que Thérèse se tuait à la tâche, hein... Et maintenant ça ne va pas être facile avec le bébé, vu que le père ne s'est pas beaucoup manifesté, hein ?

Ce « hein » répétitif l'insupporte. Qu'est-ce qu'il y peut, lui, si leur fille s'est fait mettre enceinte ?

Aussitôt, il regrette d'avoir pensé cela, à cause du petit Hadrien. Ce n'est jamais si simple.

Et puis ils disent « votre père », ils ne disent pas « son mari ». Reprocheraient-ils à Antoine d'avoir tué Thérèse à la tâche ? L'horreur toujours recommencée.

— Il est malade…

— Ben oui, hein…

Ils brodent et allongent la conversation à plaisir, se renvoyant mutuellement les répliques, ils squattent son temps et les fauteuils Directoire, avec application.

A l'œil mauvais de l'homme, quand il rapproche encore plus son siège, re-raclement, re-flèche de douleur dans sa tête, un signal d'alerte s'allume.

— Il faut qu'on voie, pour la suite…

Qu'ont-ils donc à lui demander, pour être ainsi collants, limite agressifs ?

Tous les mots qu'ils prononcent, Grégoire les écoute désormais comme une déclaration de guerre.

— Et pour les formalités ? On a vu monsieur Cyril, à l'hôpital. La surveillante nous a dit que c'est lui qui va s'en occuper…

Manifestement, ils ne lui reconnaissent pas la légitimité pour cela. Il n'en a aucune, d'ailleurs, le revenant du bout du monde.

— Cyril ne va pas tarder à rentrer.

Zut. Mauvaise réponse, ils vont vouloir attendre…

Ils n'attendent pas, ils attaquent tout de suite :

— Peut-être que vous ne savez pas, c'est normal… Depuis des années que Sandrine s'occupe de monsieur Antoine, parce que c'est pas ses enfants qui l'aident beaucoup, hein…

Les yeux de Lucienne errent de bas en haut du visage de Grégoire, de gauche à droite, comme s'ils cherchaient une once de bon sens, de bonne volonté, sur ce visage fermé.

— Eh bien, tous les deux, monsieur et madame Albrussac, ils lui sont reconnaissants, à Sandrine, et ils lui ont fait une donation. On a la lettre, et le notaire aussi. C'est Thérèse qui a signé, parce que lui ne pouvait plus, mais elle a le droit, hein... C'est bien normal, avec tout ce qu'elle a fait pour lui, depuis si longtemps...

Grégoire a compris, enfin.

Voilà, c'est donc cela. Thérèse, qui depuis longtemps gère les affaires d'Antoine, préparait sa revanche, après tant d'années d'humiliation. Elle a fait déshériter les enfants au profit de sa propre famille.

En quoi consiste cette donation ? Il y a des lois tout de même, des quotes-parts indisponibles ? Le patrimoine des Albrussac, c'est Pont-Faye, la maison et ses dépendances, les terres et les bois, la forge abandonnée ; le tout indémembrable.

Grégoire passe la main dans ses cheveux, fait jouer son dos endolori. Evalue sa migraine, sa désespérance. L'absence de Regina. Il cherche au fond de lui des réflexes, des raisonnements juridiques, sa combativité de bourgeois bordelais : souffler le chaud et le froid, faire preuve d'une politesse glacée, puis montrer les dents. Il doit bien y avoir un vice de forme, ce ne devrait pas être très difficile de prouver la spoliation... Grégoire ne trouve au fond de lui que du coton, du vide.

— Et il faudrait faire prévenir madame Suzanne, à La Force.

— La tante Suzanne, oui…

— Thérèse allait la voir régulièrement, vous savez…

Là aussi, il perçoit une menace diffuse dans le ton, et les points de suspension posés à la fin de la phrase. Sont-ils donc si nombreux à avoir des vues sur Pont-Faye, lui qui se croyait seul, et se sentait si seul pour l'entretenir ?

Une voiture grimpe le chemin, dont il observe les phares à travers la croisée, dans la nuit devenue noire. Puis sa montre : 18 h 24.

— Voilà mon frère ! Vous m'excuserez, je dois être à la gare dans dix minutes pour aller chercher ma femme…

Comment va-t-il faire ? Il n'en sait rien lui-même, en enchaînant au plus serré les virages de la mauvaise route, entre Voussac et Les Eyzies. Il a des larmes dans les yeux. 18 h 49, indique le tableau de bord quand il traverse la cour de la gare, sans ralentir. Il va la supplier, et ce sera la première fois.

28

Regina

Elle avait passé le plus dur. Et s'était éloignée, vite, très vite, tremblante encore, à travers bois, suivie de la chienne.

— Prune, au pied !

Grégoire a crié très fort. L'animal hésite un instant puis, obéissant, fait demi-tour pour rejoindre son maître. Un hoquet inattendu secoue Regina.

Surtout ne pas se laisser submerger par ce qui monte de son ventre. Depuis longtemps elle a dépassé l'humiliation, ou du moins l'a transformée en force ; mais sur la dignité, elle ne veut pas transiger. Pour pouvoir regarder l'avenir en face.

Ce qu'elle n'avait pas prévu, c'était tous ces petits arrachements secondaires, que la défection de Prune symbolise tout d'un coup.

Regina s'est bien appliquée, depuis des mois, à ne plus aimer l'homme de sa vie ; consciencieusement, chaque jour, elle creuse et gratte la blessure, pour la nettoyer, la vider de son pus. Mais elle a oublié de renoncer au reste, à tous les « plus jamais » de cette balade à travers bois. Marcher, marcher encore, plus vite, vers Les Eyzies, et que le train l'emporte pour toujours loin de Pont-Faye.

Au passage, Regina reconnaît malgré elle le coin à champignons, où un jour ils ont fait une cueillette miraculeuse de girolles charnues et dorées. Plus jamais...

Elle emmenait ses garçons par ici, pour échapper à la tension de la grande maison, aux colères de son beau-père, qu'elle appelait pour elle-même Barbe-Bleue, depuis qu'elle avait découvert avec les enfants *les Contes de ma mère l'oye.* Voilà le pont sur lequel les petits s'installaient autrefois pour pêcher, ou faire semblant, avec un bâton armé d'une ficelle de cuisine. Alexandre l'exterminateur empalait de malheureux vers de terre sur un crochet de fil de fer, et Maxime en pleurait de compassion. Plus jamais...

Plus jamais ce sentiment d'être indispensable, reine et servante de son quatuor d'hommes. Plus jamais la sérénité du devoir accompli, la certitude du droit chemin, ni le confort d'une famille sans trop d'aspérités.

Plus jamais non plus le vieux fou, là-haut, qui ne la reconnaît plus, ou la reconnaît très bien, et qui dit tout haut ce qu'il a toujours pensé tout bas ; plus jamais de politesses à la pauvre souillon qu'il a épousée, juste parce qu'elle s'appelle aussi madame Albrussac.

Une fois le divorce prononcé, Regina reprendra son nom de jeune fille, qu'elle s'exerce à prononcer de nouveau, avec l'accent américain : Regina Ashley, Mrs Ashley...

De nouveau, le plexus bloqué, une boule dans la gorge, et, conséquence logique, les larmes. Se défendre contre elles, avancer, vite…

Regina atteint la lisière des bois, et la départementale qui suit la vallée, ici encaissée sous sa falaise concave. Une sorte d'auvent pour les marcheurs en cas de pluie, mais surtout une masse ombreuse et inquiétante, sous laquelle elle déteste se retrouver. D'ailleurs, jamais elle n'avait pris cette route à pied.

Plus jamais non plus, les matins d'été, l'arrivée au marché avant la foule des touristes, plus jamais de petite causette avec la fleuriste d'Audrix, la marchande de fraises d'Alles, le boulanger de Meyrals… Il lui faut arracher un à un ces liens tissés durant vingt ans, qui lui appartiennent en propre, dans ce pays hostile, dont elle n'avait jamais éprouvé l'importance.

Une centaine de mètres encore, et voilà le grand croisement. Là, comme convenu, elle passera un coup de téléphone à Dédé. Le patron du Coulobre a promis de venir la récupérer. Ne lui restera plus qu'à prendre sa valise au café, où elle l'a déposée ce matin, juste avant d'aller chercher les enfants à la gare.

Ce matin, dans son ancienne vie… Regina, secouée de petits sanglots irréguliers, avance, bien droite. Tout ça pour ça.

Elle est allée jusqu'au bout. Mais, toujours organisée, elle avait prévu large pour la scène de rupture ; reste donc beaucoup de temps à perdre avant le train.

Pour éviter le hall et ses néons, Regina s'en va se réfugier sous la cahute de l'unique quai, quelques planches au-dessus d'un banc. Les enfants autrefois jouaient à s'y cacher, quand ils venaient tous attendre Grégoire au train du vendredi soir, le « train des papas ».

Et les « plus jamais » reviennent, et les larmes, et la nuit qui tombe, le froid qui s'infiltre, le sentiment d'être seule au monde, alors que s'allument les écrans de télé derrière les fenêtres du bourg. Les cheminées fument, la soirée commence, avec la soupe qu'on met à réchauffer dans chaque maison. Elle, personne ne l'attend nulle part.

La gare s'anime enfin un peu quand le train de Périgueux est annoncé, à l'heure : deux minutes d'arrêt, direction Agen, correspondance pour Bordeaux.

18 h 50. Regina pousse sa petite valise sur le sol caillouteux jusqu'au repère A, de quoi gripper les roulettes à coup sûr, attend, encore.

On lui prend le bras. Grégoire, haute silhouette, ventre proéminent, veste humide – évidemment, il n'a pas pensé à la suspendre –, voix cassée :

— S'il te plaît, Regina, écoute-moi : Thérèse est morte ce matin. On est tous perturbés, Maxime a besoin de toi. Donne-nous encore un week-end.

18 h 59. Quelques secondes pour comprendre le sens de ce qu'il dit ; moins de deux minutes pour prendre une décision. Comme dans les films. Le chef de gare fait des trilles avec son sifflet, déroule son drapeau, encore une séquence de cinéma. Il faudrait maintenant qu'elle prenne appui, hisse son bagage sur la haute marche du TER. Trop rapide, trop troublant, trop imprévu, trop triste, trop tout.

Au bénéfice du doute, Regina lâche la barre métallique, regarde les portes automatiques se rejoindre, dans un bruit pneumatique. Whaoufff... et le train démarre sans elle.

La grande aiguille de l'horloge vient d'un coup se caler sur la troisième barrette, 19 h 03. Elle voit s'éloigner sa nouvelle vie, et les feux de position du train dans la nuit. Met un temps infini à relever ses yeux rougis, misérables, vers lui.

— Viens...

Dans la voiture, Prune lui fait fête, lèche ses mains, jappe joyeusement, surjoue les retrouvailles, comme si elle avait tout compris. Regina ne peut s'empêcher de sourire, de flatter ses oreilles floues : brave petite chienne, qui l'attendait...

Lui récapitule sobrement les faits de l'après-midi, pendant qu'elle s'étonne encore de sa reddition provisoire. Pleure de sa faiblesse, ou de son sens du devoir ; s'attriste de nouveau quand il affirme :

— On ne va pas tout mélanger, hein ? Inutile de parler de notre histoire aux autres, c'est déjà assez compliqué comme ça, on verra mardi...

Le voilà déjà en train d'essayer de négocier vingt-quatre heures de tranquillité et de mensonge en plus, pour le même prix...

La grosse voiture vient se garer devant l'écurie, à sa place exactement, à côté de la vieille Renault, et de la petite Mercedes blanche.

29

Agathe

Comme si une guêpe l'avait piquée, Agathe s'est levée. Obéissant au regard impérieux de son cousin, derrière ses lunettes de myope.

— Nous, faut qu'on y aille…

Elle n'a pas entendu arriver le père de Maxime, trop occupée par sa conversation avec Dhanya, en alternance avec des échanges de SMS avec ses cousines – « tro s1pa la meuf de Cyril ! ».

Elle justifie leur départ, et emboîte aussitôt le pas à son cousin ; ils filent par la porte de la souillarde, bousculant au passage les seaux et cageots empilés là. Une échappatoire qu'elle ne connaissait pas, débouchant derrière les laurières.

D'ailleurs, elle ne connaît pas vraiment Pont-Faye, et c'est bien ce qui l'agace. Quand elle était petite, et que ses parents vivaient ensemble, ils s'installaient à la Cantine, et l'on montait rarement jusqu'à la grande maison. D'où ses souvenirs mal élucidés : gêne visible, barrières invisibles, codes non identifiés…

Plus tard, elle a accompagné son père, contrainte et forcée, durant le « week-end sur deux » des enfants de divorcés. « Pas divorcés, corrige régulièrement sa mère, séparés. » Quand elle a eu le droit de choisir, Agathe a refusé de suivre son père. Jusqu'à très récemment.

Confusément, depuis son arrivée aux Eyzies, elle perçoit qu'ici, les choses ne sont pas à leur place. Elle était venue soutenir son cousin au milieu d'un drame, et puis rien ne se passe, absolument rien, dans cette cambrousse pluvieuse. Agathe, qui n'a jamais vécu à la campagne, a un peu de mal avec le silence, les bruits, les petites bêtes et les plus grosses. Sauf la chienne de son cousin, qui la fait rire avec ses airs malheureux.

Excepté Dhanya, et bien sûr sa marraine, il lui semble que tout le monde est contre eux : son père, furieux de la voir débarquer ; la mère de Maxime, vraiment pas cool ; l'oncle Grégoire, avec lui il faudrait s'excuser d'exister : cette façon dont ils se sont fait éjecter de la maison ! L'oncle a l'air de la détester, elle en particulier. Peut-être parce qu'elle ressemble à sa mère ? On ne parle pas de maman ici ; on ne parle de rien d'ailleurs.

Agathe voit les silences, les absences, les dos tournés et les portes fermées ; mais il lui manque le mode d'emploi, et cela l'agace. Elle ne sait pas qu'en cela, elle marche aussi sur les traces de Marianne.

Par exemple, le départ de Thérèse pour l'hôpital, personne n'a pris la peine de leur en expliquer les raisons. Un accident, et puis basta.

Habituée à être écoutée, comprise, à donner son avis sur tout, elle n'admet pas ce silence ; tandis que Maxime n'a pas l'air de s'en formaliser...

Ce garçon de terminale, tellement sérieux, qui multiplie les applis sur son smartphone et parle comme un livre, l'impressionne. Elle n'en voudrait certainement pas comme petit copain, parce qu'il n'est pas drôle ; mais elle a confiance en lui, et lui est reconnaissante de s'intéresser à elle.

Il a pris au petit trot le chemin de la Cantine. Tant mieux ! Ils seront plus tranquilles là-bas, et elle pourra poser ses questions.

Il n'y a qu'à pousser la porte, la pièce est déjà familière, deux lampes éclairent doucement les poutres basses du plafond, et la musique repousse le gris de la campagne alentour.

— On fait une flambée ?

Max s'est autoproclamé maître du feu, et elle lui désigne nonchalamment le stock de bois empilé sous la fenêtre. Il a un briquet sur lui – tiens, Maxime fume ! – et en dix minutes ils se sont fabriqué un délicieux chez-eux. Eblouis d'être seuls maîtres à bord, loin des adultes et de leurs inexplicables tensions.

Agathe s'affale sur le vieux canapé, allonge les jambes, ôte le pull qu'elle avait été obligée d'ajouter, là-haut, par-dessus son joli tee-shirt, s'étire haut et fort.

— A Paris, c'est quand même mieux chauffé !

30

Maxime

— Max, tu penses que, euh, ta mère à déjà parlé à Grégoire ?

Agathe reprend hardiment l'utilisation du prénom ; mais pour la tante Regina, elle n'y arrive décidément pas.

Maxime fouraille dans le feu, ne répond rien. Regarde les pieds de sa cousine, remonte le long de son jean, n'ose pas continuer après le nombril.

Est-ce le moment ? Il calcule la place qui reste sur le divan, à côté d'elle. Jouable.

— Tu es vraiment sûr qu'ils veulent divorcer, tes parents ? Ils ont l'air de super bien s'entendre, quand même.

Il change de sujet :

— Comment ça s'est passé, pour toi ?

— Bof, j'étais petite… Ils se disputaient beaucoup tous les deux. Je faisais semblant de dormir, mais j'avais tellement peur ! Je me disais que tout ça était de ma faute, que ce serait mieux si je mourais comme mon frère ; ils n'auraient plus de raison de s'engueuler…

— Je vois…

Maxime voit, et aime cette façon qu'elle a d'aller à l'essentiel, de se donner le droit de parler de ce qu'elle ressent, plutôt que d'en rester platement aux faits.

— Finalement, c'était bien mieux après son départ. Ma mère m'a servi le petit baratin classique : ton père reste ton père, tu le verras régulièrement, et patati et patata. Tu sais, c'est arrivé à presque toutes mes copines, alors…

Agathe a posé ses pieds sur la table basse, et bat la mesure du rap de Booba, qui emplit la pièce.

— J'adore, pas toi ?

— Si…

Maxime s'en fiche ; il souffle consciencieusement sur les braises, pour que la pièce reste bien chaude, que le temps s'arrête, qu'elle n'éprouve pas l'envie de remettre son pull, et surtout qu'elle continue de parler.

C'est maintenant ou jamais, il n'y aura pas de meilleur moment. Se relever, s'asseoir à côté d'elle, prendre sa main. L'air tremble autour de lui, Agathe se pousse pour lui laisser de la place, gentiment. Et ce faisant, élargit l'espace entre eux. Sa main est posée là, toute bête, et tellement moite qu'il ne peut rien en faire.

Et voilà, l'occasion est passée.

Car Agathe, prise d'une inspiration subite, s'est levée pour aller ouvrir un placard de cuisine.

— C'est là ! Lait-noisette, éclats d'orange amère, noir de noir, noix de pécan, raisins secs ?

Elle étale sa prise sur la table basse, dépiaute les papiers d'argent, continue :

— Elle est pénible aussi, tu sais, ma mère ; Aude la défend toujours, mais je comprends un peu mon père de s'être tiré !

Agathe a déjà oublié son ressentiment contre lui, se souvient seulement de son air soucieux, tout à l'heure, quand il est apparu dans la cuisine de Pont-Faye. Sur le moment, cela l'a exaspérée, mais maintenant, elle s'inquiète pour lui.

Maxime, solitaire dans l'angle du canapé, ne répond rien, ne tente rien, et prend une double barre de chocolat pour se donner du courage. Il connaît le jugement sévère que ses parents portent sur l'oncle Yrieix : un genre de saltimbanque, qui vit au jour le jour, claque tout son argent, collectionne les aventures... Tout ce que les Albrussac de Bordeaux réprouvent. Enfin, réprouvaient, avant l'explosion.

Par loyauté envers son père, le regard d'Agathe erre sur les murs, ses murs. Fixe un pan entier de photos serrées dans leurs cadres de bois brut : les hommes du fer, devant la Cantine, dignes sous leurs chapeaux ; une pub pour du chocolat, avec une vache limousine en contre-plongée, pelage soyeux et cils recourbés – cette vache-là a rapporté beaucoup d'argent à Yrieix –, et d'autres encore qu'elle n'avait jamais remarquées.

D'un saut, elle s'éloigne du canapé, et du feu.

Game over, c'est fichu.

— Je voudrais te montrer quelque chose que j'ai vu dans le bureau de papa.

Agathe a déjà redescendu l'escalier, quatre à quatre, une photo à la main.

— Tu sais qui c'est ?

— Ben oui : il y a papa, ses sœurs jumelles, ton père, et le nain dans la poussette, c'est forcément Cyril. Le chien à côté, je sais pas.

Les enfants Albrussac du XXe siècle, en culottes courtes et robes itou, regards droits, fixent leurs descendants du XXIe siècle. Jamais Maxime n'avait vu son père sous les traits de ce garçon maigre, à la raie bien dessinée dans les cheveux bruns, qui domine la rangée de ses frères et sœurs, pose sur eux un regard pénétré de sérieux.

— C'est Antoine qui a pris cette photo, tu crois ?

Sur ce coup-là, Agathe en sait plus que lui :

— Non. C'est Lorraine, la mère de mon père, et du tien. Elle aimait prendre des photos, beaucoup, tout le temps. Papa m'a raconté qu'elle avait toujours son appareil posé sur la console du vestibule, au cas où... C'est comme ça qu'on en réussit de bonnes, il faut être toujours au taquet. Papa est devenu photographe pour faire comme elle.

Une historiette totalement oubliée, qu'elle est assez fière de remonter à la surface de sa mémoire ; elle aussi fait partie du clan des Albrussac.

Mais c'est donnant-donnant, Agathe cherche toujours à soutirer les bouts de vérité qui lui manquent. Et pointe le menton vers la grande fille au bandeau rouge et aux genoux pointus, qui sur la photo posée fuit un peu l'objectif.

— Tu sais, toi, ce qui est arrivé à la maman de Sara ?

Elle feint le faux pour savoir le vrai, ou du moins le savoir autrement.

Car sa tante Aude a toujours tout raconté, vaillamment : la disparition de Marie-Liesse, l'année où elle-même passait sa licence de lettres. « Je n'avais pas pris le temps de téléphoner depuis un moment à Pont-Faye, je m'en suis tellement voulu ensuite. » L'absence de nouvelles, et même les brouilles récurrentes avec Antoine, qui pouvaient l'expliquer.

Puis la lettre arrivée de Tijuana, adressée à Aude, que personne ne prit la peine de faire suivre à Bordeaux. Une lettre à laquelle elle n'avait jamais pu répondre : Marie-Liane écrivait qu'elle était heureuse, et amoureuse ; tout allait bien, elle avait trouvé du travail au Mexique, « dans l'humanitaire ».

Moins de trois mois plus tard, le consulat de France à Mexico cherchait de toute urgence à joindre la famille Albrussac.

Maxime se détourne, vaguement gêné par cette photo du bonheur périmé. Dépité aussi.

— Ça oui, mes parents m'ont raconté : elle voulait faire la Route 66, tu sais, c'était mythique à l'époque. Traverser tous les Etats-Unis en bus, quatre mille kilomètres et huit fuseaux horaires. On en a fait un bout, avec ma Granny et mes frères. Il paraît qu'à cette époque, tous les drogués du monde s'y retrouvaient. Marie-Liesse est partie de Chicago, elle est arrivée en Californie, et elle a passé la frontière mexicaine. Après, plus rien… La famille chez qui elle habitait l'a retrouvée morte, avec un bébé qui pleurait à côté d'elle.

— C'était Sara.

La musique fait toujours vibrer les murs autour d'eux, mais ils chuchotent, leurs voix collées contre la photo.

— Oui, c'est mon père qui a rappelé le consulat, parce qu'on parle anglais chez moi. Il a dû avertir Antoine, Aude, tout le monde.

— Je sais. Ensuite ils sont allés chercher Sara à l'aéroport de Bordeaux. En même temps que le corps, pour l'enterrer ici.

Ce qu'ils n'osaient évoquer au cimetière, devant Aude, se dit tellement mieux entre eux, mieux même que sur Internet, dans cette Cantine qui transpire d'histoires. Les morceaux du récit se complètent, ils possèdent bien le même, effrayant et familier. Et le constatent avec satisfaction, comme un lien solide entre eux.

Agathe vit avec Sara depuis toujours ou presque, ce qui lui confère un avantage :

— Ils ne savaient même pas que Marie-Liesse avait eu un bébé. Tu te rends compte, elle ne l'avait dit à personne de sa famille ! Il a fallu la sortir d'un orphelinat, là-bas, pour l'adopter. Tu sais, à Rome, les gens n'imaginent même pas que Sara n'est pas une fille des Mantovani !

— Ah oui, tu vas souvent à Rome, c'est sympa ?

Max va s'asseoir au milieu du canapé, histoire de reprendre du chocolat. Mais Agathe reste debout :

— Tu crois que c'était une overdose ?

Ils considèrent longuement le mot lâché entre eux.

Pour se donner le temps de la réflexion, Maxime va chercher des bûches, sous l'évier de pierre.

Dehors, le creux de la combe est dans l'ombre, tandis que des langues de soleil zèbrent encore le coteau d'en face. Il voit alors son père remonter de la forge, avec Prune qui tire au bout de sa laisse. Voûté, comme écrasé. Trop absorbé dans ses pensées pour lever les yeux vers la maison éclairée. D'évidence, les choses sont dites.

Pour laisser passer le choc, ne surtout pas pleurer, Maxime se concentre sur son feu, tisonne et tisonne.

Mais Agathe a déjà tiré un autre fil de l'histoire :

— Et le père de Sara ?

Il lui est reconnaissant de n'avoir rien vu ; s'il devait passer à la question aussi à propos de ses parents...

— On ne sait pas. Marie-Liesse n'en avait jamais parlé, et personne au consulat, ni à l'orphelinat, n'avait de renseignements, il y a tellement de routards qui passent par là... Mes parents pensent seulement qu'il est mexicain, à cause de la peau mate de Sara. Et ils n'ont pas eu tellement envie de chercher. Tu sais, dans les familles comme celle de ma mère, on n'aime pas tellement les Latinos.

— Un père mexicain !

Agathe voit tout d'un coup sa cousine différemment. Cette naissance mystérieuse la nimbe du même air d'exotisme que la beauté brune importée par son oncle Cyril à Pont-Faye.

— En fait, on n'en sait absolument rien !

Lui, par solidarité avec Sara, défend la pureté des origines de sa cousine.

En touchant au mystère de leurs origines, et à celui de la sexualité des adultes, leurs voix ont baissé. Maxime ne peut s'empêcher de regarder sans cesse par la fenêtre : la nuit est tombée maintenant au creux de la combe, une nuit précoce et brouillardeuse d'automne.

Il remet une énorme bûche dans la cheminée, de celles qu'il faut surveiller longtemps. Tant il a peu envie de remonter à Pont-Faye, de croiser la nuque voûtée de son père.

— Et si on dînait ici, tous les deux ?

C'est Agathe qui l'a proposé, comme si elle lisait dans ses pensées.

— J'ai vu qu'il y avait des conserves dans le placard de la cuisine ; en plus du chocolat...

Et elle ajoute d'un air aguichant :

— Ensuite, je te montrerai d'autres photos de famille, dans le bureau...

Sans attendre de réponse, elle s'est dépliée, étirée, a rajusté sa mèche et son tee-shirt, le regarde dans les yeux :

— Il y a des négatifs, et plein de matériel là-haut. Tu crois que tu saurais les développer, comme on faisait autrefois ?

Maxime se sent pris au piège, comme un insecte devant une lampe, condamné à tourner autour, toujours. Lui qui déteste les travaux manuels...

— On va toujours essayer. Mais ce serait mieux si c'était toi qui prévenais là-haut.

Il n'a pas plus d'envie d'affronter ses parents à table que les produits chimiques du labo de l'oncle.

— Bouge pas, j'envoie un SMS à Aude.

Agathe, qui n'a jamais dormi seule dans une maison, se sent capable d'affronter les araignées, les craquements de la charpente, et même le noir infini alentour.

31

Aude

C'était il y a juste quelques heures. « Pronostic réservé », a dit Grégoire dans une échappée de soleil, pendant que les deux adolescents s'éclipsaient de la vieille Renault. Et avant d'en faire autant lui-même, très vite.

Aude est restée seule avec cette phrase, ne sachant qu'en faire. Un moment, elle l'a tenue à distance d'elle-même, en ramassant les sacs de provisions abandonnés contre le mur de la souillarde.

En tout cas, l'absence de Thérèse la délivrait ! Elle a donc pris possession de la cuisine, et un plaisir de mère nourricière à les voir tous à table, autour de son déjeuner. Ces macarons ! Un vrai cadeau, beau et généreux, comme on n'en avait pas souvent vu de son temps à Pont-Faye.

Les mains enfouies dans la poche du tablier, elle goûte ces rires qui emplissent l'espace, repoussent les questions. Maria Lucia avait raison, rien n'est plus important que de remplir les ventres.

— Bon, maintenant, il faut que j'aille passer un coup de fil, voir comment vont les filles à Rome...

Aude a hésité un instant devant la chambre de son père ; un instant, pas plus. Aucun courage pour affronter la maladie ; alors qu'elle a déjà trop de la sienne à porter. En deux jours de solitude, d'incommunicabilité, et d'attente, l'éventualité du cancer a pris la forme d'une certitude.

Elle contourne la portion de parquet grinçant, et grimpe l'escalier en rasant le mur ; une stratégie presque aussi vieille qu'elle pour ne pas attirer l'attention.

Aucun appel en absence sur l'écran de son téléphone, pendu au bout du chargeur, à côté de ses lunettes. Et sur le répondeur d'Edoardo : *Non posso rispondere…*

C'est ainsi depuis qu'elle a quitté Rome, et ce sera sans doute ainsi pendant tout le week-end.

Aude lève les yeux vers le tain terni de l'armoire à glace, se trouve les yeux troubles et la bouche amère. La progression de la maladie, peut-être, avant même les chimios et la boule à zéro ?

Elle rappelle, une fois de plus, par souci de cohérence, le numéro d'Edoardo.

Tre, nove, tre, quattro, otto… La ritournelle du numéro en écho aux battements de son cœur. La sonnerie résonne, et résonne, et résonne, et vibre dans sa tête, en vain. Deux fois, trois fois, dix fois. Obstinée, désespérante, la voix courtoise de son mari sur la boîte vocale : *Lasciate un messaggio…*

S'il daignait regarder la mémoire de son appareil, Edoardo verrait déjà une longue liste d'appels en absence.

Si au moins elle avait des nouvelles des filles ! Depuis vingt-quatre heures, Alessia et Sara semblent même avoir oublié l'usage des SMS. Dans ce moment-là vacille sa résolution de refuser un téléphone portable à sa benjamine, alors que « tous les autres en ont, dans la classe »...

Sans s'appesantir sur l'humiliation que cela représente, Aude compose le numéro de sa belle-mère.

— *Come stai, carissima ?*

Maria Lucia a aussitôt détecté l'altération de sa voix.

A un euro la minute, avec une communication aussi instable, il faut aller droit au but.

Mais comment dire tout ce qui l'oppresse, son père, sa mère, sa jumelle, ce qui aurait dû être et n'a pas été, ce qui a été et n'aurait pas dû être, ce manque effrayant avec lequel elle croyait pourtant avoir appris à vivre. Alors, puisqu'elle ne peut parler d'elle, elle parle de son futur cancer, avec des larmes qui peuvent servir à toutes les causes.

C'est sorti d'un coup, elle n'a plus rien pu rien retenir : l'appel de Gemelli, la mammographie, l'angoisse jusqu'au rendez-vous de mercredi.

Et cela fait tellement de bien de pleurer !

La nonna écoute, compatit, console, s'inquiète.

Quand elle raccroche – ce coup de fil va lui coûter une fortune –, Aude se sent déjà beaucoup mieux. Elle se pelotonne dans son lit trop étroit ; depuis toujours, à toutes les heures du jour ou de la nuit, pour combattre la déprime, le mauvais temps, et le reste, Aude se couche.

Moins d'une demi-heure plus tard, dans le chuintement des gouttières gorgées d'eau, retentissent les cloches qui lui servent de sonnerie.

— *Amore, perche non mi hai detto niente ?*

Donc Marie Lucia protège les escapades de son fils, mais sait comment le joindre en cas d'urgence. Un Italien peut avoir beaucoup de maîtresses, il obéit à une seule mère.

— *Amore, tesoro…*

Edoardo, bouleversé comme un petit garçon, épuise toutes les variantes de son vocabulaire :

— *Tesoro, cara, amore…*

Il promet tout ce qu'elle veut. Oui, il répondra désormais toujours au téléphone, oui, il rentrera le soir à l'heure dite à l'étage conjugal, oui, il vérifiera les devoirs des filles, et se fâchera quand il le faut. Si elle veut, il apprendra même l'usage de la machine à laver, et à trier le linge, et à aller au marché, si si, il se sent capable de tout cela, si cela lui rend la santé !

Aude n'en croit rien, évidemment, mais elle rit, car elle le croit honnête dans ses promesses, et dans sa tendresse. Et c'est tellement délicieux de parler. De vérifier que l'attelage qu'ils forment, cahin-caha, depuis plus de vingt ans, est encore assez bien encordé pour résister aux secousses de la vie.

— Le pire n'est jamais sûr, ne t'inquiète pas trop !

C'est elle qui dit cela, sans y croire, par générosité.

— *A dopo, cara.*

D'avoir ainsi expédié son angoisse, bien empaquetée, d'un coup de fil par-delà les Alpes, lui a réinsufflé de l'optimisme. Il suffit donc d'un cancer pour se sentir réintroduite dans la communauté chaleureuse des vivants…

C'est Yricix qui crève cette bulle de quiétude, en toquant à sa porte, un peu plus tard :

— Cyril vient d'appeler de l'hôpital, Thérèse est décédée.

Il est déjà reparti, pour continuer son boulot de messager.

Thérèse est morte, donc. Ce qu'elle a tant souhaité, ce pour quoi elle a tant prié, enfant, est arrivé, et voilà. Cette femme qui a volé la place de leur mère, accepté le pire d'Antoine, en les obligeant tous à faire de même, est morte. Aude, toujours couchée en chien de fusil, cherche ce qu'elle ressent, quelles émotions nues il y a au fond d'elle-même. D'abord, trouve l'immense soulagement de ne plus avoir personne à haïr, un allègement considérable de sa personne. Et aussi, plus étonnant, un tremblement de tout son être. Ce n'est pas tant le décès de Thérèse qui l'affecte, mais la fragilité qu'elle révèle, celle de la destinée humaine ; la sienne d'abord, et celle de tous ceux qu'elle aime. Hier, cette femme avait un avenir, et aujourd'hui on parle d'elle à l'imparfait.

Aude ne peut même pas s'en réjouir, car elle a plus grave en magasin. Comme en maths, la valeur la plus forte annule toutes les autres, et son cancer, sa propre mort, obère celle de Thérèse.

Aude reprend son téléphone, sans réfléchir, pour transmettre l'information à Rome : *Tre, nove, tre, quattro, otto...*

Aussitôt, le répondeur se déclenche.

32

Dhanya

A Goa, c'est déjà l'aube du dimanche. La fatigue maintenant lui bat les tempes, jusqu'à la nausée. Trente-six heures à peine qu'ils sont arrivés en Europe, deux mauvaises nuits d'affilée, tant de kilomètres et d'émotions depuis.

De nouveau les virages sous la falaise, le pont et le grondement de l'eau dans les bois noirs, l'allée caillouteuse, la chienne de Grégoire qui salue mollement leur arrivée. Devant l'écurie, deux voitures inconnues occupent la place de la Mercedes. Cyril les serre de trop près en se garant, manière de revendiquer sa priorité ; il est chez lui à Pont-Faye.

A peine sont-ils entrés qu'une porte s'ouvre à l'arraché, devant un Grégoire rouge vif :

— Cyril, tu peux venir un moment ? On a de la visite, et moi, je dois y aller...

L'invitation ressemble à un ordre, et ne la concerne pas.

Dhanya, presque invisible dans le vestibule sombre, glisse jusqu'à la cuisine. Un peu de chaleur, peut-être... La lumière de la pièce se concentre en une seule flaque, sous la suspension, au centre de la table. Au-dessous, les restes du déjeuner encore en vrac. Face à son beau-frère Yrieix, un homme à la couronne de cheveux blancs, placidement tassé sur une chaise.

— Ah, voilà Dhanya, la femme de Cyril...

Dhanya sait parfaitement cacher son déplaisir et s'incline, souriante, les mains jointes devant elle, pendant qu'Yrieix lui avance une chaise.

— Le père Bernard connaissait bien Thérèse ; il est venu faire une visite à papa. Mais il dort.

— Bonjour, madame Albrussac !

Son état civil officiel, que personne n'utilise à Goa, résonne étrangement dans cette voix de basse, mâché à travers des galets. Presque incompréhensible, si loin du français chantant de l'Inde.

Dhanya a été élevée dans une institution religieuse, et du premier coup d'œil sait reconnaître et révérer les prêtres catholiques à col de clergyman. Elle a aussi appris dans son enfance la saga des jésuites, arrivés avec les conquistadors, bâtisseurs de couvents, d'églises et d'universités sur le sous-continent. Il n'y a pas si longtemps, à Goa, les femmes décentes se dissimulaient aux regards de leurs héritiers, en soutane derrière les rideaux des palanquins. Mais celui-ci porte une grosse écharpe sur un pull-over usé, il est mal rasé et trop rond pour être austère.

Dhanya s'assoit, au moment où son beau-frère se lève.

Il ne va pas la laisser seule face à cet homme, tout de même ?

Elle se remet aussitôt debout, commence à empiler les plats vides, rassembler les couverts, les yeux fixés sur son travail. Cyril, mon amour, au secours, reviens !

Eh bien, si ; celui qu'elle avait cru son meilleur allié dans la place annonce tranquillement :

— Je retourne dans la chambre de papa.

Dhanya continue ses rangements, de la table à l'évier, de la poubelle au placard, avec sur la nuque toujours ce regard sans vergogne.

Elle n'en revient pas de la grossièreté de son beau-frère : on ne laisse pas ainsi une femme de sa famille en tête à tête avec un étranger.

Mais, sans rien manifester, tente une diversion, pour préparer sa sortie :

— Je peux vous offrir un café ?

L'homme s'esclaffe, toujours avec des cailloux dans la bouche :

— Ouh là, non ! C'est un peu tard, je ne dormirais plus. Mais un verre d'apéritif, volontiers, et vous allez bien m'accompagner ?

Certainement non, elle ne prendra pas d'alcool. D'autant qu'une femme ne boit pas en public.

Dhanya approche un verre propre, pose doucement devant l'homme une des bouteilles du vin rapporté par Aude. Avec la grande boîte de macarons, bien au carré sur la table. Des gestes, encore des gestes, lents et appliqués, pour laisser à Cyril le temps d'arriver.

L'homme se sert, sans la lâcher des yeux. Cherchant même son regard, avec la dernière impolitesse.

— Alors, comme ça, vous êtes la femme de Cyril, et vous venez d'Inde. C'est bien...

Ce ne sont pas des questions, mais des affirmations.

— Et vous venez à Pont-Faye pour la première fois, m'a dit monsieur Albrussac...

Encore un constat, qu'elle confirme d'un hochement de tête.

Elle se sent si fatiguée, frigorifiée, abandonnée dans ce pays, au milieu de ces gens étranges.

— Vous êtes allés à l'hôpital, c'est bien...

Il a l'air de ponctuer toutes ses phrases de cette formule : « c'est bien ».

Le silence entre eux, scandé par des éclats de voix. Au travers des murs épais, des portes disjointes, venues de la pièce voisine, des vagues sonores enflent et retombent, jamais longtemps.

Ni l'un ni l'autre ne sont assez familiers de la maison pour les décrypter exactement, mais il est difficile de les ignorer.

— Vous savez ce qui se passe ? finit par questionner l'homme en montrant du menton le mur chaulé.

Elle répond de la tête, négativement.

— Je suppose qu'ils se disputent déjà.

Curieusement, cela la rassure, de parler d'un sujet aussi universel.

— Chez moi, on dit que le grand livre de comptes s'ouvre tout seul au moment d'un décès.

— Et ici, qu'un notaire se cache sous le lit de chaque défunt...

Ils saluent ensemble, d'un sourire discret, cette sagesse commune.

Le prêtre a repris du vin, et sans lui demander son avis remplit un autre verre pour elle. Qu'elle ne touche pas, bien sûr, avec un regret pour le joli ballotin de thé entraperçu à l'hôpital l'après-midi, il y a un siècle.

Il faudrait allumer une autre lampe, pour dissiper cette intimité gênante. Mais Dhanya ignore où se trouvent les interrupteurs. Y en a-t-il, même ?

— Qui se dispute avec qui ? finit-elle par demander, en reconnaissant la voix de Cyril, aussi dure et violente que les autres.

— Ouh là là…

Le père Bernard agite vigoureusement la main. Etonné de sa naïveté, ou de sa franchise ; ou encore dépassé par l'ampleur de sa question.

— Votre époux a bien dû vous raconter un peu ? Cette famille a eu son lot de drames…

Dhanya fait un geste de dénégation, clair et net. Puisque c'est la vérité !

Et lui, franco :

— Ce n'est un secret pour personne dans le pays que Thérèse Monteil, la fille des gardiens de Pont-Faye, a été mise à seize ans dans le lit du fils de la maison. Avec les formes, bien sûr, ils sont passés par l'église. Et maintenant, sa famille espère bien en tirer bénéfice !

Les battements de l'horloge.

— J'ai un peu connu votre belle-mère. Elle a vécu comme elle pouvait, avec le destin qui lui a été imposé. C'était une taiseuse, qui gardait pour elle sa part de mystère et de chagrins. Aujourd'hui, la voilà délivrée. C'est bien…

Il termine son verre, avec des bruits de gosier satisfait.

— Vous étiez tous là, réunis, pour vous occuper de votre père ; elle se savait malade, et a pu se laisser aller…

Dhanya ne possède pas tous les éléments du puzzle. Mais l'histoire qu'elle vient d'entendre sonne juste. Elle s'apprête à poser ses propres questions : Lorraine, la mère de Cyril ? Marie-Liesse, sa sœur ? Mais de l'autre côté des murs, le ton monte de nouveau, et le curé aussi hausse la voix, comme un avertissement :

— Maintenant, il va falloir s'occuper de monsieur Albrussac…

— Pourquoi tout ça ?

Dhanya résume ses interrogations dans ce « tout ça », et un geste effilé.

Monsieur l'abbé branle de la tête, cherchant une réponse appropriée.

— « Les pères ont mangé des raisins verts, et les dents des enfants en ont été agacées », dit le prophète Jérémie. Vous voyez, petite madame, c'est ce qu'on appelle le péché originel, qui se transmet de génération en génération. Tout ça remonte aux vieux Albrussac… ni vous ni moi n'étions là à l'époque. Il n'y a plus de forge, mais il reste les symboles, et un peu d'argent, avec les disputes qui vont avec…

Voilà un langage qui lui parle.

— C'est bien… Vous savez qu'il n'y aura pas d'enterrement ? Le docteur l'avait prévenue, cette pauvre Thérèse, qu'elle risquait de partir vite. Et elle savait bien qu'il n'y aurait personne pour l'accompagner. Alors, elle a donné d'avance tous ses organes ; c'est moi qui ai apporté le papier à l'hôpital.

Il soupire, en nouant l'écharpe grise autour de son cou frêle.

— On va quand même prier pour elle, demain, fête de la Toussaint.

— C'est bien…

Cette fois-ci, c'est Dhanya qui a prononcé les mots, soulagée que le départ de Thérèse soit salué comme il faut, au moins par ce vieux bonhomme mal attifé.

— La messe est à 10 heures à Voussac. Puisque vous êtes là, je vous attends tous. Et si quelqu'un veut dire un mot, une intention, lire un texte en particulier, il n'y a qu'à me téléphoner, je suis au presbytère toute la soirée…

Il a appuyé sur le « tous ». Dhanya opine de la tête, se lève et s'incline pour le saluer.

Elle tremble de froid et de fatigue ; et redoute de croiser au-dehors les voix encolérées. Ce n'est pas digne, un jour de deuil. Trois macarons en guise de dîner, deux bouillottes, et elle monte silencieusement se coucher.

33

Suzanne

Après le dîner, elle a reçu la visite de la directrice. Une femme fine et aimable, bien au fait de l'athétose dont souffre Suzanne. Dans cette maison où elle a passé tant d'années, chaque jour elle jouit du respect qu'on lui témoigne. En quelque six décennies, le progrès des connaissances scientifiques a beaucoup changé le regard porté sur elle : dans son enfance, à la campagne, une infirme moteur cérébral était considérée comme une débile mentale, simplement parce qu'elle ne maîtrisait pas ses mouvements, et avait du mal à s'exprimer.

Madame Capy est venue s'asseoir à côté de son fauteuil roulant : « Madame Albrussac, votre neveu a appelé, pour vous prévenir du décès de votre belle-sœur… »

Sous le coup de l'émotion, ses tremblements ont redoublé. Elle était bouleversée, elle, la « pauvre Suzanne », tellement certaine depuis toujours de partir bien avant Thérèse. Que lui est-il donc arrivé ? Madame Capy ne savait pas.

« Il y aura une messe pour elle demain, à l'église de Voussac. Si vous le souhaitez, je peux vous y faire accompagner ? »

Suzanne n'a pas dit non, malgré sa décision irrévocable de ne jamais retourner à Pont-Faye.

Revoir l'église de Voussac, et sa famille, peut-être une dernière fois. Car après la disparition de Thérèse, qui lui en donnera des nouvelles ? Certainement pas Antoine...

A la perspective de l'expédition, elle n'a pas beaucoup dormi la nuit précédente. Peu importe. A son âge, on a si peu besoin de sommeil, le jour et la nuit deviennent une longue méditation...

Dès l'aube, avec Sassia, l'aide-soignante de service, elle s'est habillée, et parfumée d'eau de Cologne. Le manteau noir d'astrakan, avec toque assortie, qui lui vient de sa mère, était déjà sorti de sa housse. C'est si rare qu'elle ait l'occasion de le mettre !

Deux jeunes ambulanciers sont venus rouler son fauteuil jusqu'à leur VSL, comme ils disent : véhicule sanitaire léger, et confort trois étoiles. Bergerac, Lalinde, Le Bugue... Tout au long des quarante kilomètres, ils ont suivi les berges sinueuses de la Dordogne, puis de la Vézère. Suzanne ne reconnaissait pas grand-chose, dans ces vallées enveloppées d'un épais brouillard. Le soleil n'avait toujours pas percé quand ils sont arrivés sur la place de Voussac-en-Périgord.

La demie de 9 heures passée, il n'y avait encore personne dans l'église. Mais le chauffage était allumé, les bougies aussi. Hop, trois marches et les roues de caoutchouc glissent sur le dallage de pierres usées.

— Voilà, on peut vous laisser, c'est bien ?

C'était même parfait : confortablement installée dans un recoin de pilier fasciculé, avec une grille de chauffage au-dessus d'elle, et son plaid sur les genoux. Absolument parfait.

— On sera au café en face, prêts à venir vous chercher après la cérémonie.

Suzanne leur adresse son drôle de sourire en rictus. Oui, oui, qu'ils s'en aillent, réjouis déjà de leur heure de liberté, et de la bière qu'ils vont boire à sa santé. Si l'on peut dire.

Elle restera là, presque invisible, avec une vue imprenable sur l'autel et les premiers rangs. Sachant bien qu'en public, au-delà des murs protecteurs de la maison de santé, son handicap gêne, effraie parfois. Cela la désole, mais elle a passé l'âge de souffrir des regards en dessous, des moqueries ou des jugements, elle est armée contre le mépris comme contre la pitié.

En attendant le début de la messe, cela lui est un vrai bonheur de refaire ainsi connaissance avec les lieux, en toute tranquillité. Cette odeur de pierre humide, d'abord, qui remonte de son enfance, mêlée à la cire des cierges allumés devant la Vierge. Elle lui dédie un petit salut, à cette vierge de plâtre nichée sous son auvent doré. Autrefois, elle l'a beaucoup priée, du temps où elle espérait un miracle, une vie normale, de l'amour… En vain. Finalement Marie lui a peut-être accordé ce qu'elle n'avait pas demandé : la paix, l'intelligence des choses et des gens, le goût de pardonner. Tout dans cette église lui parle de Pont-Faye : la table de communion en fer forgé, le lustre monumental qui écrase la nef romane de ses volutes, les chandeliers de l'autel, fruits du travail des fondeurs, arqueurs et gardeurs de feu de la forge Albrussac. Dons de ses aïeux à la paroisse.

Suzanne goûte cette attente, qu'elle a depuis longtemps apprivoisée. Toute sa vie, elle l'a passée à attendre que l'on veuille bien s'occuper d'elle. Petite, dans cette église, elle s'ennuyait tellement fort qu'elle avait appris à exploiter toutes les pépites de distraction : les images pieuses glissées dans les missels, qui racontaient la famille, l'église, le pays ; les psaumes dont les mots parlaient directement à son cœur ; et les vitraux : des récits par dizaines, en bandes dessinées déroulées devant ses yeux d'enfant.

En face d'elle, elle retrouve la rosace de l'abside, dans chacun de ses détails : à droite Marie, à gauche Joseph travaillant le bois avec l'aide de l'Enfant Jésus ; tous vêtus de tuniques éclatantes de couleurs, vermillon, émeraude ou bleu roi, serties de plomb.

Autrefois, pendant les interminables célébrations, elle leur faisait volontiers la conversation, et les retrouve aujourd'hui comme de vieux amis. Qu'ils accueillent bien Thérèse dans leur paradis, et lui gardent à elle aussi une petite place !

Du côté de la sacristie, cela commence à s'agiter. Une femme, dont la silhouette lui est vaguement familière, vient s'agenouiller devant l'autel en déposant un vase de fleurs, et repart sans l'avoir aperçue.

Puis le lourd portail de bois s'ouvre, dans un grincement spectaculaire. Cela ne doit pas arriver si souvent ! Et dans son champ de vision apparaissent Lucienne et Raymond. Elle a connu Lucienne jeune fille, quand celle-ci habitait au pavillon avec Thérèse et ses parents, et s'attarde à observer ce que le temps a fait d'elle, pendant qu'ils remontent la nef d'un pas lourd. Les Monteil appartenaient à Pont-Faye, autant que les habitants de la grande maison, et chacun d'eux était partie prenante dans les conflits qui la traversaient. Entre les deux sœurs, il n'y avait guère de tendresse ; et puisque Thérèse s'occupait de Suzanne, Lucienne faisait mine d'ignorer celle-ci.

Après un signe de croix, le couple se dirige droit vers l'autel, et s'installe au premier rang. Le souvenir l'étreint : à cette place, dans les années cinquante de l'autre siècle, Marcel et Simone Albrussac, dignement enchapeautés ; et elle cachée dans les jupes de sa mère, parlant tout bas à la Vierge et aux saints.

— Elle ne va pas être en retard à cause de lui, quand même ! chuchote Lucienne à son mari.

Si fort qu'on l'entend parfaitement. Et d'un air furieux étale ses affaires, sac et parapluie, sur la chaise voisine.

Suzanne se rappelle le temps où l'ancien curé avait mis au rebut ces petites chaises paillées à prie-Dieu incorporé. Il fallait les remplacer par des bancs modernes, mieux adaptés aux gamins du catéchisme, expliquait-il à Marcel, lequel rechignait à ouvrir sa bourse. Les bancs ont dû se disloquer, et les vieilles chaises ont repris du service. Tant mieux !

Le portail est maintenant grand ouvert, dans un souffle d'air froid qui tourbillonne en accompagnant les arrivants. Il y a du monde, beaucoup de monde, tous ceux qui ont une tombe à honorer dans le petit cimetière attenant. Même ceux qui n'entrent à l'église qu'une fois l'an, les hommes qui préfèrent en général le café ou la chasse, les jeunes qui sont partis vivre à Limoges ou à Bordeaux. Au fond de l'église, ça piétine, ça se retrouve, ça s'embrasse et chuchote.

Les cloches se mettent en branle, il est 10 heures. C'est la Toussaint, mais c'est aussi l'enterrement de Thérèse. Où est donc le cercueil ? se demande Suzanne.

Elle entend une voiture freiner à la hauteur de la sacristie, et bientôt voit apparaître en courant un petit homme rond, perdu dans sa chasuble violette, finissant d'arranger son étole. Le curé de Voussac dessert dix-sept clochers, a-t-elle lu dans le journal diocésain, qui arrive à La Force.

Devant l'autel, il a ouvert les bras :

— Soyez les bienvenus dans cette église de Voussac, vous tous, paroissiens habituels et gens de passage. La Toussaint, vous le savez peut-être, est la fête de tous les saints, connus ou inconnus...

Un frémissement dans l'assistance, un remous, et puis les Albrussac sont entrés, en masse.

Sa famille ! Tous les regards tournés vers eux ; et elle, Suzanne, qui tremble encore plus fort, du bonheur de les revoir ; non dénué d'orgueil.

Ils étaient grands et beaux, et sûrs d'eux, les enfants d'Antoine. Avec chacun dans le regard, ou la silhouette, ou les gestes, quelque chose de leur père ; tout le monde a oublié ce qu'ils tenaient de leur mère.

Ils ont remonté la nef tout entière. La force des apparences, tout de même, se dit-elle, et des rites, et des habitudes, alliée à la solennité des lieux...

Grégoire est un homme mûr maintenant, massif, cravaté. Il sait qu'il a tout réussi, celui-là ! rit-elle en le voyant manœuvrer.

Il a superbement ignoré le parapluie et le sac de Lucienne, s'est effacé pour faire passer sa sœur – de jolies manières, décidément –, et tous deux se sont installés au premier rang, à la place qui leur revient, depuis les siècles des siècles. En déposant par terre les objets gênants, petit tas ridicule. Aude adresse à leurs voisins un sourire étudié, pendant que lui leur bat froid, d'un salut sec comme un coup de trique.

Elle est vraiment au spectacle !

Aude, celle des jumelles qui reste, dans cette immense fourrure ; tellement différente des femmes d'ici, avec ses hauts talons et ses mèches trop blondes. Autrefois, on aurait dit « en cheveux » et cela n'aurait pas été un compliment, surtout un jour de fête religieuse. Qu'est-elle devenue, la plus joyeuse des petites filles, avec ce pli acerbe au coin de la bouche ? Derrière, les deux « petits », Yrieix et Cyril, sont là aussi.

Une belle surprise : Thérèse doit être contente, là-haut, de les voir tous rassemblés en son honneur ! Suzanne ne doute pas une minute de la place réservée à sa belle-sœur au paradis.

Le curé s'est arrêté pour leur laisser le temps de s'installer, et a fait lentement des yeux le tour de l'assistance. Il l'a même aperçue, elle, dans son fauteuil roulant accoté au pilier. Et lui sourit.

Elle répond à sa manière, en brinquebalant de la tête, et en pensant : Mon jeune ami, si vous saviez, je connais cette église mieux que vous, et depuis bien plus longtemps !

Puis il observe sans mot dire le psychodrame du premier rang – trois très longues minutes – et recommence :

— Chaque 1er novembre, l'Eglise honore ainsi la foule innombrable de ceux et celles qui ont été durant leur vie terrestre de vivants et lumineux témoins du Christ. Nous sommes tous et toutes, à sa suite, appelés à la sainteté...

Personne n'a rien perdu de la confrontation. Ceux qui savent susurrant dans l'oreille de ceux qui ne savent pas.

Un point pour les Albrussac, qui ont fini de squatter toutes les chaises nécessaires. Au second rang aussi, on s'est poussés pour faire de la place à la tribu.

Suzanne continue son examen : Mauvaise mine, le petit Yrieix, et il n'a pas l'air bien gras, étranglé dans cette veste de cuir. Elle a pour son neveu une admiration sans borne : à cause de la force de ses photos, des œuvres d'art qu'elle regarde souvent sur le site Internet de son agence. Même Cyril est revenu pour l'occasion ! Bronzé, presque aussi blond que lorsqu'il était bébé... à côté, la petite Indienne dont m'a parlé Thérèse, un joli brin de fille, ma foi, qui m'a l'air bien fatiguée, avec ses yeux cernés. Serait-elle déjà enceinte ?

Grâce à Internet toujours, Suzanne sait tout de Goa, de son histoire et de sa géographie, des plages et des lodges d'Abicol. Toutes les belles-filles sont donc là, même Marianne ! Thérèse avait tort de s'inquiéter.

Cette image de famille unie, ces adultes dans la force de l'âge, qui portent sur leurs visages toute une vie inconnue d'elle, l'impressionnent et la touchent.

D'émotion, Suzanne branle du chef, plus que jamais.

— Aujourd'hui, nous prierons tout particulièrement pour madame Thérèse Albrussac, que beaucoup d'entre vous ont bien souvent vue dans cette église, le dimanche…

Le prêtre ponctue ses mots d'un coup de menton énergique vers le premier rang, comme pour la réintégrer dans la communauté des vivants.

—… et qui vient de nous quitter brusquement. Nous aurons à cœur d'entourer sa famille, et particulièrement son époux, dans ces moments difficiles.

Suzanne a bien du mal à se concentrer pour prier.

— Première épître de saint Jean, annonce le célébrant :

« Celui qui n'aime pas reste dans la mort. Tout homme qui a de la haine pour son frère est un meurtrier, et vous savez que la vie éternelle ne demeure jamais dans un meurtrier. »

Pourquoi n'y a-t-il pas de cercueil, et où est son frère, le mari de la défunte ?

Et qui sont ces deux beaux jeunes gens, entrés dans la foulée du clan Albrussac, mais qui ont refusé la bataille pour les places de devant, en obliquant vers le transept, et son pilier ?

Suzanne se livre à de savants calculs : c'est la nouvelle génération, qui approche déjà de l'âge adulte, et chez qui la génétique a redistribué les cartes : la jeune fille a les mêmes yeux étirés, la même masse de cheveux que les jumelles lorsqu'elles avaient quinze ans. Et ce grand brun à lunettes, quand il lève ses yeux vers l'autel, elle en perçoit l'éclat sombre, celui exactement du regard de sa propre mère… Qui le sait, en dehors d'elle ?

Suzanne peut les observer à loisir, car tous les deux, dans un mouvement tournant autour du pilier, se sont rapprochés d'elle.

Leurs yeux se croisent ; elle reçoit en plein cœur des sourires lumineux.

Donc, eux aussi étaient venus en l'honneur de Thérèse. Un dernier hommage, à celle qui en a reçu si peu.

Antoine, lui, était respecté, voire craint, comme l'héritier des maîtres de forges. Une stature imposante, une famille nombreuse.

Chacun ici a encore dans les mains, dans la nuque, le souvenir de ceux qui durant deux siècles fournirent du travail à toute la paroisse, celui de leurs ordres, de leur fierté, de leur générosité et de leurs injustices. Chaque maison de Voussac garde imprimés le rythme des anciennes campagnes de fondage, pendant l'hiver, et des récoltes d'été, celui des accidents, des révoltes, des enveloppes de paye hebdomadaires, toujours trop légères. Et le traumatisme plus récent de l'arrêt de la turbine électrique du barrage, qui fournissait gratuitement l'électricité jusqu'au milieu du XXe siècle. Des sentiments et des ressentiments, cuits et recuits dans l'histoire commune.

Le clan protégeait bien son histoire, rien ou presque n'avait filtré de cette famille repliée sur ses drames.

Ecouter le prêtre, qui continue son homélie…

— A vous tous qui êtes ici rassemblés, que vous croyiez au ciel ou que vous n'y croyiez pas…

Une silhouette déterminée, avec des petits talons claquants, remonte à son tour l'allée centrale. Sandrine, la fille de Lucienne. Cette démarche un peu en canard, tiens, elle attend un enfant ?

A grands gestes comminatoires, Lucienne se retourne pour faire signe à sa fille de la rejoindre, certaine que les Albrussac devront alors céder le terrain...

Le curé s'interrompt un instant pour montrer une chaise, abandonnée sous la Vierge de plâtre :

— Venez donc, il y a une place libre, là, devant !

Et la nièce de Thérèse s'installe à côté de Suzanne, sans la regarder.

L'officiant reprend, avec un effort visible pour rassembler l'attention des fidèles :

— La mort est le terme naturel de la vie terrestre, même si elle peut paraître injuste. Pour les proches, c'est une rupture douloureuse, parfois tragique. Au moment de faire le bilan d'une vie...

Suzanne se concentre sur cette voix, maintenant.

Le bilan d'une vie : la sienne fut heureuse, malgré tout, et elle en rend grâce. La petite fille qu'elle a été, enfermée dans un corps infirme, était douée d'une intelligence assez affûtée pour faire son miel de tout ce qui passait à sa portée. Seule sa mère savait discerner, derrière les mouvements reptiliens de la tête et des membres, son caractère déterminé et combattant ; ce qu'elle vivait de désirs, d'émotions, et aussi de révoltes.

Avec ses spasmes silencieux, elle se faisait oublier là où on l'avait posée, les yeux grands ouverts. Jamais on ne lui avait beaucoup parlé, et elle ne parlait pas beaucoup. Son père ne supportait pas sa vue, et son frère avait honte d'elle.

Suzanne ne sortait de Pont-Faye que pour aller à la messe, parce que Monette était pieuse, et qu'il est dit dans l'Evangile : « Dieu accueille les pauvres d'esprit et guérit les malades. »

Mais en vieillissant, madame Albrussac s'épuisait à transporter, habiller, nourrir sa fille ; on avait dû appeler en renfort une petite bonne solide. Et c'est ainsi que Thérèse est entrée au service des Albrussac. Parce qu'elle était la fille du meilleur fondeur de Pont-Faye, au moment où l'on débauchait à la forge. En échange, les Monteil recevaient la jouissance du pavillon de garde, leur vie durant.

Antoine était alors un sémillant célibataire, adulé par sa famille, qui poursuivait des ambitions démesurées pour la petite fabrique de fer-blanc à usage local qui avait succédé à l'ancienne métallurgie. Marcel l'avait tenue à bout de bras, lui y déployait une énergie brouillonne, une autorité trop raide.

Avec la même volonté féroce, il avait jeté son dévolu sur la gentille paysanne, si soumise, un peu gauche, qu'on logeait sous les combles. Thérèse, qui par ailleurs donnait toute satisfaction, n'avait guère le choix : la survie de sa famille dépendait d'elle. Personne à Pont-Faye ne pouvait ignorer cette situation. Et l'on glosait évidemment, à Voussac et au-delà, peut-être même jusqu'aux Eyzies.

Marcel et Simone, pour couper court, devaient marier vite leur fils. Les Albrussac s'étaient donc déplacés plusieurs fois jusqu'à Bordeaux. Sans Suzanne bien sûr : en ce temps-là, on cachait les tares familiales, par crainte de l'hérédité.

Un jour, ils étaient revenus avec Lorraine, une jolie fille toute prête à donner tout son amour à son mari tout neuf, et si beau garçon. Cinq enfants en cinq ans, tant de bonne volonté humiliée, de révoltes et de réconciliations. Monsieur Albrussac père étouffait de rage à chaque naissance, tandis que sa femme, recluse dans sa chambre, s'amaigrissait.

Et Suzanne, le corps de plus en plus déformé, assistait à tous les éclats de la vie de famille. Créant avec les aînés des enfants des complicités minuscules, grâce aux berlingots multicolores de Monette.

Et puis Monette était morte. Elle qui avait passé sa vie à obéir à son époux s'était permis, les dernières années, de distraire l'argent qu'elle possédait en propre pour constituer une rente inaliénable, destinée à l'entretien de « cette pauvre Suzanne ».

Après la disparition de madame Albrussac, suivant de près celle de sa belle-fille, Suzanne n'avait plus sa place à Pont-Faye, mais les moyens de vivre ailleurs.

A trente ans, elle avait été arrachée à sa chambre, à la maison de son enfance, à ses seuls repères et ses seules affections, aux enfants qu'elle regardait grandir et, « pour son bien », avait été placée dans une maison de santé, au-delà de Bergerac.

Cela avait été sa chance, et sa résurrection. Les médecins étaient mieux armés qu'ailleurs pour l'aider – de fait, elle n'avait pas beaucoup vu de médecins durant son enfance ! Avec l'expérience de l'athétose, de ses causes et de ses conséquences, ils lui avaient apporté une bien meilleure qualité de vie : un fauteuil électrique pour une autonomie qu'elle n'aurait jamais pu imaginer, des médicaments qui calmaient un peu ses tremblements, des séances de kinésithérapie pour dénouer ses muscles hyperactifs.

Et surtout, surtout, l'usage d'un ordinateur. Qui lui permettait à la fois de communiquer et de découvrir le monde. L'écriture palliait ses insuffisances motrices ; et elle aimait beaucoup écrire. Internet lui offrait à domicile la médecine, la psychologie, la poésie, la spiritualité... tous univers inconnus à Pont-Faye.

« Saint, saint, le Seigneur Dieu de l'univers... »

L'harmonium attaque gaillardement le chant de communion, repris par des voix trop hautes, trop rares et mal posées.

Suzanne, en maniant d'une main son fauteuil électrique – pour les courtes distances, en terrain plat, elle peut se débrouiller seule –, s'approche, parmi la petite dizaine de vieilles femmes qui communient, et moitié moins d'hommes.

— Amen !

Elle sent peser sur elle les regards de ceux qui la reconnaissent.

Cette seconde partie de sa vie a été finalement la meilleure, un chemin de guérison, et de réconciliation avec elle-même. Même si elle n'a rien oublié de Pont-Faye, elle a pris la décision de tourner la page, de ne plus y remettre les pieds. L'unique lien avec sa jeunesse persistait grâce aux visites de Thérèse, devenue la seconde épouse d'Antoine. Thérèse ne se plaignait jamais ; surtout pas de son mari, à qui elle s'était soumise, une fois pour toutes. Et Suzanne respectait ce pacte qui unissait le couple, à la vie, et surtout à la mort. Mais elle savait écouter – elle n'avait fait que cela toute sa vie – et pouvait comprendre entre les mots. Elle écoutait donc, compatissante, et s'attachait à soutenir les forces vacillantes de sa belle-sœur. Pourtant, se dit-elle, Antoine aura fini par venir à bout de sa patience, de sa vie, à elle aussi. Il faut le dire, le crier, briser la chaîne maléfique.

— Nous allons maintenant nous rendre tous ensemble au cimetière, pour bénir vos morts…

Suzanne fait rouler son fauteuil jusqu'au porche de l'église, et s'arrête au seuil, à cause de la pluie qui tombe dru. Un signe aux ambulanciers, déjà prêts à repartir. Ils seront de retour à La Force pour le déjeuner.

34

Agathe et Maxime

A 10 heures moins quelques minutes, Agathe et Maxime, aussi embrumés l'un que l'autre, sont sortis attendre la voiture devant la Cantine. Il est tôt, beaucoup trop tôt, pour eux qui se sont endormis il n'y a pas si longtemps. L'eau de la rivière martèle leurs oreilles, et l'humidité s'infiltre jusque sous le pull d'Agathe. Un pull de citadine, avec beaucoup d'acrylique et très peu de laine. Mais ils n'ont pas osé désobéir.

« O-bli-ga-toire ! » a martelé la marraine.

En ajoutant, plus compréhensive :

« C'est une corvée aujourd'hui, mais plus tard cela deviendra un souvenir. S'ennuyer à la messe, c'est l'occasion de réfléchir… »

Les principes pédagogiques de la tante la gonflent, ce matin plus que jamais. Et sa surveillance rapprochée aussi.

La veille au soir, les phares de la vieille Renault étaient apparus sur le chemin de la Cantine. Alors qu'ils se croyaient tranquilles, avec tout leur temps pour explorer le laboratoire de son père. Ils venaient juste de tomber sur un trésor : les photos de Lorraine.

Une quinzaine de négatifs originaux, dans une enveloppe kraft. Démultipliés en dizaines et dizaines de tirages sur papier, par liasses bien archivées. Avec un peu de crainte, Agathe avait fait sauter les élastiques brûlés par le temps : il y en avait de très clairs et de très sombres ; certains ratés, avec encore des coulures de révélateur zébrant le papier, d'autres magnifiques, selon Maxime. Des détails, comme le visage flou de Lorraine, étaient agrandis à l'extrême.

Tout leur était familier : la maison entourée d'arbres moins épais qu'aujourd'hui, la terrasse avec ses laurières mieux taillées, les visages aux yeux gris venus d'autrefois.

Au début de la nuit, côte à côte, ils avaient commencé leur plongée dans l'histoire familiale, en repérant ses nœuds et ses mystères.

« Regarde ! Il y a des négatifs qui n'ont jamais été tirés. Tu crois que tu pourrais le faire ? »

Maxime, pour faire plaisir à Agathe, avait secoué les bouteilles de produits alignés sur l'étagère.

« Ils sont tous périmés depuis longtemps. »

Soulagé, il préférait jeter l'éponge tout de suite. Maxime voulait bien tout ce que voulait Agathe, mais il ne s'était jamais servi de ce matériel antique.

« Tu es sûr ? Ça fera juste des photos un peu moins bonnes, non ? »

Sa cousine ne lâchait rien ; capable de plier la réalité pour la faire coïncider avec sa volonté.

« Ecoute ! »

Une voiture se garait devant la Cantine, les pinceaux des phares balayaient la maison.

En quelques instants, ils avaient dû tout laisser en plan, émerger du labo, et se réinstaller devant la cheminée, dans la pose la plus naturelle possible, les tablettes de chocolat entamées glissées sous les coussins du canapé. Heureusement, l'un et l'autre avaient pour ce genre d'exercice la dextérité de l'expérience.

A la suite du SMS envoyé par Agathe : « on reste 10né a Kantin », la tante débarquait, munie de ses principes et d'un panier de provisions.

Moue boudeuse, front fermé :

« Si vous voulez vraiment dîner ici, je vous ai apporté de quoi faire un vrai repas.

— Merci, on a tout ce qu'il faut.

— Des yaourts et des fruits, ça m'étonnerait ?

— Mmouuiii. »

Evidemment, ils n'ont rien mangé de ce qu'elle a déposé sur le comptoir de la cuisine, bien trop occupés là-haut, et vaguement barbouillés par un trop-plein de chocolat. Pas plus qu'ils n'ont pris de petit déjeuner ce matin.

Elle s'est incrustée ainsi un bon moment, faisant cliqueter désagréablement ses clés de voiture, boutonnant et déboutonnant son énorme manteau, comme si elle hésitait à s'asseoir.

« J'ai aussi une mauvaise nouvelle... »

Maxime, visage enfoui dans la cheminée, tisonnait le feu avec frénésie.

« Vous savez que Thérèse a dû être emmenée à l'hôpital de Périgueux ? Un vaisseau sanguin s'est rompu dans son cerveau, cela a provoqué une hémorragie, et... »

Elle peinait à enrober de pédagogie ses explications.

« … elle est morte dans l'ambulance. »

Maxime et Agathe ont opposé une indifférence polie à l'information. Ils s'attendaient à une mauvaise nouvelle autrement plus grave. Pour le moment, ils avaient à s'occuper de tous les morts précédents, qui les attendaient là-haut dans le bureau.

Pour deux adolescents qui par essence se croient immortels, la disparition d'une vieille dame, même pas si vieille, et pas très sympa, ne trouble pas l'ordre des choses.

Maxime, rouge vif, essayait de prendre l'air attristé de circonstance. Aude continuait encore :

« Voilà ce qui a été décidé : puisque toute la famille est là, le curé de Voussac dira une messe pour elle demain matin, à 10 heures. Je passerai vous prendre ici vers 9 heures et demie. Vous avez de quoi vous habiller correctement ? »

Et elle avait enfin levé le camp, dans un envol de fourrure.

Maintenant, dans l'église, Maxime réintègre lentement la réalité : elle et lui, lui et elle, toute la nuit, côte à côte devant le bureau. C'était génial… S'il avait essayé de l'embrasser, c'est sûr, cela aurait tout gâché. On se console comme on peut ! Et il a peut-être trouvé comment la bluffer : la solution pour visionner ces négatifs qui l'intéressent tant, une appli téléchargée pendant un cours de maths, il y a quelques semaines. Dès la fin de cette messe, il s'y mettra.

Agathe, elle, s'en veut encore d'avoir obéi. Elle aurait bien mieux fait de rester au fond de son sac de couchage, comme tous les dimanches depuis qu'elle est capable de s'opposer à sa mère. C'est la seule personne qu'elle connaisse qui aille à la messe ; avec tante Aude et les Mantovani, bien sûr, mais en Italie on n'a pas le choix.

Car, lorsqu'ils étaient arrivés sur la place de l'église, encore encotonnée de brouillard, le piège... Marianne, dans une parka rouge, un peu trop rouge pour une cérémonie funèbre, sortant de sa petite Nissan ronde et bleue comme un jouet.

« Qu'est-ce que tu fais ici ? »

La question avait jailli, sifflante, entre les lèvres d'Agathe, devant toute la famille en ordre de marche, prête à entrer dans l'église.

Mais Marianne n'était pas Yrieix ; elle n'avait pas l'habitude de se laisser marcher sur les pieds :

« C'est plutôt à toi que je le demande ? Je suis venue te chercher, figure-toi ! A la demande de ton père, que tu encombres ici... »

Agathe aussi furibonde que sa mère était calme. Pire, impassible sous son panama, Yrieix semblait l'approuver. Tout le monde attendant, faussement indifférent, que se termine l'engueulade entre mère et fille.

Comment, après une telle humiliation, conserver auprès de son cousin cette image qu'elle cultivait si bien jusque-là d'une fille mûre, indépendante, sûre d'elle ?

Cela leur avait au moins permis d'être en retard de plusieurs minutes.

Marianne, prise dans le bloc massif des Albrussac, se retrouvait entraînée dans la nef centrale. Tout plutôt que la suivre ! Le rouge aux joues, Agathe s'enfuit vers le bas-côté, suivie par Maxime, soucieux lui aussi d'éviter ses parents : comment se faisait-il qu'ils soient là, placidement assis côte à côte ? Il en profita pour lui prendre la main, histoire de faire mouvement tournant vers l'énorme pilier du transept gauche. Lequel était pourvu d'un recoin confortable, avec vue sur l'autel, qu'il connaissait bien, pour l'avoir beaucoup pratiqué avec ses frères. Mais la place était déjà prise !

Maxime pila net, en adoptant la posture conforme aux lieux, bras croisés, tête baissée, mine recueillie. Pas mal pour réfléchir à son problème de négatifs, et d'applis. Tandis qu'Agathe passait encore sa rage sur le dallage, à petits coups de baskets caoutchouteuses.

Jusqu'à ce qu'elle prenne conscience d'un regard posé sur elle. Celui d'une dame en fauteuil roulant, emmitouflée dans un col d'astrakan, avec un visage sans cesse en mouvement, des mouvements lents et sinueux.

Elle avait poussé du coude son cousin :

— Max, regarde. La tante Suzanne des photos, elle est là !

Et elle décocha son plus beau sourire à la vieille dame, parce qu'elle lui était familière, parce que ses grimaces ressemblaient à un sourire, et qu'elle sentait bon. Agathe était généreuse de ses sourires, quand elle le décidait, et Maxime ne voulut pas être en reste.

35

Grégoire

Depuis qu'Antoine a lâché l'affaire, Grégoire s'est déclaré l'unique maître du feu à Pont-Faye. Et en vertu de ce privilège il entretient une flambée d'enfer dans la cheminée de la cuisine, conçue pour rôtir un demi-bœuf.

Concentré, soucieux, il choisit longuement le petit bois, les rondins, construit et reconstruit l'édifice de bûches, peaufine leur assemblage, pour en tirer le plus de puissance. Attrape au vol les brandons échappés, joue du soufflet, encore et encore. Il ne peut pas permettre au feu de faiblir une minute, il veut des flammes hautes, des braises brûlantes, des craquements de bois pour emplir tout l'espace.

C'est pour lui une lutte à la vie à la mort : passé la phase de choc, et renforcé d'avoir frôlé l'abîme, sa vraie nature va revenir, du moins il l'espère. En général, plus il a peur, plus il a mal, plus il a besoin de se battre, voire d'attaquer.

Regina est revenue, jusqu'au bout du week-end, voilà exactement le temps qu'il lui reste pour la reconquérir, et Pont-Faye également.

C'est un temps de Toussaint plus vrai que nature, un dimanche après-midi sinistre. Le soleil et les couleurs ont définitivement abdiqué ; depuis des heures, une pluie drue dégouline des toits et des arbres, dévale les gouttières et le chemin en pente, décourageant toute velléité de fuite dans les bois.

Alors, les uns après les autres, les occupants de la maison sont venus se réfugier dans le vieux cantou. A cause de l'humidité, de la nuit qui tombe sur le milieu de l'après-midi, de la lumière désolante des ampoules de 40 watts en usage dans la maison, et aussi de la visite au cimetière, avec les questions toujours pendantes entre eux. Seuls les enfants se sont réfugiés directement à la Cantine après la messe, sous prétexte de travail toujours. Prune dans leurs basques, la queue entre les pattes, comme si elle fuyait les tensions, elle aussi.

Avec toute cette eau, ininterrompue depuis la sortie de l'église, on a expédié la cérémonie de la bénédiction des morts. Les allées transformées en bourbier, la pierre de la chapelle familiale noircie de pluie, les fleurs d'Aude fouettées par le vent, et l'absence de cercueil par-dessus le marché, inutile de s'éterniser…

Même la rencontre inattendue avec Suzanne, sous le porche de l'église, a été ratée. Grégoire a pourtant sorti le grand jeu :

« Ma tante, vous êtes là ! Viens, Maxime, que je te présente, Aude bien sûr, et puis Yrieix et Cyril, Marianne et Dhanya. Agathe, ma jolie nièce… »

Il se multipliait, déployait sa fierté de patriarche. Rassuré par cette admiration, cette tendresse même qu'il percevait dans les yeux un peu instables, dans la voix chevrotante. Et aussi par les salutations respectueuses, un peu empesées, autour d'eux.

« Vous ne voulez pas venir passer la journée avec nous à Pont-Faye ? J'ai une voiture confortable pour vous raccompagner. »

La tante a décliné en souriant :

« Je suis venue pour Thérèse ; Pont-Faye, c'est fini pour moi !

— Papa ne va pas bien, vous savez. Vous pourriez nous aider à prendre des décisions... »

Son regard insistait, implorait une alliance.

Celui de Suzanne était curieusement gai, au milieu de toutes ces mines de Toussaint :

« C'est bien la première fois qu'on aurait besoin de mes conseils ! Eh bien, justement, j'ai décidé de vous écrire ! Comme je vois que tu es très connecté, tu recevras mon courriel cet après-midi, sans faute... »

Et elle désignait malicieusement le smartphone de Grégoire, d'un index agité.

Il venait de le rallumer, à peine la cérémonie terminée, et les signaux d'arrivée de nouveaux messages ponctuaient leur conversation.

Suzanne était remontée dans son VSL, glissant comme une reine sur la rampe d'accès, avec un petit salut de sa toque d'astrakan. Pendant que le reste de l'assemblée se faisait détremper par la pluie battante.

Enfin le repli dans la cuisine, et le déjeuner improvisé sous l'égide du quatuor des femmes : Aude, Regina, Marianne, Dhanya. Etrange équipage, étranges dialogues, inconnus ici. Elles parlaient, lavaient la salade, caquetaient, remplissaient des plats, riaient, apportaient des bouteilles.

Pourquoi cette coalition improbable ? Etait-ce parce que Thérèse n'était plus là ? Parce que Regina avait renoncé à exercer son pouvoir implacable sur la manière de mettre le couvert ou de doser la vinaigrette ? Parce que sa sœur semblait toujours au bord des larmes, sans cesser pour autant de bavarder, et que les femmes ne se trouvent jamais aussi bien que dans une atmosphère de drame ? Aude n'allait pas tourner comme Marie-Liesse, tout de même, à prendre tout au tragique ! s'énerva Grégoire, en tisonnant de plus belle.

Lui, qui avait pourtant de bonnes raisons de geindre, essayait de se tenir. Il avait même passé sa vie à bien se tenir, à verrouiller ses émotions, et pour quel résultat…

Ses frères l'irritaient aussi, avec leurs airs enamourés. Ou plus exactement le rendaient d'une jalousie sauvage, lui qui avait désappris à être seul. Le jeune marié, passe encore, avec sa beauté exotique. Mais Yrieix, qui avait balancé son couple depuis longtemps !!!

Grégoire n'avait pas été vraiment surpris par l'arrivée impromptue de Marianne ; il avait entendu leur échange téléphonique, la veille, sur la terrasse :

« C'est Yrieix, ton ex ! »

Son frère avait l'air très content de sa rime.

« Tu sais qu'Agathe est à Pont-Faye ?

— …

— En fait, ça ne m'arrange pas vraiment de m'en occuper ! La situation est un peu compliquée, ici.

— …

— Oui, si tu peux, ce serait pas mal que tu viennes… »

Le lâche, il n'osait pas rembarquer lui-même sa fille par le premier train ! Grégoire non plus, d'ailleurs, pour son propre fils.

Et la mère d'Agathe, ponctuelle et impeccable, était arrivée dès le lendemain. Vraiment bien, cette fille, elle aurait mis du plomb dans la tête de son frère, s'il avait su la garder.

Mais Thérèse était morte.

Quand Marianne, en ancienne habituée, avait garé sa petite voiture bleue devant l'écurie de Pont-Faye, ils étaient tous en ordre de bataille, prêts à partir pour l'église de Voussac ; et elle n'avait pas eu d'autre choix que de suivre le convoi. « Tu ne vas pas repartir comme ça sous la pluie, sans avoir déjeuné ! » avait décidé l'ex, Yrieix, comme s'il était ici le maître de maison. Et depuis, tous deux échangeaient de longs regards étonnés, entre corbeille à pain et plateau de fromages.

« Bon, qu'est ce qu'on fait maintenant ? »

Grégoire, une fois rassasié, avait repris l'initiative, sur le ton d'une irritation sous-jacente, « depuis le temps que je le dis… ».

Par-delà le vestibule, leur père, plongé dans son lourd sommeil artificiel, geignait par intermittence ; une épée de Damoclès au-dessus d'eux.

« On fait quoi ? Sandrine va passer ce soir pour les soins, mais il devrait avoir commencé à émerger avant. »

Les pièces rapportées firent mine de se lever. Mais personne n'avait envie de voir une frontière se tracer entre ceux qui étaient concernés et ceux qui l'étaient moins.

Et pour s'en aller où ? Il faisait froid partout. Cyril retint la main de Dhanya, et Yrieix de même, furtivement, le coude de Marianne. Seule Regina se glissa dehors, par la porte grinçante, donnant à Grégoire un nouveau frisson d'abandon ; d'autant qu'Aude, assise à côté de sa belle-sœur, ne fit rien pour la retenir.

« Donc, il faut trouver une solution pour papa. »

Grégoire jouait son rôle de toujours, récitait des phrases, comme la veille, comme l'avant-veille, comme autrefois.

Mais entre-temps, ses fondations s'étaient tout simplement effondrées. Largué, j'ai été largué par ma femme…

Il se répétait ce mot régulièrement pour s'en persuader, pour fouailler son énergie, sa colère, la faire triompher sur l'abattement. Largué ! Lui, l'aîné des Albrussac, descendant des maîtres de forges, chef d'entreprise, conseiller à la chambre de commerce de Bordeaux, secrétaire général du Rotary, héritier de Pont-Faye.

Cyril, avec cette assurance insolente que donne le bonheur, s'interpose, immense, entre lui et le feu. Son feu. Nouvelle bouffée d'adrénaline.

— Ce n'est pas compliqué…

— On voit que tu n'as jamais pris la peine de t'occuper ni de papa ni de Pont-Faye.

Grégoire aboie, dans une vague de colère venue de son enfance, d'autant plus puissante qu'elle a toujours été contenue. Regina avait pour rôle d'huiler les rouages, de redonner du jeu dans les conflits ; en roue libre, sans personne pour assurer ses arrières, il braille son malheur.

Ainsi debout, bras croisés, pieds écartés comme sur le pont d'un navire, Cyril a un air déterminé que ses aînés remarquent pour la première fois. Ils l'écoutent.

— Il faut trouver tout de suite quelqu'un pour remplacer Thérèse : une personne à plein temps la journée, et une garde pour assurer la nuit. Une troisième aussi, peut-être, pour les remplacements et les week-ends. Il existe des agences spécialisées, qu'on peut voir dès la fin du week-end.

— Moi, je pars en Chine, je dois être à l'aéroport mardi matin sans faute !

Grégoire botte en touche ; Marie-Lou ne lui pardonnerait pas sa défection, avec tout le boulot qu'elle a abattu pour préparer ce voyage.

— Je resterai le temps qu'il faut, laisse négligemment tomber Cyril.

— Tu as idée de ce que ça coûte, une personne à plein temps, avec les charges sociales, multiplié par trois ?

Cyril plante ses yeux dans les siens, et prononce lentement, avec toujours ce demi-sourire qui l'insupporte :

— Ne t'inquiète pas pour cela, j'ai de l'argent.

— Mon pauvre ami, peut-être pour ton pays de bougnoules, mais ici...

Dhanya regarde droit devant elle. Et Marianne pose sa main sur la sienne, en guise d'excuse.

Mussées au fond du cantou, solidaires sans se connaître, les deux pièces rapportées se sont faites transparentes ; sachant bien que la dispute dépasse largement le sujet d'Antoine, et qu'il serait dangereux de s'en mêler.

Grégoire prend à cet instant enfin conscience qu'il s'enfonce, littéralement, dans le mouvant, le dangereux, l'irrémédiable. Et qu'il ne sait rien de la situation professionnelle de son frère.

Déplace le sujet, avec une parfaite mauvaise foi, pour retrouver un terrain plus sûr.

— Il ne s'agit pas que de papa, mais aussi de Pont-Faye. Cela fait des années que je suis seul à entretenir la propriété, à fonds perdus. J'aimerais bien que maintenant les choses se clarifient...

Grégoire déroule mécaniquement : les toits, les bois, les fissures, la volonté de Marcel, la forge surtout... Il ne parle pas de son droit d'aînesse, ce sont des choses qui vont sans dire, et qu'il serait malvenu d'expliciter.

Mais il sent bien que sous le regard direct de son frère, l'argumentaire perd de sa force, grippe, sonne faux, n'accroche pas la réalité. Pense à Regina qui n'est pas là pour le soutenir, et devant qui il aurait peut-être trouvé des mots plus justes, plus percutants. Passe sa main dans ses cheveux trop longs, sur ses reins douloureux. Largué, je suis largué...

— Eh bien, il y a encore du boulot, pour remettre en état la propriété que tu t'es chargé d'entretenir ! J'y participe aussi, cela me donne peut-être le droit d'avoir un avis sur la question ?

Même Dhanya perçoit la montée en puissance, la froideur assumée dans la voix de son mari.

Grégoire se lève, jette dans les flammes, à toute force, une souche assez lourde pour déclencher une gerbe d'étincelles ; et en même temps qu'elles jaillissent au-dessus du pare-feu, abat sa dernière carte :

— Les Monteil réclament aussi leur part d'héritage ; et ils ont l'air bien décidés à se battre…

Tous ensemble ont le même mouvement de défense ; sans qu'on sache s'il s'agit de se prévenir des flammèches, ou de la revendication des Monteil. Sauf Cyril, qui prend définitivement le pouvoir :

— Je les ai vus longuement hier soir à ce sujet, puisque tu as eu la gentillesse de me les laisser entre les pattes…

La phrase comporte une part de menace. Grégoire se masse douloureusement les lombaires ; il a perdu Regina, et on va lui arracher Pont-Faye.

36

Suzanne

De : suzanne.albrussac@gmail.com
A : Grégoire@albrussac.fr

Mes chers, chers neveux,

Je laisse à Grégoire le soin de vous transmettre, à tous, ce long message, écrit aussitôt après vous avoir quittés ce matin. Mais sachez qu'il a été réfléchi, médité, depuis bien des années.

D'abord, je voudrais vous dire combien j'ai été heureuse de vous revoir tous ; Thérèse me donnait régulièrement de vos nouvelles, et j'ai suivi avec intérêt les étapes de chacune de vos vies. De loin, votre vieille tante bancale vous aime tendrement ! Maintenant, avec la mort de ma vieille amie, le moment est venu de parler, puisque je suis la dernière à pouvoir témoigner. Tu me demandais, Grégoire, mon avis sur l'avenir de Pont-Faye ? J'ai décidé de vous raconter l'histoire de notre famille, telle que je l'ai vécue. Parce que la lucidité aide à faire les bons choix.

Ils se sont figés quand Grégoire a annoncé :

« Un message de Suzanne, comme promis. Ouh là, c'est super long... »

Tout en menant l'affrontement avec son cadet, il tripote son smartphone, pianote dessus à coups d'index nerveux, comme si un salut improbable viendrait de son écran, à force de le solliciter.

Saisissant ainsi l'instant même de l'arrivée du message.

Tous écoutent, saisis par la fluidité de la langue, qui contraste tellement avec l'image saccadée qu'ils ont de leur tante, et aussi avec le registre sec dont les Albrussac usent d'ordinaire entre eux.

Grégoire s'arrête, intimidé par cette annonce solennelle. Pose l'appareil sur le bras de son fauteuil, avec la mine de celui que l'effort de lire fatigue d'avance.

Aussitôt, à sa droite, Aude s'en empare. Quelqu'un qui veut bien parler, dans cette famille, ça ne se rate pas ! Evidemment, ses lunettes sont restées dans sa chambre – elle les utilise le moins possible, dans l'illusion de combattre plus longtemps la presbytie – et elle continue donc la lecture lentement, les yeux plissés, vissés sur l'écran, ce qui donne un surcroît d'importance aux mots.

> J'ai appris de la vie pourquoi la vérité, même douloureuse, est toujours préférable à la dissimulation ou au mensonge ; je vous dois donc celle-ci, à vous les enfants de Lorraine. Votre père a perdu le jugement, et la capacité de répondre de ses actes : il est à plaindre, car il mourra sans pouvoir se réconcilier avec vous, et emportera ses fantômes avec lui. C'est peut-être ce qu'on appelle les flammes de l'enfer éternel.

Moi-même, si lourdement handicapée, j'aurai été plus heureuse que lui ; j'ai eu la chance de pouvoir dépasser les souffrances et les rancœurs, de guérir les cicatrices des événements du passé. Il m'a fallu toute une vie pour cela. C'est pourquoi j'ai tant d'admiration pour vous, ses enfants, devenus malgré tout des adultes debout. J'étais si fière de vous ce matin !

Aude marque une pause. Ses yeux ont lu la suite avant sa voix, et elle reprend en détachant lentement les mots de Suzanne :

Je sais quel traumatisme a représenté la disparition brutale de votre mère. Je vous ai tant observés, j'ai tellement souffert avec vous de l'évitement, du secret qui a ravagé votre enfance. Maintenant qu'il y a prescription, je dois vous dire ma part d'expérience, qui ne peut évidemment rendre compte de tout.

Mon frère Antoine est coupable ; mais aussi victime. D'abord sans doute de l'éducation qu'il a reçue. Nos parents ne lui ont pas rendu service, en le gonflant d'une importance sans rapport avec les moyens dont il disposait : ses capacités intellectuelles, ses ressources financières, mais aussi son équilibre psychique. Vous savez comme moi comment toute la famille vivait dans la crainte de ses colères, de ses changements d'humeur, de ses excès. Il n'en a pas toujours été ainsi, je garde le souvenir du gentil petit frère qu'il a été, et encore d'un jeune homme charmant. C'est la maladie qui l'a dégradé, petit à petit, aggravée peut-être par la pression qui pesait sur lui.

Aucun médecin – on n'en voyait pas souvent à Pont-Faye ! – ne l'a jamais diagnostiquée, et il n'a jamais été soigné, jusqu'à ces dernières années, quand il était trop tard. Aujourd'hui, on parlerait de troubles bipolaires. Chez lui, la maladie s'est peu à peu développée, jusqu'à une emprise totale de sa personnalité : des périodes d'excitation violente, de sentiment de toute-puissance, alternant avec d'autres, de passivité dépressive.

Ni ma mère, qui était la bonté même, ni mon père qui mettait tant d'espoirs dans son fils, surtout après la déception provoquée par la naissance d'une fille anormale, n'ont voulu voir ses problèmes. Toute cette souffrance, toute cette violence ensuite étaient dissimulées derrière la si belle apparence d'Antoine, et la respectabilité de notre famille. Depuis des siècles, notre famille a été ainsi assujettie au fer. Mes parents, déjà, ont été mariés ensemble dans l'espoir de conjuguer leurs patrimoines, à l'époque où notre sidérurgie au charbon de bois entamait son déclin. Déjà, les terres, le minerai, le statut social comptaient plus que les personnes.

Personne ne bouge un cil.

J'habitais encore Pont-Faye quand mon frère a épousé votre maman. Je peux avouer aujourd'hui que son arrivée ne m'a pas fait plaisir : une étrangère, qui interrogeait toutes les folies contenues depuis si longtemps dans notre monde clos, et se révoltait contre nos usages si bien établis ! Une inconnue qui me fuyait, malgré les sourires que j'essayais de lui adresser, comme si j'étais le symbole de cette aliénation... Je crois qu'elle n'a jamais compris que je n'étais pas son ennemie.

Car Thérèse, qui s'occupait de moi avec beaucoup de cœur, était en même temps la maîtresse d'Antoine.

Lorraine n'a pas mis très longtemps à le comprendre, et à comprendre que tout le monde le savait dans la maison. Même vous, les enfants, je suis sûre que vous le deviniez, sans pouvoir mettre de mots sur une telle réalité : vous faisiez preuve d'une telle hostilité envers Thérèse, qui était supposée vous servir de nounou et faisait tout ce qu'elle pouvait pour vous !

Maintenant que vous êtes adultes, vous pouvez imaginer à quel point votre maman a dû souffrir de cette situation imposée dès le début de son mariage, dans le silence coupable de mes parents. Elle venait de Bordeaux, elle aimait les fleurs et les paysages, admirait votre père, et croyait à cause de tout cela qu'elle serait heureuse à la campagne...

Je vous ai vus naître. Toi Grégoire, un si joli poupon, puis les jumelles, merveilles de finesse aux yeux en amande, les deux petits ensuite, le brun et le blond... J'ai assisté impuissante à la descente aux enfers de Lorraine : à chaque naissance plus fatiguée, sans aide et sans argent, sous l'emprise d'un mari violent et d'un beau-père hostile, dans une maison isolée...

La voix d'Aude se fêle très délicatement, comme le son d'une radio qui crépite un peu, et repart :

Pendant ce temps, ma mère mourait d'un cancer dans sa chambre, sans que personne ne puisse rien pour elle. Moi-même, appliquée depuis toujours à ne jamais créer de problèmes, à me débrouiller du mieux que je pouvais, j'étais alors très malheureuse. La disparition à venir de ma mère me terrifiait d'avance. Elle seule savait me comprendre ; et il n'y avait pas encore d'ordinateurs pour m'aider à communiquer par écrit. Thérèse était gentille avec moi, mais incapable de me protéger. D'ailleurs, Thérèse était gentille avec tout le monde. Elle seule, dans sa simplicité, réussissait à calmer votre père, ou à le soutenir dans ses moments de dépression. Or, il allait de plus en plus mal, et elle devenait indispensable. C'est à cette époque que mon père m'a fait signer, quasiment sous la menace, une renonciation à ma part de Pont-Faye, au profit d'Antoine. A partir de ce moment-là, je savais bien que mon frère n'attendait que l'occasion pour m'en chasser.

Grégoire remue sur sa chaise.

En permanence sur mes gardes, j'observais tout, je cherchais par tous mes maigres moyens à me rendre autonome. J'ai toujours été plutôt volontaire, et j'en faisais toujours – un peu – plus que ce dont on me croyait capable. Ainsi je m'entraînais la nuit, en cachette, à monter et descendre seule les escaliers, à me déplacer autour de la maison, à repérer même des refuges possibles. Naïve que j'étais alors sur l'évolution de mes capacités !

Aude bute sur ces derniers mots. Ses yeux irrités pleurent tout seuls ; elle tend le minuscule écran à son frère.

— Kiri ?

Cette nuit-là, une nuit d'automne très claire, il y a trente-huit ans à quelques jours près, vous dormiez tous depuis longtemps. Vers dix heures du soir, Thérèse avait la charge de venir m'aider à me coucher et je savais qu'ensuite mon frère la rejoindrait dans les combles, l'étage des domestiques.

Cela me compliquait considérablement la tâche : je devais guetter longtemps le moment où Antoine redescendrait se coucher dans sa chambre, la grande chambre du maître de maison, qu'il partageait avec votre mère, pour pouvoir enfin sortir me livrer à mes exercices d'escalade.

Toute la journée, Antoine avait été agité et désagréable, cherchant querelle à tout le monde. Dans ces cas-là, une terreur silencieuse régnait sur la maison. Vous, les enfants, vous aviez un sixième sens, me semble-t-il, pour vous échapper, et aller jouer dans les bois, très loin. J'aurais bien aimé en faire autant ! Cyril était trop petit pour vous suivre, mais je peux vous assurer que votre maman faisait tout ce qu'elle pouvait pour le protéger aussi : je me souviens d'elle le tenant dans ses bras, et lui chantant des comptines à l'oreille pour distraire son attention, quand les cris de votre père nous mettaient tous sous tension.

Cette nuit-là, donc, autour de minuit, je suis sortie sur le palier, et j'ai abordé l'épreuve des escaliers.

Dans la chambre de vos parents que je croyais endormis, une dispute – une de plus – a éclaté. Pendant que je descendais, accrochée à la rampe, j'entendais les hurlements d'Antoine, par-dessus les sanglots de Lorraine. En essayant de ne pas faire de bruit moi-même, car il m'est très difficile d'être silencieuse, puisque je ne contrôle pas tous mes mouvements.

Cette violence de mon frère me terrifiait toujours. Imaginez ce que c'est que de ne pouvoir se défendre, et même de n'avoir jamais appris à se faire respecter...

Après le vestibule, la terrasse. Je l'avais déjà parcourue plusieurs fois, mais cela me demandait un certain temps. Je n'étais pas encore tout à fait arrivée sous le couvert des arbres quand j'ai vu votre maman quitter la maison en courant. Cette scène, je me la suis remémorée mille fois depuis : Lorraine était en larmes, et semblait avoir mal. Antoine l'avait sans doute frappée, ce n'était pas la première fois.

Car ces scènes dans leur chambre se renouvelaient régulièrement, durant ces périodes où Antoine se sentait tout-puissant, y compris sexuellement. Je ne veux pas entrer avec vous, leurs enfants, dans l'intimité de leur couple, mais il était normal qu'elle se refuse à lui, alors qu'il revenait juste de chez sa maîtresse.

Dans son état, Lorraine ne m'a évidemment pas aperçue. Cela aurait-il changé quelque chose ? Je me le suis demandé mille fois.

Cyril s'arrête, la tête plongée en avant, et Yrieix, environné de la fumée de sa cigarette, prend le relais. Par réflexe, remarque que la batterie est presque vide, accélère la lecture. Ou alors est-ce parce que les mots lui semblent difficiles à soutenir ?

Elle m'a dépassée, a pris en boitillant le chemin de la forge, et je l'ai suivie, à mon rythme.

Sans doute se disait-elle comme moi que là-bas au moins elle serait très loin, à l'abri d'Antoine.

Alors que j'atteignais la hauteur de la Cantine – vous savez, ce décrochement au bord de la combe, d'où l'on a une vue d'ensemble sur l'enclos de la forge ? –, mon frère a déboulé à son tour, avec Thérèse qui le suivait, essayant de le calmer.

Fou furieux, il était manifestement à la recherche de sa femme, et répétait : « Je vais la tuer, je vais la tuer... » Thérèse pleurait, elle aussi. La scène devait dépasser les bornes habituelles.

Bien longtemps après, elle et moi avons pu parler ensemble de cet horrible moment. Elle voulait réellement, honnêtement, éviter le pire.

A quelques mètres de moi, ils se sont arrêtés, pour regarder eux aussi en contrebas. Thérèse agrippée à Antoine, et lui toujours terriblement excité.

Cela a été une des plus grandes frayeurs de ma vie. Même si en réalité, ils ne pouvaient pas m'entendre, dans le fracas de la chute d'eau qui en automne couvre tous les autres bruits, vous le savez bien.

La silhouette de Lorraine était parfaitement visible. A découvert sous la lune, devant le train d'engrenages de la turbine ; les vannes en étaient déjà bloquées depuis longtemps, et les eaux dévalaient sous la passerelle, pour aller se perdre ensuite par des trous d'eau jusque dans le Manoire. Tous deux sont repartis dans cette direction.

Yrieix avance à toute vitesse dans l'horreur, comme si cela pouvait en alléger le poids.

Ce que j'ai vu, distingué du moins, me hante encore. Quand il est parvenu à la passerelle, tellement grand et massif à côté d'elle – mon frère a toujours été une force de la nature –, Lorraine a fait des gestes désordonnés pour se protéger. Puis elle a tenté encore de s'enfuir. Mais là où elle était, en dehors de ce pont de bois si étroit, un peu branlant déjà, il n'y avait pas d'issue.

Je voyais leurs ombres s'agiter sous la lune, à quelques mètres les unes des autres. Thérèse à ce moment retenait Antoine de toutes ses forces ; tentait de le raisonner, comme d'habitude.

Il a fini par se calmer un peu. Et c'est elle, Thérèse, qui a rejoint Lorraine au-dessus de l'eau ; votre mère évidemment l'a repoussée.

Les deux femmes se sont empoignées, et l'une d'elles est tombée à l'eau, sous les yeux de votre père.

De cela, je suis sûre, et de rien d'autre. A cause du bruit de plongeon qui retentit encore parfois dans mes oreilles, lors de mes nuits d'insomnie. Antoine regardait la scène sans bouger, il n'a pas essayé d'intervenir.

J'avais horriblement froid, horriblement peur, je me sentais totalement dominée par mes tremblements et incapable de regarder plus longtemps. Pour la première et la seule fois de ma vie, j'ai fermé les yeux, et désiré mourir, là, tout de suite. Je suis restée prostrée, terrorisée, dans ma cachette, durant...

Un miaulement métallique annonce que la batterie du téléphone est vide.

Aude pleure toujours, en murmurant lentement, pour elle-même : « Marie-Liesse avait raison, tellement raison... »

Grégoire récupère son appareil, pour le connecter au chargeur branché sur une des rares prises électriques de la cuisine. Longuement, trop longuement, il cherche à retrouver le fil du message, qui défile en rangs serrés sur l'écran.

... durant plusieurs heures. Ce qui s'est passé ensuite, je ne peux pas le dire.

Je ne sais pas si Antoine a vraiment voulu tuer sa femme, et si Thérèse le lui a évité. C'était une fille de la campagne, autrement plus costaud que votre jolie maman, elle avait forcément l'avantage. J'ai ensuite entendu Thérèse, affolée, appeler dans la nuit : « Madame, madame... »

J'espère de tout mon cœur que Lorraine est tombée par accident. Dans cette eau glacée et tourbillonnante, ainsi paniquée, elle peut aussi bien avoir été saisie par le froid, incapable de se sauver, que s'être laissée aller...

Mais j'affirme que tout était réuni pour en arriver à cette tragédie, et que le corps n'a jamais été enterré officiellement nulle part. C'est un de ces secrets de famille qui pourrissent tout ce qu'ils touchent, pour plusieurs générations. Il a lié ensemble Antoine et Thérèse pour une vie entière de malheur.

Quand je me suis reprise, les coqs chantaient déjà, Antoine avait disparu, et la forge était déserte. Comme si tout cela n'avait été qu'un cauchemar.

Il m'a fallu très, très longtemps pour remonter jusque dans ma chambre, et vous imaginez bien que je n'ai pu trouver le sommeil.

J'entendais Cyril pleurer dans son berceau, appelant sa mère, et Marie-Liesse, qui n'avait pas encore six ans, venir le consoler. Petite fée pieds nus dans sa chemise de nuit, comme si elle savait déjà que sa maman n'était plus là.

Cette nuit-là, j'ai compris le sort qui m'attendait, si moi aussi je résistais à Antoine. Alors je me suis résignée, il n'y a plus eu d'entraînement nocturne.

Thérèse a remplacé Lorraine auprès des enfants, comme si rien ne s'était passé. A moi comme à vous, on n'a pas jugé bon de donner d'explications : « Elle a disparu. » Antoine est allé à la gendarmerie pour signaler la disparition de sa femme : un peu plus tard, deux hommes sont venus de Périgueux, qui m'ont semblé très respectueux des maîtres de Pont-Faye. Ils ont détourné le regard en me voyant, souri aux enfants, et vérifié dans la chambre ce que Lorraine aurait pu emporter en partant. L'enquête n'a jamais abouti.

— Je me rappelle très bien... dit encore Aude, comme pour prendre à témoin ses frères.

Cyril continue à lire.

Les aînés, Grégoire et les jumelles, ont immédiatement commencé à mener la guerre contre Thérèse, qui faisait pourtant tout ce qu'elle pouvait pour eux. Mais vous vous trompiez de coupable.

Surtout, quatre jours plus tard, ma mère est morte, seule. Je suis certaine que dans sa faiblesse des derniers temps, elle avait une vague conscience de ce qui se passait, et s'angoissait terriblement.

Ce deuil-là concernait tout le monde, parce que tout le pays la connaissait et l'aimait : vous rappelez-vous, les plus grands, comment l'église de Voussac était pleine pour lui dire adieu ?

Maman m'avait toujours dit de lui faire confiance. Juste après les obsèques, selon sa volonté, une ambulance est venue me chercher pour m'emmener à La Force... Comment vous dire ma révolte dans ces moments-là ? Je venais de perdre ma mère, j'étais déchirée de quitter les seuls lieux du monde que je connaissais, terriblement effrayée par ce qui m'attendait. J'avais tort, mais ceci est une autre histoire.

Antoine, en découvrant les dispositions testamentaires de notre mère, était entré dans une fureur noire à mon égard : elle m'avait fait constituer la rente qui permet de payer mon entretien à La Force. Je veux ici bien préciser les choses : cette rente est l'exacte contrepartie de ma part de la propriété, à laquelle j'ai dû renoncer. Mais Antoine n'a jamais compris cela, et m'accusait encore il y a peu d'être la cause de sa ruine...

Ce jour de mon départ pour la maison de santé a été terrible. Thérèse, qui ne s'exprime guère, pleurait presque autant que moi, et m'a regardée partir comme une amie ; de là datent nos relations affectueuses.

Ces dernières années, elle me rendait visite à chaque fois qu'une occasion de voiture pour Bergerac se présentait, et y trouvait, je crois, du réconfort. Nous avons pu reparler ensemble de cette nuit-là. En plus de la culpabilité, Thérèse a vécu sa vie durant dans une sorte d'esclavage envers votre père, sous la menace d'être accusée de meurtre.

Antoine allait de mal en pis ; je suis persuadée qu'il est rongé jusqu'au plus profond de sa conscience, parce que ce n'est pas au fond un mauvais homme. J'ai vu Thérèse s'épuiser à le protéger contre lui-même. A distance, j'ai vu chacun, marqué au fer rouge par la mort de votre mère, fuir Pont-Faye, chercher ailleurs le bonheur. J'ai vu Marie-Liesse, si jolie, si douée, celle qui physiquement ressemblait le plus à ma mère, avec ses cheveux fous, aller d'excès en dépression, pour finir par en terminer avec la vie. Hélas, j'avais observé chez elle, depuis bien longtemps, les symptômes de la même maladie que mon frère, exprimés différemment. J'avais deviné sa désespérance, et craint son suicide, bien avant que la nouvelle ne nous parvienne. Mais que faire ? J'ai vu vos couples se former, et parfois se déformer, heureuse que la vie continue plus joyeuse qu'autrefois à travers vos enfants. Et encore plus d'apercevoir deux d'entre eux, ce matin, à l'église de Voussac. Je les ai reconnus tout de suite, figurez-vous, à leur air de famille ! Ils sont charmants, m'ont gentiment saluée, et je me suis surprise à penser qu'ils connaissaient peut-être mon existence.

Voici la fin de ce que j'avais à vous dire. Imaginez que depuis mon retour à La Force, je suis accrochée au clavier de mon ordinateur, moi qui tape si lentement ! Mais je souhaite pour vous le meilleur, et j'aimerais tant vous éviter certains écueils, certaines angoisses...

C'est vrai. Dans les derniers mots égrenés au ralenti, ils perçoivent une petite musique de bienveillance, de tendresse, qui les apaise tous, au-delà de cette langue classique, de la finesse d'analyse, de la pointe d'humour même.

Personne n'émet le moindre doute sur ce qu'ils ont entendu : comme pour un voile qui se déchire, ou un vitrail qui s'éclaire, tous avaient la prescience de cette vérité-là, sans en distinguer les détails.

Pour Grégoire, parce qu'il ne voulait pas l'imaginer, pour Aude en la niant de toutes ses forces ; Yrieix a construit sur cette trame l'histoire qui lui convenait mieux, et Cyril, si petit au moment du drame, l'a totalement occultée.

— Il y a encore un paragraphe

Grégoire jette un œil par-dessus l'épaule de son frère, et reprend son téléphone.

Je souhaite de tout mon cœur que cette maison, après tant de malheurs, devienne celle du bonheur, et que vos enfants continuent à en profiter. Je vous embrasse tous tendrement.

Cyril lève les yeux droit sur son aîné. Qui annonce, le pouce sur son clavier :

— Si vous me donnez vos adresses mail, je vous transfère le texte à tous ? amantovani@alice.it ; yalbrussac@albrussac.com ; albrussac@lodgesabicol.in

Pour la première fois, une liste de diffusion commune.

Aude se mouche, pendant qu'Yrieix quitte la place :

— Je retourne voir où en est papa…

Les deux belles-filles aussi s'éclipsent, ensemble.

37

Yrieix

Assassin…

Un mot si lourd et si grave peut donc rendre compte d'une réalité familière, concerner cet homme-là. Inoffensif et allongé, seul devant lui. Un assassin, par volonté ou par omission, cela ne fait guère de différence, et ouvre de toute façon des abîmes.

Yrieix se sent vaciller sur ses bases, assommé presque physiquement par les coups contenus dans la lettre de Suzanne. Il voit avec une netteté terrible la silhouette d'une jeune femme s'enfuir par ce chemin, qu'il aperçoit par la fenêtre, devant lui ; cette même saison, dans cette même obscurité, sous ce même rai de lune. Sa mère.

La phrase d'Aude le poursuit. Au fond, lui aussi sait, a toujours su ; et cherché tous les chemins de traverse pour éviter cette vérité-là, trouver des portes de sortie à l'horreur. Il a construit à la place un puzzle trop parfait pour être vrai.

Pourtant il s'approche, pose sa main sur celle de son père, veinée, tachée, agitée.

— J'ai vu ta sœur Suzanne, aujourd'hui, elle va très bien, annonce-t-il d'un ton léger, sans savoir pourquoi, sans espérer être compris.

Antoine, tout le corps agité, mène une danse désespérée. Endormi, mais engagé pourtant dans une lutte inconsciente. Il n'obéit qu'à son rythme propre, à des voix venues d'autrefois peut-être, et ponctue cette conversation intérieure de grondements féroces, qui paraissent vouloir s'échapper de la chambre, rejoindre le monde entier, aspirer sa famille.

Yrieix continue ; il a besoin de donner de l'humanité à leur tête-à-tête :

— Te voilà donc veuf, pour la seconde fois de ta vie...

Dans cette chambre de malade, après ces révélations sordides, Yrieix se sent paradoxalement très bien. Dans une autre strate de son esprit, il est heureux, heureux comme il ne l'a pas été depuis longtemps.

A cause de Marianne, du naturel avec lequel elle a repris sa place à Pont-Faye. C'est une merveilleuse surprise de constater entre eux comme du vide, de l'air, une page blanche, à la place de la tension d'autrefois. Et même de se retrouver ensemble, face à leur fille, finalement aussi désemparés l'un que l'autre, mais solidaires.

Dans la cuisine, du coin de l'œil, inattentif au reste, vaguement goguenard devant l'agressivité de Grégoire, il regardait sa femme, son ex-femme. Elle avait désormais un cheveu blanc à la tempe ; un seul cheveu blanc émouvant, presque invisible dans ses mèches pâles ; et puis aussi des petites plissures au coin des yeux, pas encore tout à fait des rides, mais le signe du temps qui s'était écoulé entre eux, puisqu'il ne les reconnaissait pas ; sur ses mains sans bagues aussi, une peau plus fine, plus transparente, dessinant des veines nouvelles. Le corps de Marianne... Pour l'avoir tant parcouru, il en retrouvait, inchangé, chaque mouvement, chaque détail. Pour l'avoir tant photographié aussi, lorsqu'il était tellement amoureux, sous toutes les lumières, offert et retenu, nu, flou, zoomé. Marianne aimait les jupes. Alors que les femmes autour d'eux portaient invariablement des jeans, il adorait chez elle le balancement des plis et des fronces, à la mode des années quatre-vingt-dix. Aujourd'hui, la mode avait changé, et le corps de Marianne était glissé dans une jupe crayon courte et droite, couleur rubis, nette et structurée comme elle, dévoilant haut ses jambes sans mollets, tellement fines dans les épais collants noirs. Pendant que son frère éructait, et que Marianne croisait et décroisait les jambes devant lui, il s'était retenu d'y poser sa main. Mourant d'envie d'éprouver la chaleur de cette laine ; de sa peau dessous, surtout, pour être honnête.

Quelles étaient ses chances ? Il ne savait à peu près rien de sa vie depuis leur séparation, au-delà de sa présence indéfectible et sourcilleuse auprès de leur fille. Il refaisait connaissance avec son sérieux, cette manière de mener sa vie sans dévier, à coups de convictions. Sagement, a renoncé à essayer. Eviter de se prendre une gamelle en public...

Il a donc quitté la cuisine, trop troublé pour demeurer ainsi sous son regard pointu.

Et s'en est retourné, une fois de plus, prendre sa veille auprès de son père. La lumière glauque, l'odeur âcre, peu importe, il a besoin de penser.

Sa pensée, justement, de Marianne glisse doucement vers ce projet de photomontage qui commence à lui « prendre la tête », au sens propre du terme. Quel logiciel permettrait ainsi de découper, d'insérer, de jouer avec les surfaces et la lumière ? Yrieix, sans trouver encore la solution, constate deux évidences : la seule présence de Marianne est capable, même à distance, de relancer sa machine à idées, en panne depuis si longtemps, et la nostalgie de son passé argentique ne l'encombre plus.

17 h 30, l'heure des soins. Ponctuelle, la Twingo remonte l'allée, dans un bruit d'essuie-glaces essoufflés. Un parapluie en sort, puis grincent la porte du vestibule, celle de la chambre repoussée énergiquement. La routine. L'infirmière fait son travail, Toussaint comprise, tensions familiales comprises, sans relâche et sans émotion.

— Comment ça va, ce soir ?

— Depuis un moment, il s'agite beaucoup. Ce matin, on l'a laissé pour aller à la messe, puisque tu m'avais dit qu'il ne risquait pas de bouger.

Sandrine hausse un sourcil réprobateur, en enlevant son imperméable trempé.

— J'ai bien vu, je suis passée juste avant, il n'y avait personne. Vous exagérez, quand même ! Bon, on va regarder sa tension.

Elle dit cela avec une calme indifférence, qui ne semble même pas feinte, en maniant ses instruments loin devant elle. Il semble à Yrieix que l'enfant qu'elle porte envahit tout l'espace entre eux.

Depuis le début du week-end, il a soigneusement évité l'examen de ses souvenirs, les calculs de date, les supputations. Sandrine, avec ses airs de professionnelle pressée, ne fait rien non plus pour alimenter des doutes. Il faudrait lui en savoir gré.

— Mais il ne s'est pas réveillé depuis hier ? Pas du tout ? Il n'a pas parlé, pas essayé de se lever ? Il a mangé ?

Le fils désigne du menton un plateau abandonné, avec une part de tourte aux pommes de terre, intacte et déjà racornie.

— Rien depuis ce matin, même pas un verre d'eau ? Alors, je vais lui poser une perfusion, pour l'hydrater un peu.

— Tu crois ?

Ils échangent un regard de méfiance réciproque.

— Comme ça, tu pourras lui donner son traitement, s'il se réveille durant la nuit. Sinon, vous allez être mal…

Elle passe de l'autre côté du lit, le frôle, sans rien manifester ; tire du recoin une potence, un sac de pharmacie.

— C'est déjà arrivé, qu'il ait besoin d'une perfusion ?

— Oui, oui, ne t'inquiète pas, il est habitué, et moi aussi. On faisait comme ça avec Thérèse, pour éviter qu'il devienne trop violent.

Elle relève la tête, prend des notes sur le carnet du malade, posé sur la table de nuit, toute une organisation à laquelle il est étranger.

— Tension 9/6, ce n'est pas beaucoup…

— Ah…

— Tu vois, tu pinces comme ça, pour installer la perf, tu vérifies qu'il n'y a pas d'air dans les tuyaux, tu piques la poche de produit, et tu tournes la molette pour donner du débit.

Sandrine le regarde droit dans les yeux, un instant. Est-ce le moment de parler, de lui demander par exemple quelle part elle prend aux revendications de ses parents sur Pont-Faye ? Non, elle veut juste s'assurer qu'il a compris. Et lui oppose de nouveau son indifférence.

Avec les gestes définitifs de celle qui se sent parfaitement chez elle, Sandrine range le matériel, les boîtes, les flacons, tout ce qui accompagne la maladie.

— Je laisse des doses de sédatif sur la table, là. S'il va trop mal, tu peux en ajouter une toutes les quatre heures. Pas plus, parce qu'à force, le cœur fatigue.

— OK.

— Ce serait bien que quelqu'un puisse dormir ici, à côté de lui, cette nuit. Il lui arrive de paniquer, quand il se réveille brusquement, il ne sait plus où il en est.

Yrieix n'avait pas envisagé cela. Mais après tout, le bureau est bien chauffé, et il a besoin de réfléchir encore à ce qui lui arrive.

Un vague salut et Sandrine disparaît. La pluie n'a pas cessé, elle court vers sa voiture, la main en rond. Et les feux de position s'éloignent sur le chemin.

Le fauteuil de nouveau, devant la fenêtre.

C'est alors qu'il remarque que la voiture de Marianne n'est plus garée devant l'écurie.

Une masse lui écrase d'un coup le cœur, l'estomac, le sexe. Où est-elle partie ? Et Agathe ?

Ne plus bouger de là, ne plus voir personne, faire abstraction même de son père, le temps de réapprendre à respirer.

Sur son lit, le vieil homme continue à se soulever par ondes brusques et larges, ouvre les yeux, les referme. Au bord de la conscience. Un cœur de fer, une respiration de forge…

Et une férocité qui affleure, ne demande qu'à s'exprimer, enfle au fil des minutes.

— Ah non !

Il fait donc comme Sandrine le lui a indiqué, avec grand soin : la perfusion d'eau, le sédatif à ajouter, chasser l'air, tourner la molette… Sur la petite table, regarde longuement les sachets empilés, en prend un, puis un autre, et un dernier pour faire bonne mesure. Tourner la molette au maximum, jusqu'à sentir un cran d'arrêt.

Yrieix reprend son fauteuil devant la fenêtre, scrutant les feuilles vernissées de pluie qui se balancent doucement sous la lune. Revoit encore une fois la silhouette de sa mère. Puis ferme les yeux. On verra bien.

38

Pont-Faye

Une explosion blanche, d'abord. Qui les a bouleversés tous les quatre, renversés, à l'intérieur comme à l'extérieur, et dont les débris invisibles scintillent encore dans l'air, comme en suspension entre eux. Ils s'en ressentent tous différents, flottants, précautionneux pour prendre pied dans un monde nouveau. Un monde où Pont-Faye se dresse toujours en majesté, pierres, arbres, lumière, laurières, fumée de cheminée.

Très vite, pour respirer plus large, ils ont éprouvé le besoin de sortir de la maison. Avançant deux par deux sur le chemin, dans le désordre, Aude et Yrieix, Cyril et Grégoire. Un quadrige inédit lui aussi, qui trouble les évidences et élargit la palette des possibles.

Dans le silence qui suit les grands événements, des mots se sont posés entre eux. Qui tout de suite se révèlent solides et fiables, comme dégraissés, débarrassés de leurs parasites et de leurs sous-entendus. Des mots déjà polis par trois jours de vie commune.

Lequel a emmené le mouvement, en contournant les communs ? Aucun en particulier, mais tous se savent mutuellement gré d'éviter le chemin de castine, le dernier voyage de Lorraine. Ils ont longé le mur d'enceinte, traversé le verger encore embrumé, pris à travers bois le sentier des charbonniers, abordé le versant opposé de la combe sous le soleil ; et sont arrivés à la forge. Evidemment.

Yrieix boite bas, parce qu'il pense et parce qu'il parle ; les autres se règlent sur son pas. Chacun, l'écoutant, endosse sa part de culpabilité. En se divisant, elle devient plus légère, mais aussi les lie serré, entre eux et à Pont-Faye, pour le meilleur ou pour le pire.

Aude, la veille au soir, s'est endormie d'un coup, en compagnie des araignées – on s'habitue à tout – et des mots de la tante. Pour une nuit sans insomnie, dans un monde enfin ordonné, où les choses prenaient leur sens : les jeunes mortes de sa vie avaient trouvé leur place dans l'histoire.

Grégoire a passé une très longue soirée devant les braises chaudes du cantou, en tête à tête avec les dossiers enfin sortis de son sac de voyage. Pratique et laid, offert par Regina pour son quarante-cinquième anniversaire. Tout ce qui était plus qu'urgent, et qui, dans le calme d'un week-end à la campagne, aurait dû être réglé depuis longtemps : devis chinois, mal partout, courrier aux avocats, Suzanne a si bien caché son jeu, relevés bancaires, décidément la tête n'y était pas, le cœur encore moins, tout ça lui échappait, perdait sa consistance... A quoi bon ? Vint un moment où il avait bien fallu affronter le lit vide de la chambre conjugale ; Prune montait toujours la garde devant celle de sa maîtresse.

Cyril, incapable de passer un après-midi enfermé sans sortir, avait rendu une nouvelle visite à sa borie détruite, floc floc sous la pluie battante. Au retour, à la nuit tombée, il était aussitôt parti à la recherche de sa femme, avec une sorte de fièvre inquiète, ouvrant et fermant des portes à la volée, ulcéré sans se l'avouer de la voir si vite prendre son indépendance dans cette maison qui n'était pas la sienne. Il avait logiquement fini par aboutir dans leur chambre. Dhanya y dormait déjà, rondeur au milieu du lit, encoconnée dans ses pulls et ses bouillottes. Avant 8 heures du soir, voilà qui ne lui ressemblait pas ! D'énervement – mais peut-être bien était-ce exprès, pour avoir une interlocutrice en face de sa colère –, il avait fait résonner son énorme trousseau de clés sur la table de nuit. Même en voyage au bout du monde, Cyril ne se déplaçait pas sans toutes ses clés, et ce qui allait avec, couteau suisse, porte-clés, clé USB, passes divers… Métal contre marbre, un long crissement métallique, de ceux qui agacent les dents ; Dhanya avait consciencieusement serré les paupières sous le drap. Puis dans l'obscurité il s'était heurté au bois de lit, soit un bruit sourd, suivi d'un juron ; elle avait tenté encore d'y échapper en se retournant. Mais capitulé sous le choc d'un double raclement, les lourds godillots jetés à la volée par-dessus la descente de lit. Une brèche ouverte dans le rempart de couvertures, un sourire à regret : il n'en fallait pas plus à son mari. Il avait tant à expliquer, à raconter, à débriefer, à décider.

— Ecoute, j'ai réfléchi…

Cyril jonglait avec les noms, les époques, les événements, les émotions, comme dans un pré carré qu'il n'aurait jamais quitté. Elle, blottie à distance précautionneuse, pour se protéger des courants d'air que ses grands gestes provoquaient à eux seuls, l'avait donc écouté, jusque tard dans la nuit. Pour une fois qu'il parlait ! Au fil des heures, elle avait acquiescé à sa révolte, demandé des précisions, soulevé des non-dits, apaisé ses irritations, puis suggéré, approuvé, affiné des idées, des projets, des plans de plus en plus plausibles. Et alors que, satisfait de tout, il commençait enfin à succomber au sommeil, elle avait pu à son tour dire ce qu'elle avait à dire.

— Oh, mon cœur, tu es sûre ?

— Presque, mais je ne vais pas le garder pour moi toute seule !

Sa tendresse était venue envelopper sa femme, du côté tiède du lit. Tous les deux conscients qu'ils se souviendraient de cette nuit-là, à Pont-Faye, et que la maison ferait désormais partie de leur histoire commune.

A 6 heures du matin, décalage horaire oblige, Dhanya était de nouveau réveillée. Et aux premières lueurs du jour, elle avait fini par se glisser sans bruit hors du lit, en s'enveloppant dans ce qui lui restait de pulls pour descendre à la cuisine ; laissant son mari récupérer, sourire béat dans un sommeil de plomb.

C'était Grégoire, fidèle prophète des malheurs, qui était venu toquer à la porte de Cyril, après celle d'Aude, passé 8 heures.

— Tu veux bien nous rejoindre en bas ?

La pluie avait cessé, puisqu'une lumière déjà haute frappait ses volets, en longues striures obliques sur les couvertures élimées.

Ils se retrouvèrent tous dans le vestibule.

Déjà entre eux il y avait des mots de bonne facture, simples et précis. Yrieix ne forçait pas sa voix pour raconter : après les soins du soir, suivant les instructions de Sandrine, il s'était endormi dans le fauteuil, comme elle l'avait suggéré. Bercé par le sommeil agité d'Antoine. C'est le silence qui l'avait réveillé, à l'aube ; entre les deux, leur père était mort.

Un peu solennellement, tous les quatre, épaules contre épaules, étaient entrés dans le bureau.

Antoine avait été un très mauvais vivant, mais faisait un beau mort, pensa Aude.

Massif, hiératique, délivré de tout, comme ces gisants de marbre enchâssés dans le pavement des églises romaines, superbement indifférents au piétinement des touristes, figés pour l'éternité dans leur mystère. Ainsi soit-il.

C'est alors qu'ils avaient pris conscience de cette explosion blanche, en eux et autour d'eux. Qui transformait le paysage et dégageait le terrain pour parler de l'essentiel.

— Bon, on va faire un tour ?

Dans la brise poursuivant les nuages, chacun a donc posé ses mots, bien à plat, au pas d'Yrieix. Selon le mode d'emploi de la lettre de Suzanne, qui depuis la veille au soir appartient à leur patrimoine commun.

— Notre père, que j'ai probablement achevé...

Lentement, au pas des bottes dans les feuilles mortes et la boue glacée du matin, les mots infusent, avec les détails de la soirée, la perfusion, les petits sachets de poudre multipliés.

A la fin, ils sont tous épuisés d'émotion. Dans un état qu'à presque un demi-siècle, ils expérimentent pour la première fois. La chape se soulève.

— Heureusement que tu étais près de papa, tu sais…

Aude s'adresse aux mains encore tremblantes d'Yrieix, endosse avec les autres une vérité officielle qu'ils partageront pour toujours, sous les châtaigniers d'automne.

— Heureusement que Dhanya était là, surtout ! Je l'ai trouvée à la cuisine, juste après… Elles sont passées où, d'ailleurs, nos femmes ?

Déjà, l'instant de grâce est passé ; avec un humour appuyé il fait mine de chercher autour de lui : manière de poser la question du départ de Marianne. Quand et pourquoi, qui a quelque chose à en dire ?

Mais personne ne le comprend ainsi. D'ailleurs personne n'a salué Marianne, ni vu la voiture reprendre la route de Paris. Et Cyril, innocent, répond à la seule question qui vaille pour lui :

— Dhanya est sans doute allée se reposer. Une vie se termine, une autre commence…

— Kiri !

Aude, décidée à s'accrocher à une bonne nouvelle, toutes affaires cessantes ouvre ses bras à son frère, au milieu du chemin.

Il arbore un air de petit garçon glorieux, si fier du cadeau qu'il leur présente. Au point que tous se laissent réjouir, presque malgré eux.

Et Grégoire enchaîne :

— Mon quatrième fils, Hadrien, celui que vous ne connaissez pas, et qui ressemble tant à notre mère, j'aimerais l'amener à Pont-Faye…

Histoire de mettre au pot commun la partie avouable de ses soucis.

Sa sœur manifeste bien volontiers le même enthousiasme, les mêmes gestes. Qui embarrassent Grégoire, autant qu'ils rassurent Yrieix. Il est une fois de plus étonné de constater que pour une femme, toute naissance apparaît toujours comme une nouvelle formidable. Mais il se tait.

Le silence prend une autre texture, riche de ces secrets partagés. On arrive au fond de la combe, il faut maintenant parler de Pont-Faye.

Grégoire avale régulièrement sa salive, sans trouver ni l'envie ni la place de prendre la parole le premier. Yrieix la refuse, et Aude n'y songe même pas. Cyril s'en empare, comme une habitude déjà.

— Ma plus belle engueulade depuis longtemps !

Il semble triomphant.

— Donc, pour résumer, selon les Monteil, Antoine a légué à Sandrine, sa nièce par alliance, la part d'héritage dont il pouvait disposer sans léser ses enfants. Un testament signé il y a moins de deux mois chez le notaire des Eyzies, et dont ils ont copie.

Grégoire s'insurge.

— On ne peut pas contester ça, vu l'état de papa à ce moment-là ? C'est tellement classique, les aides-ménagères qui rançonnent les vieux…

Cyril lève la main apaisante du sage. Une sagesse toute neuve de la nuit.

— D'après eux, ce n'est que justice, et façon de la remercier de son aide auprès d'Antoine. Pour l'aider à son tour à assumer le bébé qu'elle attend toute seule.

Aude approuve.

— Ce qui n'est pas faux...

— Puisque la tante Suzanne est hors jeu, nous sommes, avec elle, seuls concernés par la succession ?

— Avec Sara aussi, comme héritière de sa mère !

C'est Yrieix qui revendique à la place de sa sœur, en guise de remerciement.

— Absolument.

Tour à tour, Cyril tient sous son regard chacun de ses frères et sœur.

— Bon, alors qu'est-ce qu'on fait ?

Le fardeau du silence entre eux, encore. Qui, le premier, redistribuera les nouvelles cartes ?

Cyril, grand seigneur, continue :

— On aime tous autant Pont-Faye, on désire tous, comme dit la tante, que ce soit une maison heureuse...

Ils le trouvent tous un peu trop malin, d'énoncer ainsi une évidence que personne n'a jamais eu l'occasion de formuler.

— Et ce dont Sandrine a besoin, ce n'est pas d'une baraque qui fout le camp par tous les bouts, ni d'une indivision compliquée avec nous, n'est-ce pas ?

Approbation muette, sans engagement.

— Je propose donc de l'indemniser moi-même de la part qui lui revient, et de financer les travaux là où ils sont nécessaires. Et comme, maintenant, nous avons besoin d'un point de chute en France...

Un blanc, le temps d'accepter la prise de pouvoir du benjamin, en échange du soulagement d'une solution.

Grégoire lève la canne du grand-père pour engager la contre-attaque, et la négociation :

— Moi, ce qui m'intéresse, c'est la forge...

Deux secondes pour donner l'impression de la réflexion. Aude répond :

— Pour moi, c'est OK, si Yrieix reçoit la Cantine en dédommagement...

Sans laisser à personne le temps de se retourner, Cyril, regardant sa sœur droit dans les yeux, lui présente comme sienne l'idée de Dhanya :

— Il y a le pavillon d'entrée, qui pourrait devenir vraiment sympa, si on le remet en état. Tu crois que ça me donnerait une chance de faire la connaissance de mes nièces italiennes ?

Ils reprennent leur marche, nez au soleil, pour regarder le nouveau monde d'après l'explosion, simple, ordonné.

— Bon, pour l'enterrement ?

Yrieix, comme il l'indique avec une petite moue pudique, n'est pas surchargé de travail, et peut se charger de la logistique. C'est son rôle.

Un plan de crise, bien huilé, se met en place ; ils commencent à prendre l'habitude de fonctionner ensemble.

Grégoire met son téléphone sur haut-parleur pour prévenir son assistante, d'un ton pressé : « ... annuler le voyage à Pékin ; tu leur diras que j'enterre mon père, ils comprendront ; merci, Marie-Lou ». C'était à Pont-Faye qu'il délocaliserait, pas en Chine.

Les Albrussac de Goa ont de toute façon prévu de rester jusqu'à leur vol de retour, en fin de semaine, et cela leur laisse le temps de faire quelques projets.

39

Aude

Aude, l'esprit clair et les lunettes sur le nez, s'est à son tour isolée pour téléphoner à Rome.

Statistiquement, Edoardo répond une fois sur deux sur son téléphone portable ; à cause des murs épais du palazzo, qui filtrent les ondes quand on s'éloigne trop des fenêtres. Elle devrait le savoir, pourtant...

Tre, nove, tre, quattro... Savourer l'interruption de la sonnerie, après un coup et demi seulement.

— *Pronto ?*

Edoardo a une voix d'outre-tombe, le pauvre chéri, comme si l'état de sa femme avait pu s'aggraver considérablement durant la nuit, hors de son contrôle.

— Oui, oui, ça va très bien...

Une phrase inappropriée, pense-t-elle en la prononçant, guillerette.

— ... mais papa est mort cette nuit ; je vais rester à Pont-Faye jusqu'à jeudi au moins, pour l'enterrement.

— Ah...

Pris ainsi à contre-pied, Edoardo renâcle. C'est sa femme qu'il veut, de visu et *subito,* à Rome, pour mener ensemble le combat contre la maladie.

Voilà un effet secondaire inattendu, tout à fait délicieux, qu'elle savoure aussitôt.

— *Dispiace,* désolée, impossible de faire autrement. Tu veux bien téléphoner à Gemelli, pour repousser mon rendez-vous ? D'ici, avec l'attente au standard, ça va encore me coûter une fortune...

— *Certo !*

Moins de cinq minutes plus tard, le carillon de cloches, et la voix un rien sarcastique d'Edoardo :

— *Tesoro,* je viens d'avoir Gemelli. Ils disent que ton rendez-vous, c'est pour un contrôle systématique, et qu'il ne faut surtout pas t'inquiéter. *Non preoccuparti,* aucune urgence !

Devait-elle rire ou pleurer ? Aude se sent si bien qu'elle opte pour le rire.

Il faut maintenant descendre à la Cantine, pour annoncer le décès d'Antoine aux deux adolescents. En vertu d'un autre principe de Maria Lucia Mantovani : ne pas laisser des enfants livrés à eux-mêmes, surtout quand il se passe des choses importantes dans la vie des adultes. Ce qui ne l'empêche pas depuis des années de se taire sur la vie privée de son fils.

Aude, dotée de sa nouvelle « deuxième vie » et d'une énergie redoutable, se sent capable d'affronter sans fléchir, à pied, les lacets du chemin descendant vers la forge, les cauchemars de Suzanne, la folie d'Antoine, la mort de Lorraine. Elle est désormais adulte.

Avec elle, le soleil entre par grandes nappes lumineuses dans la vaste pièce de la Cantine, où crépite en plus un feu d'enfer. Et, surprise, gardienne des lieux, la petite chienne de Grégoire, aboyant paresseusement sur le tapis. Dans le canapé défoncé, entourant un mug de ses longues mains sans bagues, Marianne. En grande conversation avec Dhanya, qui s'est mussée au coin de la cheminée pour capter le moindre degré de chaleur disponible. Tout semble à sa place, confortable, esthétique, serein.

Les deux femmes savent déjà, et lui offrent des mines de condoléances discrètes.

— Marianne ! Là-haut, on te croyait repartie pour Paris.

— Non, juste descendue ici pour surveiller ma fille. C'était mieux de vous laisser tranquilles pour régler vos histoires, non ? Et puis, tu imagines, je n'allais pas m'imposer dans la chambre d'Yrieix...

— Yrieix n'a pas dormi dans sa chambre, hier soir.

— Oui, je l'ai su après. Une tasse de thé ?

Elle se lève, sans attendre une réponse évidente.

— En fait, on devrait déjà être reparties ! Je voulais rentrer à Paris tôt ce matin, avec Agathe sous le bras. Mais quand Dhanya nous a prévenus...

— *Si, volentieri !* Et du chocolat aussi, si tu as ?

Un éclat de rire, furtif comme une bulle, qui fait allusion au sujet des régimes minceur, récurrent entre elles, de préférence devant un pot de Nutella géant.

— Ça, désolée, il y en avait, d'après les emballages vides, mais les enfants ont tout terminé. J'ai du pain, et des noix toutes fraîches, ramassées par le maître de maison.

Aude note la bienveillance inattendue du ton de Marianne envers son ex.

— Alors, ils sont où, les mouflets ? Je venais justement les voir.

— Pas encore apparus... Ils ont bossé tard cette nuit. Dans le bureau d'Yrieix, il paraît que c'est un endroit idéal pour se concentrer ! Quand il va voir ça, lui qui a toujours empêché quiconque d'y entrer...

— Ouh là...

Aude se laisse servir, en allongeant les jambes, avec un sentiment de perfection.

Ces deux femmes étrangères à Pont-Faye, qui habitent l'espace, en adoucissent l'atmosphère.

Jamais il n'y a eu de canapé dans la grande maison, où on ne relâchait jamais ni le dos ni l'esprit. Cela aurait-il changé le cours des choses, pour Lorraine et Marie-Liane, si les Albrussac avaient pu s'affaler quelque part ?

Dhanya verse lentement le thé, levant haut le bec de la théière, avec des gestes gracieux qu'Aude commence à reconnaître, presque familiers déjà.

— *Grazie mille !*

Sur le manteau de la cheminée, trois roses tardives baignent dans un verre de cuisine, un peu penchées, pleines de grâce. Elle les pointe du menton avec un sentiment de propriétaire.

— Ce sont les dernières roses du pavillon !

— Et une tablette de chocolat, une !

Marianne, triomphante, extirpe des coussins du canapé un rectangle de papier d'argent, à peine entamé.

— Quand tu es arrivée, ta belle-sœur était en train de m'annoncer...

Dhanya baisse les yeux.

Aude se relève d'un bond pour l'embrasser, avec toutes les formes extérieures de la surprise. Sachant d'expérience que de pareilles nouvelles, il faut en laisser la primeur aux futures mères, même si Cyril n'a pas su tenir sa langue.

— Cas de force majeure, tu as absolument besoin de chocolat !

Pour bousculer l'émotion, elles se la partagent en trois parts bien égales, très vite, à cause du piétinement d'un troupeau d'éléphants dans l'escalier de bois branlant.

Agathe et Maxime, les bras débordant de dossiers.

— Maman, on voudrait savoir...

Agathe monte au front aussitôt ; le temps est compté avant leur départ ; elle a l'habitude de poser des questions, et d'obtenir des réponses.

Maxime, un pas en arrière, plus expérimenté en matière de non-dits, est moins sûr de l'accueil qu'ils vont recevoir.

Elles ont levé ensemble le nez de leurs mugs.

— Tu vas voir la tête de ton père quand il saura que vous avez touché à ses archives ! Allez, dites bonjour !

— Oh...

Tous deux venaient en catimini arracher à Marianne des secrets bien gardés. Devant l'occupation des lieux, ils sont prêts à rebrousser chemin, avec leur barda. Mais c'est la tante Aude qui leur sauve la mise :

— Ecoute, c'est le moment du grand déballage, non ?

Agathe sourit à Dhanya, se laisse embrasser par sa marraine, perçoit sa mine chiffonnée ; en même temps qu'un climat d'indulgence inattendue.

— Vas-y, Max, montre…

Le garçon abat sur la table basse, comme des cartes à jouer, les planches de contact, les tirages de toutes les tailles. Ajoute à la suite, d'un geste triomphant, son téléphone, écran allumé.

— Il y avait des négatifs qu'Agathe voulait absolument voir. J'ai réussi à télécharger une application pour scanner l'image, puis l'inverser, et voilà !

Ces dames ne semblent pas aussi impressionnées par la performance technique qu'elles le devraient, mais Aude tire ses lunettes de son sac, et fixe la photo captée dans le carré lumineux.

Dans le dernier quart du XXe siècle, Lorraine, en femme amoureuse, photographiait son mari : par le miracle de la technique du XXIe, on voit dans la finesse du détail un homme jeune, heureux, qui regarde l'objectif avec une tendresse que personne n'a jamais connue.

— Votre grand-père, quand il était en bonne santé. Ce devait être à peu près au moment de la naissance de Grégoire, je pense…

— Wouahou, ce qu'il était beau !

Sourire d'Aude. C'est cette image-là que ses petits-enfants garderont de lui.

Tout est bien ainsi, il faut laisser les morts enterrer les morts.

A côté, sur la table, il y a le portrait de Lorraine installée entre ses enfants sur les oreillers blancs ; et puis encore les cinq petits Albrussac à la queue leu leu ; Marie-Liesse et son bandeau rouge, le vieux maître des forges marchant avec sa canne au côté de son petit-fils.

Aude nomme chacun, tricote entre elles les informations livrées par chaque cliché, jusqu'à ce que chacun apporte son petit bout d'histoire. Parce que c'est à cela que servent les photos de famille.

— Là, c'est toi, maman, n'est-ce pas ?

Marianne, enceinte, posant devant la Cantine en salopette rouge.

Et puis, des dizaines de clichés d'un bébé nouveau-né. Dans son couffin, les yeux fermés, les yeux mi-clos, les yeux entrouverts, avec des sourires d'angelot repu. Des portraits serrés, en noir et blanc, pris dans le clair-obscur d'une chambre, qui laissent voir le grain d'une peau si fine, une peau nuage…

— C'est qui, lui ?

Dhanya, malgré toute sa discrétion, se penche sur les clichés.

— C'est Martin, voyons !

Etonné de l'intensité des réactions suscitées par ces photos volées, Maxime commence prudemment à rassembler son jeu de cartes. Mais Agathe n'est pas prête à lâcher le morceau :

— Aude, au cimetière, disait qu'il fallait toujours transmettre l'histoire…

Merci à Giovanni del Brenna, pour sa relecture de photographe et d'Italien.

Retrouvez l'auteur sur son site :

guillemettedelaborie.fr

FSC
www.fsc.org
MIXTE
Issu de sources responsables
FSC® C003309

Composé par Nord Compo Multimédia
7, rue de Fives, 59650 Villeneuve-d'Ascq